JN096620

不純な愛縛とわかっていても

綾瀬麻結

Mayu Ayase

Eternity

EB

エタニティ文庫

目次

不純な愛縛とわかっていても

第一章

十月に入り、茹《う》だるような暑さが和《やわ》らいできた。

夜になるにつれ気温も下がり、温められた空気を押しのけるかの如《ごと》く、冷たい風が吹く。まだ寝苦しい夜もあるが、先月に比べれば過ごしやすくなった。

それもあってか、キャバクラ〝Avehasard～アブハザード～〟も盛況で、全てのテーブルが埋まっている。

昼間はIT企業の総務部で、夜はキャバクラの新人キャバ嬢として働く二十四歳の須《す》崎友梨《ざきゆうり》は、華やかでありながらも嫉妬が渦巻く世界を見回した。

先月から働き始めているが、未だにこの雰囲気に慣れない。というのも、実は不特定多数の男性を喜ばせるのが大の苦手だからだ。

元々、友梨は常に自分が正しいと思う行動を取ってしまう性格だった。

良く言えば積極的、悪く言えば無鉄砲……

昔からその性格は治らず、両親には〝動く前に、一度立ち止まって考えなさい〟と言われていた。

とはいえ、気質なんてすぐに変わるものではない。両親はそれをわかっているからこそ、友梨が親元を離れた今でも、会えば毎回注意していた。

そういう性格の自分に、キャバ嬢が務まるはずがない。でも、ここで働かざるを得ない事情があった。友梨の気性が災《わざわ》いし、不運にも〝慶済会《けいせいかい》〟という組に属するヤクザの高級車を傷つけてしまったためだ。

そのせいで多額の借金を抱え、現在は返済に追われる日々を送っている。

「はあ……」

友梨は自分の置かれた立場を再認識するため、着飾った姿に目をやった。

Dカップの乳房を中央に寄せて深い谷間を作る淡いエメラルドグリーンのミニドレスは、なんて淫《みだ》らなんだろう。しかも客に見惚れてもらえるよう、豪奢《ごうしゃ》なアクセサリーを身に着け、きつく巻いた長い髪を背中に下ろしている。

普段の自分と全然違う姿に、友梨はため息を吐かずにいられなかった。

「ユリちゃん?」

その声にハッとすると同時に、隣に座る四十代の男性客が友梨の手を握ってきた。

現在、友梨はユリという源氏名《げんじな》で働き、ナンバーツーのマナミのヘルプを務めている。

彼女が指名を受けて下がっている間、客を飽きさせないための繋《つな》ぎ役だというのに、すっかり意識を飛ばしてしまった。

「また君に会えて嬉しいよ。もう僕を覚えてくれた？」

「もちろんです。マナミさんのヘルプとして入るわたしを受け入れてくれてるんですもの」

友梨は笑みを浮かべて謝るものの、心が追いつかないせいで頬が引き攣《つ》ってしまう。

「すみません、すぐにお代わりを作りますね」

前屈みになり、テーブルのグラスを取る。

顔を隠すことに成功した友梨は、空のグラスに氷を入れ、ウイスキーのボトルを掴《つか》む。

しかし、男性客が友梨の手首に触れて躯《からだ》を寄せてきた。

「ユリちゃんのためなら、ドンペリを入れてもいい。そうしたら、僕とアフターに行ってくれる？」

唐突な男性のお願いに、友梨は困惑して目を泳がせた。

新人キャバ嬢はあくまでヘルプという立場。その域を逸脱《いつだつ》してはならないと、研修で口酸っぱく言われた。キャバ嬢たちの関係を円滑にするための決まりだ。

もし一つでも違反すれば、ペナルティが発生する。借金が増えるのも痛いが、それ以上に危険が及ぶ行為だけは避けたかった。

ここで失態を犯せば、多額の借金を返すアテがなくなってしまう。そうなれば、さらに危険な仕事にシフトチェンジさせられるかもしれない。

キャバ嬢の誰も〝ヤクザ〟や〝慶済会〟という言葉を口にしないが、ヤクザがここを紹介した以上、絶対になんらかの繋《つな》がりがある。

早々にヤクザとの関係を断ち切るためにも、我慢しなければ……。

友梨は奥歯を噛んで感情を押し殺したあと、男性客に不快な思いをさせないように口元を緩《ゆる》めた。

「わたしへのご好意、ありがとうございます。でも、お気持ちはマナミさんへ。さあ、どうぞ」

マドラーで中身を軽く掻き混ぜたあと、グラスを差し出す。しかし男性客は、友梨の手の上からグラスを掴《つか》み、耳元に顔を寄せた。

「マナミちゃんにはわからないようにするから、仕事が終わったら僕と付き合ってよ。いろいろと弾んであげる……」

男性客が囁《ささや》き、友梨の首筋にふっと息を吹きかけた。

あまりの気持ち悪さに顔を歪《ゆが》め、咄嗟《とっさ》に男性客の手を退《しりぞ》けた。

「あのですね――」

つい感情のまま文句を言おうと口を開きかけた時、マナミがちょうどこちらに歩いてくる姿が目の端に入った。

友梨は慌てて居住まいを正し、表情を取り繕《つくろ》う。

「待たせてしまってごめんなさい。ユリはきちんとお相手をしてくれたかしら？」

艶《あで》やかな笑みを顔に貼り付けたマナミが、優美な所作でソファに座る。

「マナミちゃんがいなくて寂しかったけど、ユリちゃんがその時間を埋めてくれたよ」

「それなら良かった。ユリ……」

マナミが、男性客から友梨に視線を送る。席を外していい合図だ。

友梨は笑顔で挨拶《あいさつ》してテーブルをあとにし、そそくさと奥の休憩室に行こうとする。

でも、その途中でキャバクラの雑務をこなす黒服の滝田《たきた》が、友梨の行く手を遮《さえぎ》った。

黒服は、店内で問題が起きないよう周囲に目を配っている。仕事なので文句などないが、何故か滝田は友梨がキャバクラで働き出してから、ずっと監視の目を向けていた。

特に何かをするわけではないが、それでも他のキャバ嬢に対する態度とは明らかに全然違う。

滝田はヤクザの命令を受け、友梨がきちんと働いているかを見張っているのかもしれない。

「ユリさん、先ほどの素振りはいかがなものかと。ヘルプとしての心構えがまだ身についていませんよ」

「すみません。以後……気を付けます」

素直に謝っても、滝田はまだ不満げに見つめてくる。もやもやしたものが胸の奥に広がるものの、友梨は黒服に黙礼し、キャバ嬢が集《つど》う休憩室へ入った。

その後、黒服に呼び出されてはお客のもとへ戻るという行動を繰り返し、そうして数時間経った頃、ようやく仕事が終わった。

「疲れた……」

日中は会社で働き、夜はキャバクラでお酒を飲んではお客の相手をしていれば、そうなるのも当然だ。しかも徐々に疲れが蓄積され、会社でもミスをしてしまう始末。

大事《おおごと》になる前に注意を受けるので今は大丈夫だが、このままでは集中力が落ちて大きな失敗をするのは火を見るより明らかだ。

上司に副業の事実を知られてしまう前に、なんとかしないと……

いろいろと考えながら派手な化粧を落とし終えた時、休憩室にいるのは、送迎車を自由に使えるナンバーワンからナンバーファイブのキャバ嬢だけになっていた。

友梨も急いで出なければと、先輩たちに頭を下げる。

「お先に失礼します」

「一緒に乗っていく？」

ヘルプについて以来、毎回友梨を気遣ってくれるマナミが声をかけてくれた。

しかし、この日も自分の立場をわきまえて、丁寧に「タクシーで帰ります」と返事をし、店内を掃除する黒服たちにも声をかけて外へ出た。

涼しい風が優しく頬を撫でていく。

「ああ、気持ちいい……」

友梨は瞼《まぶた》を閉じて心地よい風に身を委《ゆだ》ねていたが、しばらくして小さく嘆息した。

「帰ろう」

独り言を呟《つぶや》き、タクシー乗り場へ歩き出そうとした途端、足をぴたりと止める。縁石に腰掛けていた人物がすくっと立ち上がり、不意にこちらに歩いてきたためだ。

街灯の灯《あか》りを受け、真っ黒だった人影が姿を現す。その男性が誰だかわかると、友梨は目を見開いた。

先ほどマナミのヘルプで入った際に相手をした、あの男性客だ。

「待ってたよ……」

友梨はさっと振り返り、マナミがいるかどうかを確認する。しかし彼女はいない。そう、いるはずがない。今夜、彼女はアフターを入れておらず、真っすぐ帰宅すると知っているからだ。

「ユリちゃん」

「あの、どうして――」

友梨は戸惑いを隠せず、あたふたする。そうしている間に男性が傍《そば》に近寄り、友梨の手を取った。

あまりにも不作法な態度に、友梨は息を呑む。

「アフターの約束を入れてないから……いいよね？　もし店に知られても、偶然会ったと言えば大丈夫。マナミちゃんには一切迷惑はかからないよ」

男性は友梨の手首の内側を軽く擦《さす》り、舌舐めずりした。

その気持ち悪さに反射的に手を引くが、友梨は感情が顔に出ないよう必死に取り繕《つくろ》う。

相手はマナミの常連客。彼女に迷惑をかける真似だけは絶対にしたくない。

友梨は小さく深く息を吸ったあと、誠意を込めて男性を見上げた。

「ごめんなさい。わたしは新人なので、まだアフターは――」

「うん、だから……さ、他の客より先に手を付けたいっていうか」

男性の言い方に、怒りが湧くよりも唖然となる。

キャバ嬢をなんと思っているのか。もちろん上昇志向のキャバ嬢もいるので、こっそり先輩の客を奪おうとする人たちがいるのは知っている。

でも友梨は違う。キャバ嬢としてナンバーワンになりたいわけではない！

「本当にごめんなさい。どうか、アフターはマナミさんを……っ！」

相手を逆撫でしないように優しく言って終わりにしたかったのに、男性が友梨の腕をきつく掴《つか》んできた。友梨は、彼に抗議の目を向ける。

「何をなさるんですか?」

「ユリちゃん、僕を拒まないでよ。マナミちゃんのヘルプが終われば、客の奪い合いが始まる。今……僕と付き合ってくれたら、絶対ユリちゃんに貢《みつ》ぐから……ね?」

男性が無理やり友梨を引っ張る。彼の乱暴な態度にとうとう我慢できなくなり、友梨は腕を引いた。でも、彼が強く掴《つか》んでいるので振りほどけない。

「離していただけませんか」

「どうしてそんな言い方を? さあ、僕と一緒に来るんだ!」

男性はハザードランプを点灯させた車の方へ、友梨を引きずって行こうとする。

「ちょっ、離してって言ってるでしょう! ……警察を呼びますよ!」

男性の傲慢《ごうまん》な態度に腹が立ち、友梨が悲鳴に近い声で叫んだ。

「何を騒いでいるんだ」

唐突に、威圧感のある声音が路地に響き渡り、友梨は心臓を鷲掴《わしづか》みにされたような痛みを覚えた。その衝撃に驚きながらも、声が聞こえてきた方向にさっと目を向ける。

そこには二人の男性が立っていた。背の高い男性は友梨たちを凝視し、もう一人の男性は彼の背後に控えている。

印象的な前者の男性は、ショートの髪に緩《ゆる》やかなパーマをかけ、茶系のサングラスをかけている。容貌や外見からどういう人物なのか感じ取れないが、引き締まった体躯《たいく》、深夜だというのに疲れなど滲《にじ》み出ていない出で立ちから、安易に想像できた。

周囲の者をいとも簡単に屈服させられる男性だということを……

また、見事な仕立てのスリーピースのダークスーツ、高価そうな腕時計、そして男性の部下を従えていることから、とても地位のある人だと見て取れた。

多分、友梨の考えは正しいだろう。でも、この人はいったい？

友梨がこちらを見据える男性の前で様子を窺《うかが》っていると、彼が不意に唇の端を上げ、かすかに顔を横に動かした。

「猛《たける》、この女性と面識は？」

「ありません」

「だったら男女間のことに口を挟まないでおこう……と言いたいところだが、うちの店の前で騒がれては見て見ぬ振りなどできない」

うちの店の前って〝Avehasard〟を指してる？　つまり、この人は慶済会に属するヤクザ⁉

「まさか〝Avehasard〟？」

友梨と同じ考えに至った男性客が囁《ささや》くと、サングラスをかけた男性が即座に反応した。

「うちの顧客か？」

「あっ、いや、僕は……。ユ、ユリちゃん、また今度遊びに来るよ！」

友梨にちょっかいをかけていた男性客はあたふたして走り出す。途中でよろけて躓《つまず》いたり、転んだりしても振り返らず、その場を逃げていった。

友梨は男性二人の傍《そば》に取り残されて、居心地が悪くなる反面、感謝もしていた。結果的に助けられたからだ。

でも、この男性と関わったせいで、今回の件が借金をしたヤクザに露見するかもしれない。彼に〝騒ぎを起こして面子《メンツ》を潰すな〟と言われていたのに、それが伝わってしまったらどうしよう。

ここは挨拶《あいさつ》だけして、さっさと帰るに限る。

友梨は心の中で頷いたあと、サングラスをかけた男性に深く頭を下げた。

「助けてくださってありがとうございました。あの、失礼します」

そう言って、男性の返事を聞く前に素早く身を翻《ひるがえ》す。

しかし友梨が足を一歩踏み出そうとしたところで、男性に「待て」と鋭い口調で止められた。

有無を言わせない空気に友梨の躯《からだ》がビクンと跳ね上がり、身動きできなくなる。

上司に叱責《しっせき》されてもここまでの恐怖を覚えたことがないのに、どうして初対面の男性にこんな反応を示してしまうのだろうか。

「今の男と何があったか、話を聞かせてもらおうか。……猛、事務所に連れて来い」

「はい」

友梨が振り返ると、部下と思《おぼ》しき人に命令を下した男性は堂々とした足取りで〝Avehasard〟のドアを開けて中に入った。

「面識はありませんが、あなたは〝Avehasard〟の従業員ですよね？」

猛と呼ばれた男性は、丁寧な言葉遣いながらも友梨の退路を塞《ふさ》いで威圧してくる。

先に店へ入った男性より、全体的に雰囲気が柔らかいものの、目の前の人もまた相手をやり込める行為に慣れている感じだった。

ここは絶対に抗《あらが》わない方がいい。

「……はい」

「では、来てください」

素直に応じる旨を伝えたのに、男性は友梨の腕を掴《つか》み、店内へ引っ張っていく。

友梨と男性を見るなり、掃除中の黒服たちがぎょっとするが、瞬《また》く間に態度を改めて頭を下げた。

「東雲《しののめ》さん、おはようございます」

黒服たちは、口々に挨拶《あいさつ》し始める。

東雲と呼ばれた男性は何も言わず、表情を消したまま前だけを向いていた。

彼らの振る舞いから、東雲は黒服たちよりも上の地位にいるのが見て取れた。その彼は、先に入った男性の命令に従っている。

つまり、先に入った背の高い男性はもっと上の地位？　もしかして、あのヤクザとは……友人とか？

これからいったいどうなるのだろうかと不安を抱いていると、滝田が休憩室から出てきた。友梨を見て「あっ！」と声を上げるが、慌てて手で口を覆う。

「なんだ？」

「い、いえ、何も……。も、申し訳ありません！」

滝田がすぐに謝り、深々と頭を下げる。

東雲はそれに返事もせず、友梨を連れて奥の廊下へ続く通路へ進む。その先にあるのは、従業員の立ち入りが禁止されている事務所しかない。

友梨が東雲を窺《うかが》うと、彼は問題のドアの前で立ち止まりノックした。

「東雲です」

「入れ」

室内から聞こえた言葉を受け、東雲が友梨の背を押して前へ進めと促《うなが》す。

友梨は初めて広々した事務所に足を踏み入れた。

音を掻き消すふかふかな絨毯《じゅうたん》、大きな応接セット、彫《ほ》り細工が見事なアンティークデスク、そして書類が詰まった書棚は、いずれも会社の上司の執務室より豪華だ。

友梨は驚きながらもデスクへと近寄り、そこに座る男性を探る。部下に命令した直後、先に店内に消えた人だ。

「須崎友梨、二十四歳。会社員か……。成長著《いちじる》しい企業に勤めてるんだな」

男性はサングラスをかけたままファイルを見ていたが、尊大な態度で椅子の背に凭《もた》れた。友梨を品定めするように、全身に視線を這《は》わせていく。

友梨はスカートの脇で握り拳《こぶし》を作り、男性の鋭敏《えいびん》な眼差しに耐える。すると、彼がふっと口元を緩《ゆる》めてサングラスを外し、素顔を晒《さら》した。

その容貌に、友梨は息が詰まりそうになる。

男性に対して抱いた第一印象は、まったく変わらない。周囲の者を屈服させられるほどの覇気の持ち主だというのは、もうわかっている。

でも、まさか頬を緩《ゆる》めるだけで男の色気を醸《かも》し出せる人だなんて……

「滝田の紹介で？」

「……えっ？」

思わず声が裏返る友梨に、男性が片眉を上げ、これ見よがしにファイルを指で叩いた。

「黒服の滝田の紹介で入ったと明記されている」

友梨は眉間に皺《しわ》を寄せて、小首を傾げた。

滝田の紹介？　そんなはずない。確かに彼は友梨を監視しているようだが、紹介とは無関係だ。

「滝田さんの紹介ではありません」

「では、誰だ？」

途端、友梨は男性の獲物を狙うような野性的な瞳で射貫かれる。戸惑いつつも、おずおずと口を開いた。

「三和《みわ》さんです……」

「三和？」

「そのような者はいません」

背後にいる東雲が、すかさず答えた。

「確かに働いていないけど、わたしは三和さんからここで働けって言われて……」

友梨はたまらず東雲に告げた。

三和は慶済会のヤクザで、友梨が多額の借金を背負うことになった相手でもある。彼に返済するため、この店を紹介された。

そこに偽《いつわ》りはない。本当だと信じてもらえるように、友梨は男性にも感情で訴える。

「知らないはずありません。だって、ここは慶済会と繋《つな》がりがあるんでしょう？　そうでなければ、慶済会の三和さんに〝Avehasard〟で働けって言われるはずが――」

瞬間、男性が急に顔つきを険《けわ》しくさせ、椅子を蹴って立ち上がった。

「慶済会、だと⁉　……猛！」

「すぐに調べます」

友梨は急いで出ていく東雲の姿を目で追うものの、椅子の軋《きし》む音でそちらに引き戻される。男性は椅子に座り直し、冷たい目で友梨をじっと見つめていた。

その威圧感に尻込みしてしまいそうになるが、ここで怯《ひる》んでは自分の意思が相手に伝わらない。きちんと口にしなければ、この職を失ってしまう。

友梨は数歩前に進み、男性に「嘘じゃありません！」と強く言い放った。

「だって、わたしはお金を貯めるためにここを紹介されたんです。彼に作った借金を返済するために。三和さんが慶済会と繋《つな》がりがあるお店で働けと言うのは普通でしょう⁉」

「まず、言わせてもらおう。この店は慶済会とは一切無関係だ。慶済会と敵対関係にある、真洞会《しんどうかい》と繋《つな》がりがある」

「真洞会？　……またヤクザなのね」

友梨は皮肉を込めて言うと、男性から顔を背《そむ》けた。

もう何がなんだかわからない。慶済会？　真洞会？　そんなの、知ったことではない。ただお金を返済し、もとの暮らしに戻りたいだけだ。なのに、どうしてこう次から次へと先の見えない道へ引っ張られるのだろうか。

瞼《まぶた》を閉じた拍子に、母から〝すぐに行動するんじゃなくて、一歩立ち止まって考えなさいって何度も言ってるでしょう?〟としつこく言われてきた日々が頭を過《よぎ》る。

そう、こうなったのは全て自分のせいなのだ。

「ここを経営している俺は、ヤクザじゃない」

「ヤクザじゃない? ……でもさっき、真洞会と繋《つな》がりがあるって」

「真洞会系のフロント企業だからだ」

フロント企業——それは、暴力団を背景にして活動を行う企業や経営者を指す。確かにヤクザとは言えないかもしれないが、公安にマークされる社会的にグレーな会社であることに間違いはない。

友梨が大きくため息を吐いた時、男性が頬を緩《ゆる》めた。またもあの女性を惹き付ける笑みに、吸い寄せられる。

「自分が働かされている店がどこと関係があるのか知らないとは……。ここのオーナーの名前すら知らないのかな?」

男性が目だけを動かし、友梨の心を搦《から》め捕《と》る眼差しを向ける。友梨はどぎまぎしつつも、負けじと顎《あご》を上げた。

「知る必要もありませんでした。バイト代を借金の返済に回す、それだけ——」

「久蓮《くれん》コーポレーションの社長、久世蓮司《くぜれんじ》だ。ここは俺が経営している店の一つに過ぎない。店長に任せっきりで顔を出さなかったが、それを逆手《さかて》に取られたか……」

久世と名乗った男性は、不意に何かを考えるように空の一点を見据える。

その時、ドアをノックする音が響いた。

「入れ」

久世の返事で、東雲が滝田を伴《ともな》って入室した。久世はそちらに顔を向けない。東雲は真っすぐ久世を見ているが、滝田は伏し目がちにそこに立つ。

何が起きようとしているのかわからない異様な雰囲気に、友梨がそわそわしていると、久世が片手を上げた。

「オーナー！」

滝田が切羽詰《せっぱつ》まった声を発し、その場で膝を折る。

「そこに私の名前が記載されているのは、最初にユリさんに声をかけられたのが私だからです！　私が〝ここで働くつもりなのか？〟と訊ねたら、彼女は〝そうだ〟と。それで、私は彼女を店長のところに連れて行った。そういう理由で私が紹介者となっているだけです！」

「本当か？」

初めて久世が顔を動かし、友梨に焦点を合わせる。

嘘を言ったらどうなるかわかってるな？　――そう言いたげな冷たい双眸《そうぼう》にドキッと

なるが、誤魔化すように彼から目を逸《そ》らした。

半月前のあの日、友梨は三和にここへ連れて来られた。でも彼は車を降りず、ただ〝Avehasard へ行け〟と言った。それに応じて、店の正面を掃除していた滝田に声をかけた。彼が言ったとおり、どこも間違ってはいない。

「はい。滝田さんの言葉に偽《いつわ》りはありません」

久世は友梨を見つめたまま、ほんの少しだけ手を動かす。指示を受けた東雲が「失礼します」と言って、滝田と一緒に部屋を出ていった。

二人きりになり、室内がシーンと静まり返る。聞こえるのは、空調の音だけだ。久世の息遣いさえ聞こえないせいか、より一層緊張を強《し》いられる。

友梨の心臓が早鐘を打っているため、余計にそう感じるのかもしれない。

「慶済会の三和、と言ったか？」

友梨はハッとし、いつの間にか伏せていた目を上げた。今もなお友梨を見つめ続ける久世に、軽く頷く。

「彼と出会った経緯を聞かせてもらおうか。どういう理由で借金を背負わされ、ここに来たのかも」

久世がどういう性格の持ち主か知らない以上、今は素直に従った方が身のためだろう。それに話したところで、友梨に害が及ぶわけではない。三和との出来事を誰にも話すなど、彼に釘を刺されていないのだから……

友梨は息を吐きながら肩に入った力を抜くと、あの日を思い出すかのように事務所にあるカレンダーを眺めた。

＊＊＊

――約半月前。

社内は空調が効いているのでそれほどでもないが、一歩外に出れば、じわじわと汗が滲《にじ》み出てくる。

茹《う》だるような暑さから解放されたくて、友梨は同期の岸田笙子《きしだしょうこ》を誘い、仕事終わりにシティホテルのビヤガーデンにやって来た。

金曜日ということもあり、緑に囲まれたプールサイドに設《もう》けられたテーブルも満席だ。若いOL、男女のグループ、そして年配の社会人まで、皆楽しそうにビールをごくごく飲んでいる。

友梨たちも同じで、英国産ホップを使用したビールとシェフが目の前で作ってくれる多国籍料理を堪能していた。

特にアルコールが大好きというわけではないが、今夜は本当にビールが美味《おい》しい。

「来て良かったよね」

「うん、友梨が誘ってくれて良かった。今日は、もう本当に嫌なことが多くて。聞いてよ！　営業部主任の沢木《さわき》さんがさ――」

小顔に合わせてショートボブにした岸田が、報告書作成を頼まれた際の文句を言い連《つら》ねる。

友梨はその話を聞き、思わず失笑した。

何故なら、沢木はなんとかして岸田の気を引こうとしているからだ。

それは、総務部の女性のみならず岸田も察していたが、好意の示し方が難ありのため、彼女は彼が嫌いだった。

「営業成績はいいかもしれないけど、あたしにばっかり無理難題を押し付けて……」

「確かにあれはしつこかった。毎回思うけど、自分の仕事の補佐をするのは笙子だけだって周囲に思わせたいんだね」

「付き合ってもいないのに!?　沢木さんって二十九歳だっけ？　気になる女性相手に意地悪って、大人の男性がすることじゃないよ」

「うん、わたしもそう思う。……でもさ、今日は沢木さんの件は忘れて、楽しく過ごそうよ」

細身のビールグラスを持った友梨は、再び岸田と乾杯をして冷たいビールを飲んだ。

普通なら飲み過ぎに気を付けるが、茶巾寿司《ちゃきんずし》やパクチーとエビのカクテルサラダ、生春巻きなどどれも美味《おい》しくて、グラスに口を付けるスピードが速くなっていく。

こうして友梨たちは、閉店の時間が告げられるまで楽しく過ごした。

二人はホテルを出るが、お互いに足取りがあやしい。ふらついては手を取り合い、顔を見合わせてくすくすと笑った。

「足元がふらついてしまうほど飲むなんて……。それぐらい笙子との時間が面白くて、気持ちよく飲んだって証拠だね」

「ふふっ、だね！　……ねえ、今夜はあたしの家に泊まってく？　友梨の足元、危なっかしいし」

岸田の住んでいるマンションは、会社から四十分ほどの場所にあるが、シティホテルからだと、三十分もかからないだろう。一方、友梨は一時間三十分以上かかる。家に着く時間を思うと、ため息が出そうだ。

でも、週末は家の掃除だったり買い物だったり、するべきことがたくさんある。今夜は寄り道しない方がいい。

「ありがとう。だけど、今夜は家に帰る。週末はいろいろしないと。さぼっていた掃除とか……」

友梨の言葉に、岸田が片眉を意味ありげに上げる。

「彼氏がいたら、きちんと掃除するのにね」

「それは……否定できません」

神妙に告白すると、岸田は笑いながら友梨に抱きついた。

「友梨ったら！　そういう真正直なところ、本当大好き！　……だけど大丈夫？」

「うん、大丈夫。酔ってるけど、意識はしっかりしてるしね。笙子もわたしと同じように足元がおぼつかないんだから、気を付けてね」

「うん。じゃあ、また来週、会社でね！」

バス停に向かう岸田とそこで別れて、友梨は反対方向の最寄り駅に向かって歩き出した。

真っすぐ歩いているつもりでも、気付けば路肩へ落ちそうになっている。

そんな自分の行動さえもおかしくて、込み上げてくる笑いを抑えられなかった。たまらず手で口元を覆うものの、今度は路肩に止められた車の窓ガラスに映る自分の姿にぷっと噴き出してしまう。

緩《ゆる》やかに巻いた長い髪のポニーテールが大きく揺れ、その動きが友梨のツボにハマったためだ。

歩道を歩く人たちがこっそり友梨を窺《うかが》うが、まったく気にならない。

だって、これがわたしなんだもの！　――と軽く目を伏せた次の瞬間、視界がぐらりと歪《ゆが》んだ。眩暈《めまい》を起こしたみたいに、視界の周囲が暗闇に覆われていく。

「あっ……」

ふらついた体勢を立て直せず、友梨は道路に身を投げ出すようにして倒れ込んだ。

直後、金属製の物体に激しくぶつかってしまう。

「……っ！」

友梨はそこに手を置いて立とうとするが、上手く立ち上がれない。しかも、胸がムカムカするほど気分が悪かった。

それでも意識をはっきりさせるために強く頭を振り、目をしばたく。すると、徐々に視力が戻ってきた。

目に飛び込んできたのは、艶《つや》やかに光る黒いボディ。友梨がぶつかった金属製の物体とは、路肩に駐車していた車だったのだ。

無様に道路に突っ伏さなくて良かったと安堵しつつも、膝や手首に痛みを感じる。友梨は呻《うめ》き声を漏らしてゆっくり立ち上がった。

軽くスカートを持ち、膝頭を覗《のぞ》く。そこは擦《す》れて、血が滲《にじ》んでいた。

「痛《いた》っ……。もう最悪……！」

「ふーん、それはこっちのセリフだ」

背後から聞こえた威圧的な口調に、友梨はビクッとなる。

「いつまでそうしてるつもりだ？」

肌をピリピリさせる圧迫感に身震いしながら、友梨はこの状況を把握しようと視線を彷徨《さまよ》わせた。

その時、車の窓ガラスに映った人影が目に入り、友梨の心臓が跳ね上がる。なんと幾《いく》人《にん》もの男性が友梨を囲っていたのだ。

何？　これってどういうこと……？

友梨は恐る恐る振り返り、強面《こわもて》の男性たちを眺める。そして、一人だけスーツを着ているリーダーらしき男性のところで動きを止めた。

男性は三十代後半ぐらいで、右眉の端に大きな傷がある。鋭い目つきも相まって、より一層恐ろしく見えた。

我知らず顔を強張《こわば》らせてしまった友梨に気付き、男性があやしい笑みを零《こぼ》す。

「自分が何をしたのかわかってるのかな？　君がつけた傷だ」

顎《あご》で指されて車に目を向ける。黒いボディに、白い線がくっきりと入っていた。

もしかして、自分が倒れた際に傷つけてしまった？

震える手で右手に嵌《は》めているファッションリングに触れ、そこをきつく掴《つか》む。

「あの、すみませんでした」

「謝るより、弁償してほしいな。でも、君にその金額が払えるのかな。これは――」

男性が車の値段と、修理にはどれぐらいかかるのかを告げた。郊外なら楽に一戸建てが購入できる値段に、友梨は息を呑む。

「それって、ぼったくり――」

途端、男性の瞳に冷酷な光が宿る。まるで一度狙った獲物は決して逃さない、蛇のような目だ。

「ぼったくり？　君が傷つけたのに、弁償もしないと？　……ハッ、ふざけたことを！」

男性が苛立《いらだ》たしげに顔を歪《ゆが》めたと思ったら、傍《そば》にいた男性に目配せする。すると、後部座席のドアを開け、そこに友梨を引っ張り入れた。

「ちょっ！　……何をするんですか！」

恐怖から声が震えるが、友梨は通行人にも聞こえるように張り上げた。でも、最後の言葉を言い終えた時には男性が隣に滑り込み、ドアを閉められていた。

エアコンの効いた密室に、二人きりになる。

友梨が生唾をごくりと呑み込むと同時に、男性がシートに手を突いてにじり寄ってきた。後ずさりするものの、ほんの少し下がっただけで背にドアが触れて動けなくなる。

「別に怖がらなくてもいい。詳しく説明するために車内に招いただけだ」

甘く囁《ささや》いてくるその言葉に不安を抱きながら、友梨は後ろ手にドアハンドルに触れる。

どうやって車外へ逃げようかとそれとなく外に目をやるが、先ほどの男性たちが各ドアの前に立っているのを見て、手の力が抜けていった。

友梨が逃げるのを防ごうと、車の四方を固めているのだ。

ダメだ、逃げられない！

「怯《おび》えなくてもいい。俺は〝今〟君を取って食おうとしているんじゃないんだ。しかし、返答によってはどうなるか保証はしないぞ。俺は……慶済会の三和は容赦しない」

男性は腹に一物《いちもつ》あるといった面持《おもも》ちで、友梨の方へ顔を近づける。その行為に不安を覚えつつも、友梨は「……慶済会？」と訊ね返した。

慶済会って、どこかの病院？　何かの団体？

そんなことを考えながら、三和と名乗った男性を凝視していると、彼が狡猾《こうかつ》に唇の端を上げた。

「慶済会と言ってもわからないか。知るのは俺たちの世界に属する者、そして警視庁組織犯罪対策部、通称〝組対〟くらいだ」

「……組対？」

組対って、まさか……！

一般人の友梨も、その名称はドラマなどで知っている。

主に暴力団による、銃器や違法薬物の使用、密売買などの犯罪対策を目的とする警視庁の内部組織の一つ。

そこからマークされる事実や、三和の威張り方、外にいる強面《こわもて》の男性たちから、ようやく彼らの素性がわかった。

友梨は観念するように項垂《うなだ》れた。

ああ、よりにもよって、どうしてヤクザの車を傷つけてしまったのよ！

「こちらとしては、修理代を全額払ってくれさえすれば文句は言わない」

「全額って……絶対に無理です！　そんな大金、持ってるわけが――」

「持ってないなら、お前の両親のところへ乗り込むか？　娘のために、退職金の前借り、保険の解約、土地持ちなら売却しろ……と脅《おど》せば、早急に用意するだろう」

「やめて！　両親を巻き込まないで！　お願い、やめて」

友梨は苦々しく顔を歪《ゆが》め、首を横に振った。

両親は友梨ほど楽観的ではなく、常に周囲に気を配るほど神経質だ。もしヤクザが家に乗り込んだら、娘のしでかしたことを知れば、きっと心痛を通り越して倒れてしまう。

三和の横暴は、絶対に止めなければならない。ならば、友梨がどうにかするしか……

覚悟を決めた友梨は手をぎゅっと握り締め、意思を強く持って顎《あご》を上げた。

「わたしが返します。給料のほとんどを渡しますから、両親には――」

「働いて返す？　君はOLだろう？　しかも社会人になってまだ一年かそこらに見える。大した稼ぎもない女が、普通にちんたら働いて返せるとでも？　利子を返すだけで何十年とかかる」

「利子!? そんな話は聞いていません！」

瞬間、三和が友梨の顔の傍《そば》のシートを激しく叩いた。

その音にビクッとして躯《からだ》を縮こまらせ、友梨は三和を凝視した。

「こっちは慈善事業をする気はないんだよ、お嬢さん。さっさと返済してくれたらそれでいいんだ。親を頼らないなら、こちらが指定する場で働いてもらおうか」

「えっ？」

「俺も鬼じゃない……。性感セラピスト、デリヘル、ソープ、好きなのを選ばせてやる」

突きつけられた仕事に、友梨は唖然となる。

どれも風俗ではないか。不特定多数を相手に躯《からだ》を使うなんて、絶対にできない。

「わたし、選べません！ それだけは……」

「だったら、キャバクラで手を打とう。ナンバースリーまでに入れば、風俗ぐらいは稼げる」

キャバ嬢？ このわたしが!? ——そう思った途端、こんな状況にもかかわらず不意に苦笑いが込み上げてきた。

上司や先輩に気持ちよく仕事をしてもらおうとしても、逆に気を利かせ過ぎて失敗してしまうのに？

友梨はそのことを伝えようとするが、三和の顔からみるみるうちに表情が消えるのを見て、出かかった言葉を呑み込んだ。

どうも三和を嘲笑《あざわら》ったと勘違いしたみたいだ。

もしこんな状況でキャバ嬢も無理だと言ったら、問答無用で風俗に連れて行かれる。

それならば、ここは神妙に頷いた方がいい。

たとえ、友梨の望む道ではないとしても……

しかし、三和にやられっ放しでいるのが嫌な友梨は、彼に挑むような目を向けた。

「だったら、きちんとした書類を作ってください。本当に修理費がその金額になるのか、利子はいくらになるのかを明確に。納得がいけば……キャバクラで働き、給料の全額を弁償にあてます」

「ヤクザに難癖をつけるのか⁉　あまり、調子に乗るなよ」

凄《すご》まれて、友梨の口腔《こうこう》に生唾が湧き出てくる。

このまま逃げ出したい衝動に駆られるが、ここで背を向ければ三和の言いなりになってしまう。決して、操《あやつ》り人形になる道を進んではいけない。

友梨は怯《ひる》まず、挑戦するように姿勢を正した。

「返済してほしいのでしょう？　働くと言ってるんですから、保険を求めるぐらい許してくれてもいいじゃないですか」

「この女、いい度胸をしてる……！　だが、書類を作るだけで弁償してくれるならそうしよう」

直後、三和がにやりとした。含みを持たせたその笑い方に、友梨の背筋がぞくりとするが、それに負けじと彼を見返す。

自分の尻拭《しりぬぐ》いは自分でする。お父さんたちには絶対に迷惑をかけない！　――そう言い聞かせるものの、やはり心のどこかでは、不安でならなかった。

そうして数日後、友梨は三和から契約書を受け取った。そこに書かれた内容には承服しかねる部分がいくつも見受けられたものの、正規のディーラーが見積もった金額に異を唱えられない。

全てを受け入れた友梨は、判を捺《お》したのだった。

＊＊＊

友梨は嘘偽《いつわ》りなく、三和と出会った経緯を洗いざらい話した。

「地方に住む両親には、絶対に迷惑をかけたくないので、全部自分で決めました。わたしは借金を返すために、紹介してもらったキャバクラで働いている。それだけです」

話し終えた友梨は、一度も口を挟まずに聞いてくれていた久世に視線を戻す。

きっと呆れ返った表情をしているに違いないと思ったのに、なんと久世はおかしそうに笑い、それを必死に堪《こら》えていた。

その様子を目《ま》の当たりにして、友梨はきょとんとする。

「何がおかしいんですか？」

「いや……、いろいろ突っ込みどころが多過ぎて。一方で——」

久世が不意に目線を上げ、精気漲《みなぎ》る双眸《そうぼう》で友梨を射貫いた。

突如《とつじょ》、友梨の腰が抜けそうになるほど甘怠《あまだる》くなり、下腹部の深奥に熱が集中して痺《しび》れるような感覚に囚われる。

「よくやった。脅《おど》してくるヤクザに、一般市民の君がそこまで自分を保てるとは驚きだ！　まあ、意のままに手のひらの上で転がされてはいるが、自分の力で立ち向かったその心意気は感心する」

褒められてる？　それとも……貶《けな》されている？

妙に早鐘を打つ心音が気になるが、友梨は久世を横目で睨《にら》み付けた。

「もうこれでいいですか？　早く家に帰って休みたいんですけど」

「慶済会と繋《つな》がりのある君を、この状態ですんなり帰すと？　ここで働かせると？」

久世がからかうような目つきをする。

友梨は目を見開くが、久世は気にせず椅子に凭《もた》れて腕を組んだ。

「君の要求は呑めない」

「普通にキャバ嬢として働いているだけなのに？　問題を起こしてはいないのに⁉」

「今は何も起こっていない。だが慶済会がわざわざ真洞会と繋《つな》がりのある〝Avehasard〟に君を寄越したのには理由があるはず」

「ただここで働かせたかったのでは？　お給料がいいとか……。だって三和さんがわたしに求めたのは、借金の返済だけだもの！」

「金、ね……」

久世はボソッと呟《つぶや》き、デスクに手を伸ばす。友梨の履歴書が入ったファイルを手元に引き寄せ、それを見ながら思わせ振りに何度も指で叩いた。

「須崎友梨……か」

しばらくして友梨の名前を口にした久世は、さっと彼女を見る。

「三和の借金、俺が全額立て替えてもいい」

「えっ⁉」

どうしていきなりそういう話を？　久世が友梨の借金を立て替えて、いったいどんな得が⁉

友梨が驚くと、久世の瞳に秘密めいた光が宿る。

「ヤクザへの借りは、想像以上に高くつく。だが、俺なら……ゼロにしてやれる」

久世の物言いに不安を覚えるが、彼はそれ以上口を開かない。まじろぎもせず黙っている。

友梨も久世に対抗して口籠《くちご》もるが、ものの十数秒で降参してしまった。

「その見返りは？」

駆け引きを好まない友梨は、率直に訊ねた。

途端、久世が目を伏せる。そうしながらも、彼は嬉しそうに頬を緩《ゆる》めた。

「見返り？」

「そうです。そこまでして大金を立て替えるオーナーの気持ちが理解できない。わたしが返済する相手が三和さんからオーナーに代わるだけでしょう？　……そうすることで、いったいあなたにどんな利益があるんですか？」

「俺の利……ね。そういう風に頭が切れる女は好きだ。余計な話などせず、本題に突き進める」

やっぱり裏があったのだ。

久世はヤクザではないが真洞会と繋《つな》がりがあり、その真洞会は慶済会と敵対関係にある。普通なら争いを避けるはずだ。わざわざそこに波風を立てる真似などしない。

でもそうするからには、久世にとって何か利があるのだろう。

もしかして、三和が取った行動を逆手《さかて》に取り、友梨に慶済会と関係のあるキャバクラへ乗り込ませ、向こうの経営状況を調べろとか？

考えれば考えるほど、頭が痛くなってきた。

久世の駒《こま》として使われるぐらいなら、現状のままでいい。

「ご厚意は有り難いんですが——」

「俺個人と契約を結ばないか？」

断ろうとした刹那《せつな》、久世に言葉を遮《さえぎ》られる。

友梨は苦々しく顔を歪《ゆが》め、もう一度そんな気はないと態度で示そうとする。しかし、久世はそれを遮《さえぎ》るように勢いよくファイルを閉じた。

「俺と契約を結べば、慶済会と手を切れる。その上、キャバクラで働く必要はない。いい話だとは思わないか？」

「……え？」

働く必要はない？　だったら、どうやって立て替えてもらうお金を返済していけばいいと？

呆然となる友梨に、久世が軽く口元をほころばす。

一瞬、久世の情に満ちた表情にほだされそうになるが、彼の双眸《そうぼう》に宿る強い意志を見て、友梨は緩《ゆる》みそうになっていた気を引き締めた。

「立て替えてもらったとしても、わたしが働かないとお金を返せませんが」

「だから、俺と個人的な契約を結ばないかと提案してる。暴力団と手を切れる。クラブで不特定多数の男たちに媚《こ》びを売る必要はない。会社の仕事にも差し支えない……」

「上手い話には裏があると言いますけど……」

友梨が言い返すと、久世が大声で笑い出した。

「慈善事業じゃないんだ。裏があって当然だろう？　だが、お互いに利があると踏み、この話を持ち出した。もし断るなら、慶済会と関係のある君を、さっさと店から放り出す」

「わたしを放り出す？」

そうなれば、三和にまた別のキャバクラを紹介される。もしかしたら友梨に難癖をつけ、今度は風俗嬢として働けと脅《おど》される可能性も考えられる。

わたしにとって、どれがいい道なの？　慶済会との付き合い？　それともオーナーとの個人的な契約？　――と考えるが、友梨にとって一番いいのは後者だという声が、もう頭の中で響いていた。

「わたしは、オーナーと新しい契約を結ぶしかないってこと？」

「それは君次第だ。イエスなら俺と新たな契約を、ノーなら早急に出ていってもらう！」

友梨は唇を引き結びながら目を閉じるものの、すぐに久世に意識を戻した。

「その新たな契約って？」

「俺と愛人契約を……」

「はあ!?」

うっかり大きな声を上げてしまう。

久世はそうなるのを予想していたのか、楽しげにふっと頬を緩《ゆる》め、椅子から立ち上がった。百八十センチはゆうにある背の高い久世が、デスクを回って近寄ってくる。

友梨は引き寄せられるように、久世の姿を目で追った。

「もちろん、拒否権は君にある――」

久世はそう告げたあと、まずは借金の返済について話し始めた。

暴力団と縁を切るために、利息も含めて全て久世が肩代わりする。でも借金は彼に移り、友梨は彼に返済することになるという。しかも返済するのはお金ではなく、愛人として彼に尽くすことだった。加えて、都心に住む彼の家で同棲しなければならない。

その話に唖然とする友梨に見向きもせず、久世が「まず、契約金として借金の三分の一は返済したことにする」と口にした。続いて、一ヶ月ごとに返済にあてられる金額を提示したあと、愛人として久世の求めに応じた際にボーナスを支払うと言った。

「それって、わたしに躯《からだ》を売れと？」

「無理強いはしない。だからボーナスと言っただろう？　ただ月に四回は必ずセックスに応じてもらう」

「月四回⁉」

生々しい発言に声を荒らげる友梨に、久世は片眉を上げる。

これでも少ないと言いたげな目つきに、友梨の躯《からだ》は火が点《つ》いたように熱くなっていく。たまらず躯《からだ》の脇で手を握り締め、唇を引き結んだ。

「契約以上の行為を求める時は、さらにボーナスを上乗せしよう。そうすれば、借金の額も減り、俺との縁も早く切れる。君にとっていいことずくめでは？　ああ、愛人契約を結んでいる最中は、君以外の女性と関係は持たないと約束する。その代わり、君も貞節を守り、俺の唯一の女性だと振る舞ってほしい」

まるで取引先と交渉するかのように、久世は淡々と契約内容を口にしていった。

本当に友梨と愛人契約を結びたいと思っているのだろうか。

久世の真意を測りたくて、友梨は久世を凝視した。

第一印象のとおり、久世は周囲の者を屈服させる覇気の持ち主だ。精気も漲《みなぎ》っている。こんなにも男らしい人に見つめられたら、どんな美女も虜《とりこ》になってしまうに違いない。滅多に男性に心を動かされない友梨でさえ、久世と目を合わせるうちに奥深い部分を刺激された。

だからこそ、何故友梨を愛人として傍《そば》に置きたがるのか不思議でならない。

いや、こういう男性だからこそ、契約で意のままに動かせる、都合のいい愛人が傍《そば》にいればいいのだろう。求めるのは、心を通わせる恋人ではない。躯《からだ》の関係のみを享受《きょうじゅ》できる愛人なのだ。

でも何故、その愛人を友梨に？

「以上だ。質問は？」

「どうしてわたしに白羽の矢を？」

率直に告げると、久世が距離を縮めてきた。手を上げたと思ったら、友梨の顎《あご》に触れ、彼を見上げるように促《うなが》される。

徐々に顔を下げてくる久世に目を剥《む》くが、決して彼から意識を逸《そ》らさない。すると、彼の視線がこれ見よがしに友梨の唇に落ちた。

途端、胸の奥がざわめき、下腹部の深奥に熱が集中し始めた。躯《からだ》の反応に感情を抑えられず、唇がかすかに震える。

すると、久世が頬を緩《ゆる》ませた。

「君の気概を買ったんだ。ヤクザ相手に立ち向かう、その強い気持ちをね。君なら、俺の傍《そば》にいても困難を乗り越えられる。そして、決して契約以上を俺に求めはしない」

契約以上？　いったい友梨が何を求めるというのだろうか。

不思議に思いながらも、友梨は久世の目を見返した。

「いい話だと思うが？　慶済会との縁は切れ、会社に夜の仕事をしているとバレない。君は俺と付き合えばいいだけ。……さあ、どうする？」

「少し、考えさせて――」

「今だ。考える時間は与えない。俺との愛人契約を結ぶか、それとも〝Avehasard〟をクビになり、三和のもとへ戻るか、好きな方を選ぶんだな」

卑怯だ。前者しか選べなくするなんて！

とはいえ、それが友梨にとって一番いい方法なのはわかっていた。どちらも身は危ういが、久世に頼る方がマシだと感じてしまう。

何故そう思うのだろうか。久世だって暴力団と無関係とは言えないのに。彼の方が三和より誠実な態度を取るから？

どうすればいいのか、心はもう決まっている。でも気持ちが振り子のように揺れ、なかなか勇気が出ない。

顔を歪《ゆが》めた友梨は、喉の奥から声を振り絞った。

「……強引ですね」

「それが俺だ。俺と契約を結ぶなら、こういう俺も知っておくべきだな」

決して怯《ひる》まない強気な口調を受け、友梨は久世と目を合わせる。

久世は面白がってはいるが、友梨を見る双眸《そうぼう》は真剣で、そこに彼の実直な部分が見えた。

三和にはない、相手と向き合おうとする久世の真摯《しんし》な姿勢を目の当《ま》たりにして、揺らいでいた心の振り子がぴたりと止まる。

友梨の覚悟がようやくできた瞬間だった。

「さあ、聞かせてもらおうか。俺か、慶済会か……」

「あなたと契約を結びます。その代わり、きちんと契約書を――」

「ああ、作ろう。君に話したままのとおりを。だが、まずは仮契約を……」

そう言うと、久世が顔を傾けて友梨の唇を塞《ふさ》いだ。

いきなりの口づけに、友梨は目を見張る。

柔らかな唇をついばまれ、いやらしくそこを濡れた舌で舐められた。たったそれだけで尾てい骨のあたりに甘い疼《うず》きが走り、そのまま腰砕けになりそうになる。

や、やめて！――そう声を張り上げたいのに、言葉が喉の奥に引っ掛かって出てこない。躯《からだ》さえも自由に動かせなかった。

友梨がかすかに身震いした時、久世が名残《なごり》惜しげに唇を甘噛みしてから顔を離した。

「これで仮契約は成立だ」

友梨の唇の上で、久世が囁《ささや》く。それが切っ掛けとなり、友梨は彼の傍《そば》から素早く離れ、唇を手の甲で覆った。

「キ、キスもボーナスに入れてください！」

自分の身に湧き起こった感情を消すように叫ぶ。すると久世がおかしそうに笑い、その言葉は受け付けないとばかりに頭を振った。

「こんなのはキスのうちに入らない。いずれ、それを教えてやろう」

友梨は腹立たしまぎれに唇をごしごし拭《ぬぐ》ったあと、久世に背を向ける。

「もういいですよね。じゃ、帰ります！」

「今日のところはそういう反応でも構わないが、契約書にサインしたあとは、必ず俺の愛人として振る舞うこと。もし反抗したら……借金は減らないからな。……友梨」

容赦のない言葉に、友梨はドアノブに触れながら肩越しに振り返った。

契約も交わしていないのに、もう呼び捨てにするなんて！

「わかりましたとも……蓮司！」

挑戦するかのように叫んだあと、友梨はドアを開ける。

その時、久世が大声で笑い始めた。友梨が苦々しく顔を歪《ゆが》めると、ドアの傍《そば》に立っていた東雲が、不機嫌そうに友梨をちらっと見る。そして、友梨と入れ替わりで室内に入った。

「若！」

東雲は声を上げ、事務所のドアを閉めた。

「……若？」

友梨は東雲が口にした呼び方が気になったものの、すぐに頭の隅に追いやり、廊下を進む。従業員用のドアを開けて外に出た。

つい数十分前の冷たい風は気持ちよかったのに、今では寒気に襲われて背筋がぞくぞくする。

これからいったい何が起こるのだろうか。

そんな不安に襲われるものの、友梨は前だけを向いて歩き出した。

＊＊＊

「若！」

久世はまだ込み上げてくる笑いを止められなかったが、友梨と入れ替わりで入ってきた東雲の呼びかけで、表情を消す。

「その呼び方はやめろ。組を出たんだ」

「す、すみません……社長」

何年も前に捨てた呼び名で呼ばれると、未だに当時の出来事が脳裏に浮かぶ。

楽しくもあり、苦くもあった日々が……

頭に過《よぎ》った思いを振り払うように、久世はデスクの上のファイルを手に取り、そこから友梨の履歴書を抜き取った。

「須崎友梨と愛人契約を結ぶ」

「事前に調べもせず、懐《ふところ》へ迎え入れるんですか？」

久世から履歴書を受け取った東雲が、声を荒らげる。

「彼女が嘘を言っている節は見られない。何よりヤクザに騙《だま》されたのに、一般市民の女が慶済会に立ち向かったんだ。面白いと思わないか？　その気概があれば、俺の傍《そば》にいても立ち向かえる。あの件も片付く……」

あの件――それは以前に付き合った女性のこと。いろいろな出来事が重なり数ヶ月で別れたが、十数年経った今でも彼女は久世と親密な関係を取り戻したいと思っている。既に婚約者がいる身だというのに久世への執着が激しく、あの手この手を使って久世が関係を持った女性たちを精神的に追い詰めていった。

問題なのは、彼女が自分の手を汚さずに罠を仕掛けてくるという点だ。知っているのなら、久世自身が彼女を問い詰めて解決すればいい話だが、実はそれができない。

久世には、そうする権利がないためだ。

だからこそ、彼女が何かを仕掛けてきても、気丈に立ち向かえる愛人が必要だった。

久世に執着しても無駄なんだと、自《みずか》ら律してほしいから……

「なんとかしたい気持ちはわかりますが、それでもやはりあの女性を信じるべきではないかと。並外れて強気なのが、余計にあやしく思えますが？」

「そっちは気にするな。俺と友梨の個人的な契約だ。それより――」

久世は、慶済会の三和と滝田が気になっていた。

友梨との件は、問題が片付くまで楽しめばいいだけだが、慶済会が絡むそっちは放っておけない。

三和という男とは面識がなく、滝田の話にも疑う余地はない。にもかかわらず、久世の頭の中で警鐘《けいしょう》が鳴り響いている。

あまりにも穴がなさ過ぎると……

「久世社長？」

「滝田の話に嘘はない。真実を話していた。一方で、明らかに故意に口にしなかった件があるはず。そこを探れ」

「慶済会の手の者だと？」

「どうも引っ掛かる。まずは滝田だ。あと……お前の弟分、赤荻剛《あかおぎつよし》を呼び寄せろ。友梨の護衛に付ける」

「御意」

東雲が事務所を出ていくのを見て、久世は椅子に座った。腕を組み、楽な姿勢を取って目を瞑《つぶ》る。

何か大変なことが起こりそうな予感がする。反面、その心配を打ち消すほどの喜びが、胸の奥で渦巻いていた。

久世を前にしても動じない友梨の顔が瞼《まぶた》の裏に浮かび、自然とにやついてしまう。

「須崎友梨か……」

キャバ嬢のナンバーワン、ツーに比べると、派手さに欠ける。だが、友梨には目を惹き付けられるものがあった。透明感のある美しさとでもいうのか。

それ故《ゆえ》、余計にあの勇ましい性格とのギャップに興味を引かれるのかもしれない。

「久し振りに楽しく過ごせそうだ」

悠々と目を開けた久世はスマートフォンを取り出し、部下の一人に電話をかける。

友梨の引っ越しを進めるためだった。

第二章

「友梨？　……友梨!?」

岸田の声で友梨は我に返り、パソコンの液晶画面から目線を動かした。正面に座る岸田が、心配そうに見ている。

「どうしたの？　寝不足？　……午前中もボーッとしていたし、午後に入ってもずっと〝心ここにあらず〟なんだけど。大丈夫？」

「あっ、ごめん。大丈夫。ここ数日、寝るのが遅かったせいかも」

本当にいろいろあった。

何せ、オーナーの久世と愛人契約を結ぶ約束をしたのだから……

誰だって人生が一変するような出来事が起これば、寝付けない。

「そういう日もあるけど、ほらっ……部長が睨《にら》んでる」

岸田が目配せで五十代の部長を指す。恐る恐るそちらを窺《うかが》うと、彼女の言ったとおり、友梨を咎《とが》める目で見つめていた。

上司に慌てて頭を下げた友梨は、岸田に「ありがとう」と囁《ささや》き、各部署から上がってきた書類の作成を始めた。

その時、頻繁《ひんぱん》に総務部に顔を出す、営業部の沢木がやって来た。迷いなく岸田のもとへ行き、彼女の机にクリアファイルを置く。

「岸田さん、これをお願いできるかな？　定時までに」

「なんですって？　定時まで二時間しかないのに!?」

岸田は不快な感情を隠そうともせず、顔をしかめた。

「二時間あればできるだろう？」

沢木の高飛車な態度に、もう我慢ならないとばかりに岸田が勢いよく立ち上がった。

これまでになかった彼女の行動に、彼がぎょっとする。

「あたしは沢木さんの秘書ではないの。他にも仕事があって、あなただけを優先するわけにはいかない。どうしてわからないんですか？　……しかも、余裕を持って提出すらしてくれないなんて」

「営業で忙しいんだよ」

沢木の物言いに、部署内の社員たちがため息を吐いた。彼は、毎回こうやって岸田の邪魔をしては気を引こうとするからだ。まるで小学生が好きな子に意地悪をして、意識を自分に向けさせるかのように。

本当、いい大人の男が取る行動ではない。

社員たちが見守る中、岸田が再び沢木に文句を言おうとするが、椅子に座り直した。

「わかりました。予定の時間までに仕上げます。その代わり、出ていってもらえますか？　仕事の邪魔ですので」

「岸田さん！」

沢木が岸田の肩に触れようとするのを見て、友梨はぎょっとする。彼の行き過ぎた行為を止めさせるために、手にしたファイルを強めに机に置いた。

「岸田に渡したのは、先方にお渡しする覚え書きか何かでしょうか。それを定時までに欲しいのなら、彼女の邪魔をしないでください」

久世とやり合った鬱憤《うっぷん》を晴らすかの如《ごと》く、友梨は苛立《いらだ》ちを沢木に向ける。すると、彼は驚愕《きょうがく》して友梨に目を向けた。

「き、君の言い方は――」

沢木が顔を真っ赤にする。友梨は親友を守るために彼に立ち向かおうとするが、それを止めるように部長が動いた。

「沢木さん。定時までにお届けできるよう尽力するので、時間をください」

部長は白髪《しらが》まじりの頭をほんの僅《わず》か下げ、丁寧に告げる。

年配の男性にそうされたら我を通せないと思ったのだろう。

「わかりました。では、よろしくお願いします」

沢木はさりげなく岸田を見て、総務部をあとにした。

「部長！　沢木さんの態度について、営業部に文句を言ってくださいよ。この夏以降、だんだん図に乗ってきてるんですから」

「そうしよう。さすがに彼の素行は目に余る。ところで――」

そう言った部長が、友梨に目線を移す。

「岸田さんを守ろうとする気持ちはわかる。だが、あんな風に盾突《たてつ》かれたら、彼も引くに引けなくなるだろう？　これまで同様、上手くあしらいなさい」

「はい。申し訳ありません」

友梨が素直に謝ると、部長が頷く。彼は自分の席に戻っていくが、途中で振り返り、友梨たちを見回した。

「ただ、私もこれ以上は看過《かんか》できない。営業部長に話をつける。もうしばらく我慢してほしい」

「ありがとうございます！」

同僚たちはそれぞれ安堵の笑みを浮かべ、胸を撫で下ろす。友梨もそのうちの一人だったが、部長に厳しい目を向けられて姿勢を正した。

「今日はいつもより集中力がなかったみたいだね。岸田さんの仕事を手伝いなさい」

「わかりました」

友梨はデスクを回り、岸田の横に立った。ファイルを持つと、彼女がそっと友梨の腕に触れる。

「ごめん……」

謝る岸田に気にしないでと伝えるように軽く頭を振り、友梨は自分の席に戻った。

仕事に取り掛かるが、なかなか量が減っていかない。すると、自分の仕事を終えた同僚たちが友梨を手伝ってくれた。

そのお陰で、ぎりぎり定時で今日の仕事が終わった。

「忙しいのに手伝ってくれてありがとうございます！　あの……行ける人だけでいいので、皆でご飯に行きませんか？」

岸田が同僚たちに声をかけ、参加者を募《つの》る。そうして、予定のある者以外で夕食に行くことになった。

友梨たちはオフィスビルを出て、皆でわいわいしながら歩く。しかし、途中で先ほどの仕事の話になると、岸田が急に拳《こぶし》を振り上げた。

「今まで黙って耐えてきたけど、もう我慢ならない！」

「岸田さんが、沢木さんの想いに応《こた》えてあげたらいいんじゃない？　頭を撫で撫でして」

先輩が面白おかしく言うと、岸田がとんでもないと顔を真っ青にする。

「無理！　有能で、女性の目を惹き付けるほどの容姿でも、あの子どもっぽい性格は受け入れられない。先輩だって無理でしょう⁉」

「無理っていうより、あたしには彼氏がいるし」

そう言って彼女は左手を挙げて、薬指で輝くリングを見せる。

岸田が「羨《うらや》ましい！」と本気で悔しがる姿に、皆で笑い合った。

「今夜は飲みたい気分だから、たくさん飲めるところがいいな。居酒屋？　焼き鳥屋？」

「だったらいいお店が――」

先輩たちと岸田のやり取りに、友梨も加わった時、歩道の脇に黒塗りの車が横付けされた。何気なくそちらに目を向けると、後部座席の窓が滑《なめ》らかに下がっていく。

車内にいる人物――久世蓮司の顔が目に入るや否や、友梨の心臓が痛いぐらいに跳ね上がった。喉の筋肉が強張《こわば》り、息をするのも苦しくなる。

久世は鋭い目を友梨だけに向けていた。

「な、何？　あたしたちの方を見てるみたいだけど」

「でも素敵な人じゃない？　妙に惹き付けられる。男の魅力？　色気っていうか……」

同僚たちが色めき立つ中、友梨だけが久世から目を逸《そ》らせない。

どうして会社にまで？　今夜はキャバクラに寄って、久世と連絡を取るつもりでいたのに……

久世に見つめられるうちに、クラクションの音、岸田たちの話し声などの喧騒《けんそう》がどんどん遠のいていく。歩道を歩く人たちでさえ視界に入らない。もう彼のことしか考えられなくなる。

そんな風になる自分が怖い——と思った瞬間、久世が目で車内を示し〝ここに来い〟と合図を送った。

久世はここに来て、友梨を連れて行こうと思えばそうできるのに、あえてそれをしない。もしかして、友梨が同僚たちの前で慌てないようにしてくれたのだろうか。

「友梨、行こう！」

岸田に声をかけられ、友梨は我に返った。先を進む同僚たちを目で追い、岸田と向き合う。

「あの、用事があったのをすっかり忘れてた。次は参加するからって、皆に言ってくれる?」

「えっ、そうなの? ……わかった。じゃ、また明日ね」

不可解な表情をしつつも、岸田は同僚たちのもとへ走る。

彼女たちの後ろ姿が目に入らなくなると、友梨は久世の乗った車へ歩き出した。

助手席からスーツを着た男性が降り立ち、後部座席のドアを開ける。これから何が起こるのかと身構えつつ、友梨は久世の隣に身を滑らせた。

車はすぐに発進するが、久世は一言も発しない。友梨は不安を押し殺しながら、前方に座る男性たちに目をやった。

運転手は面識のある東雲だ。助手席の男性には見覚えがないが、東雲よりやや若い。

この二人を連れて、今からどこへ行こうというのか。

久世を窺《うかが》うと、それを待っていたかのように、彼が友梨の膝に大きな封筒を置いた。

「愛人契約の書類だ。目を通して判を捺《お》してもらう。借金返済については、こちらで用意した弁護士に任せる。いいな?」

「はい」

そう返事する他ない。ただ、東雲は別としても、助手席に座る男性にまで、愛人契約を知らせる必要はないのにと思わずにはいられなかった。

友梨は手にした封筒をきつく掴《つか》むが、小さく息を吐いて気持ちを切り替える。

「確認して持っていきます。駅で降ろしてもらう前に、連絡先を教えてください」

「連絡先？　あとで教えよう」

「あとで？　……つまり、これからどこかへ行くと？　ひょっとしてキャバクラ？」

友梨の問いに、久世がおかしそうに片頬を上げた。

「すぐにわかる」

久世の思わせ振りな態度に心拍数が上がった時、スモークガラスの向こう側に、友梨も知る有名な高層マンションが見えてきた。

湾岸の方？　どうしてそっちに行くの？　――そう思っていると、車は高層マンションへ向かい、あろうことか、そこのエントランスの前で停車した。

驚く友梨を尻目に、助手席に座っていた男性が外へ出て、久世側のドアを開ける。久世は流れるような動きで車を降り、友梨に目を向けた。

「いったいどこへ――」

友梨は声をかけるが、車外に出た男性たちに一斉に見つめられて口を閉じる。

ここで問い詰めてもどうなるものでもないと覚悟を決めた友梨は、しぶしぶ車を降りた。

「こっちだ」

久世に促《うなが》されて、マンションのエントランスに入る。

友梨の目に、大理石が敷き詰められた床や壁、玄関ホールを照らす豪奢《ごうしゃ》なシャンデリア、応接セットが飛び込んできた。広いカウンターの中には、四十代ぐらいの男性コンシェルジュが立っている。

「久世さま、お帰りなさいませ」

コンシェルジュの挨拶《あいさつ》に、久世は軽く頷き、友梨をエレベーターホールへ導《みちび》く。最上階で降り、数戸しかないドアの一つを開けた。

広々とした玄関も、マンションのエントランスに劣らない。

ここはいったいどういう部屋？

事務所なら、高層マンションの最上階に置く必要はない。もっと出入りしやすいビルにするはずだ。

もしかして、久世が誰かと密会する部屋なのだろうか。

友梨は注意深く周囲を見回し、先を進む久世のあとを追う。その後ろを、男性二人が続いた。

まるでどこかへ連行される錯覚に陥《おちい》り、友梨の手のひらが湿《しめ》り気《け》を帯びてくる。込み上げる生唾を呑み込んだ時、久世が廊下の先にあるドアを開けた。

途端、何十畳もの広さがある部屋が視界に飛び込んできた。壁に掛かるテレビと絵画、柔らかそうなソファ、十人は座れるダイニングテーブルなどがある。大きな窓の向こうには、都心の眩《まばゆ》い夜景が煌《きら》めいていた。

「座れ」

ソファに腰を落とした久世が、傍《そば》のソファを顎《あご》で指す。

友梨はどうしようか迷うものの、ここまで来て逆らうのは得策ではない。おずおずソファに座ると、東雲が久世の傍《そば》に、もう一人の男性が友梨の背後に立った。

久世が友梨の後ろに立つ男性に何か合図を送ったあと、彼は友梨の持つ封筒に視線を落とした。

「友梨、今からそれをチェックしてもらう」

「今!?」

「そうだ」

「家で契約内容を確認する時間すら与えてくれないの？」

友梨の物言いに、久世が軽く顎《あご》を引いて失笑した。

「家？　契約の間は同棲すると言っただろう？　今夜から俺の自宅で……ここで暮らしてもらう」

「自宅!?」

友梨が目を見開くが、久世は動じない。それどころかゆったりとした所作で脚を組み、友梨の心に深く切り込むような目つきをした。

「君の部屋にあった荷物は、業者に頼んで既にここに運び込ませた」

「なんですって⁉」

「不要な家具は貸倉庫に入れてある。契約満了してここを出ていく時、新居に運び入れよう」

勝手な行動をされて怒りが湧き起こってくる。しかしそれを吐露《とろ》する前に、東雲に〝こうなった責任はあなたにあるんですよ？〟と言わんばかりの冷たい目で射られた。

友梨はすぐに平静に戻る。東雲が訴えるとおり、友梨の借金が原因だからだ。

「友梨の後ろにいるのは、俺のアシスタント……東雲猛の弟分、赤荻剛だ。この先、君の護衛をさせる」

「護衛？　……わたしには必要ないです」

「まだわかってないのか？　俺は、暴力団と繋《つな》がりがあるフロント企業の社長だ。同系の会社から恨みを買うのも多い。それで、気概のある君と契約を結ぶことにしたんだが」

「結局、そういう女性なら誰でも良かったって意味ね」

ボソッと呟《つぶや》くと、久世がおかしげに口元を緩《ゆる》めて立ち上がった。それに合わせて、東雲がその場を去る。

一瞬そちらに気を取られるが、久世が友梨の傍《そば》に数歩で近づき上体を屈《かが》めてきたため、再び彼に意識を戻した。

「なんだ？　容姿を褒めてもらえなくて残念だった？」

「……えっ？　ち、違っ！　わたしは――」

狼狽《うろた》えながらも反論すると、久世が友梨の耳元に口を寄せてきた。

「君が気に入ったと言っただろう？　今夜、証明しよう」

今夜証明する？　それってどういう……？

友梨が顔をしかめる中、久世はゆっくり顔を上げて距離を取った。

「俺は所用で出掛ける。その間に契約書に目を通し、拇印《ぼいん》を捺《お》すんだ。それが終われば、この家の中を見て回るといい。帰宅時間は遅くなる。夕食は俺の帰りを待たず、好きなものを頼んで済ませておいてくれ。但《ただ》し、外へは一歩も出るな」

「そんな！　わたし――」

「いいな」

久世に念を押されて、友梨は仕方なく口を噤《つぐ》む。

その直後、東雲と五十代ぐらいの恰幅《かっぷく》のいい男性が入ってきた。

「社長、到着されました」

久世は頷き、男性を自分が座っていた場所へ促《うなが》す。

「友梨、彼はうちの顧問弁護士、高井《たかい》弁護士だ。わからないところがあれば、彼に訊けばいい。また借金返済については、彼が表立って対応する。もう二度と三和と会う必要はない。わかったな？」

久世の説明に、友梨は静かに頷く。

もう二度と三和に会わなくていいのだ。彼から解放されると思っただけで、安堵の息が零《こぼ》れる。

「剛、俺が戻るまであとは頼む」

「御意」

東雲の弟分だと紹介された赤荻が、首を縦に振る。

久世はそんな赤荻をじっと見つめたのち、東雲を伴《ともな》って部屋を出ていった。

馴染んでもいない家に、見知らぬ男性二人と共に残された友梨。赤荻に監視されているのを肌で感じながら、高井弁護士に顔を向けた。

「初めまして、高井と申します。まずは契約書に目を通してください」

友梨は言われるがまま契約書を取り出した。

愛人の取り決めを他人に知られるのは恥ずかしいが、そうも言っていられない。友梨は割り切り、時間をかけてじっくりと読み進める。

そこで初めて、久世が三十歳で、有名私立大学の経済学部を卒業していると知った。しかも、彼の事業は会社経営から株投資まで幅広く、友梨の予想を遥かに超えている。キャバクラの経営はその内の一つに過ぎなかった。

財力があるため、友梨の借金を簡単に肩代わりできるのだろう。

久世の素性を契約書で読み取ったあと、本来確認しなければならない部分に移る。わからないところは、高井弁護士に訊ねた。

その間、赤荻がキッチンに立ち、二人にコーヒーを淹《い》れてくれた。

赤荻さんってそつなく動ける人なのね――と横目で見ながらも、友梨は書類の確認を進める。

高井弁護士の話から察するに、まさに公正な取引内容のようだった。

「こういう契約を結ばれる際、大抵、女性側が不利になります。ですが、社長は公明正大だ。須崎さんに対し、彼を戒《いまし》める制約も入れるとは……。それに対しての罰金も明確にされてます。こういう特殊な契約であっても、誠実であろうとしているのでしょう」

高井弁護士の言うとおりだ。愛人契約は、お互いが納得した上で公平に交わすもの。なのに、久世は自分が約束を破った時にのみ罰金を科した。

何故、友梨が契約の履行を拒んだ場合の罰則は、明記しなかったのか。

不思議でならなかったが、友梨に久世の考えなどわかるはずがない。ひとまず自分を苦しめる制約がないのなら、いい契約と言えるだろう。

「さあ、問題なければ、ここと、ここに……」

高井弁護士が示した箇所に、友梨は拇印《ぼいん》を捺《お》す。

「私はこのあと、須崎さんの代理人として、借金の返済に行ってきます」

「えっ？　今からですか？」

「こういうのは早くしないと……。久世社長より迅速に対応してほしいと言い付かっておりますしね。須崎さんも早々にあちらとの縁を切った方がいいと思いますから。では」

「よろしくお願いします」

友梨は高井弁護士を玄関まで送った。

「これで、あなたは社長の愛人ですね」

背後から深い声音が響き、友梨はさっと振り返った。真剣な目を向ける赤荻と、視線がぶつかる。

初めて赤荻を真正面から見据えた。髪を短く刈った彼の体躯《たいく》は、細身ながらも引き締まっている。剣道や空手といった俊敏《しゅんびん》な動きが求められる武道をしているのかもしれない。

友梨に気付かれず、いつの間にか真後ろに立っていたのだから……。

「愛人役よ。間違えないで」

友梨は赤荻を一瞥《いちべつ》してから、リビングルームに戻る。追ってきた彼が、まだ話し足りないとばかりに友梨の正面に回った。

「一緒では？　男と女、ベッドに入ればやることは同じなのだし」

「……護衛の域を越えた質問ね」

友梨が窘《たしな》めるように言った途端、赤荻の表情が一変した。楽しそうに口角を上げる彼は、先ほどまでの様子と全然違う。とても朗《ほが》らかな顔つきで、友梨に微笑みかけた。

「東雲さんの言ったとおり、一筋縄ではいかないお方だ。確かに、久世社長の愛人にはこういう方でないと、あの人には太刀打《たちう》ち――」

そう言って、赤荻は慌てて口を噤《つぐ》む。しまったという顔をして、そわそわと落ち着かない。

「赤荻さん、どうしたの？　……あの人って？」

友梨は首を小さく捻《ひね》って赤荻に近寄るが、彼はこれ以上訊かないでくれとばかりに一歩下がる。

その時、部屋にチャイム音が響き渡った。

「夕食が届いたようだ！」

赤荻はいそいそと玄関へ走っていった。

友梨が不思議に思っていると、早々に彼が引き返してきた。手にした箱を持ち上げる。

「人気イタリアン店のデリバリーです。とても美味《おい》しいという評判で、店はいつも満席だとか。きっと須崎さんも気に入るかと」

赤荻が友梨をダイニングテーブルへ促《うなが》す。そこでデリバリーの箱を開け、ラザニア、エビのカクテル、そしてチキンをお皿に載せた。さらにデザートのジェラートまでテーブルに並べる。

「先に頼んでくれたの？」

「はい。食事時間が遅くなるのは、美容によくないと言いますし」

赤荻の心配りに感謝して、友梨は椅子に座った。

一人分の量にしては多いなと思いつつも、あまりのいい匂いに鼻腔《びこう》をくすぐられ、美味《おい》しそうな料理に目が吸い寄せられてしまう。

「お腹が空いたでしょう？　どうぞ」

「美味《おい》しそう！　いただきます」

友梨がフォークを手にした拍子に、赤荻が料理を見ながら生唾を呑み込んだ。彼の堅物《かたぶつ》な一面が崩れ、可愛い性格が表に出ている。それがおかしくて、友梨はくすくす笑った。

久世は〝好きなものを頼んで済ませておくように〟と言ったが、赤荻は相談せずに注文した。彼がここの料理を食べてみたかったのだ。

「ねえ、赤荻さんも一緒に食べない？　一人分の量にしては多いし……？」

友梨がそう言ってちらっと見ると、赤荻が目を輝かせた。そういう素直な反応にも好感を抱いた友梨は、彼を手招きする。

「契約が切れるまで、赤荻さんがわたしの傍《そば》にいつもいてくれるんでしょう？　だったら、わたしが一人の時は、こういう風に一緒に食事をすることもあるんだと覚えてくれないと」

「あ、ありがとうございます！」

赤荻は満面の笑みで自分のお皿を用意し、友梨の前に座った。

「せっかくだから、蓮司の話を聞かせて」

「もう親しげに名前で呼ばれているんですね」

嬉しそうな赤荻に、友梨は頬を引き攣《つ》らせた。

久世を名前で呼ぶようになったのは、彼に指示されてそれを受け入れたからではない。いきなり親しげに名前で呼ばれた腹いせと、あえてお互いの立場は同等だと伝えるためだ。決して親しいという理由ではない。

そう言い聞かせるが、胸の奥にチクリとした痛みが走り、つい眉間を寄せてしまう。

「須崎さん？」

友梨はハッとして、赤荻になんでもないと首を横に振る。

「大丈夫……」

誤魔化すように笑顔を向けたあと、友梨は赤荻と歓談しながらイタリアンを堪能した。

久世がフロント企業を興《おこ》した切っ掛けは本人から聞くようにと言われたものの、赤荻はそれ以降の出来事を少しずつ話してくれた。

久世は仕事に精力的で、決して手を抜かない。しかも一手、二手、必要とあれば三手先まで情勢を読み、決して不利な状況には陥《おちい》らないとのこと。また、部下を家族同様に大切にするため、彼らの忠誠心は厚いという話だ。

それらの話は食事中だけに留《とど》まらず、赤荻の案内で室内を確認する間も続いた。

友梨は相槌《あいづち》を打ちながら、豪華なマンションの見事な内装を見回す。

久世の家はペントハウスになっており、二階にはベッドルームがある。赤荻は、久世のマスターベッドルームの真向かいにあるドアを開けた。

「こちらが、須崎さんのお部屋です」

友梨のために用意された十二畳ほどの部屋には、ダブルベッドに大型テレビ、鏡台、そしてチェストがある。今朝まで使っていた化粧品やバッグなども置かれていた。

「社長のご帰宅は、日付を跨《また》ぐかと思います。私は下で控えておりますので、どうぞシャワーでも浴びて、ゆっくりしてください。奥のドアが化粧室に繋《つな》がっています」

「……ありがとう」

赤荻が出ていったあと、友梨はベッドに腰掛けて部屋を眺めた。

「ここが、わたしの鳥籠か……」

それでも有り難い。久世と同じ部屋を使わされると思っていただけに、自分の部屋を与えられるなんて想像すらしていなかったからだ。

「勝手に引っ越しの手続きをした件は頭にくるけど……」

しかし、こうやって無理やり行動に移されなかったら、途中で怯《ひる》んでいたかもしれない。

愛人契約については既に覚悟しつつも、考える時間ができたら後悔していたかも……

そんな考えを追い払うように、友梨は肩の力を抜いた。

赤荻にシャワーを勧められたが、久世が帰ってこない間は勝手に使いたくない。

でも、今日は本当に疲れた。ちょっとだけ休もう……

友梨は力なく床に座り直し、ベッドに腕を置いてそこに頭を乗せた。

お腹も膨《ふく》れたせいか、眠気が徐々に襲ってくる。春の穏やかな陽射しを浴びたみたいに、とても気持ちいい。躯《からだ》も温まってきた。

「少しだけ。彼が戻ってくるまで……」

うつらうつらしていた友梨は、瞼《まぶた》が引き寄せ合うままに目を閉じると、深い眠りに誘われていった。


それからどれくらい経ったのだろうか。

まるで波間を漂《ただよ》っているかのようにゆらゆら揺れるのを感じて、友梨は何度もうっとりした息を零《こぼ》した。

打ち寄せては引く柔らかい波が、友梨の躯《からだ》を撫でていく。その感触がとても気持ちいい。

もうしばらく寝ていたくて、寝返りを打とうとした時、不意に躯《からだ》に重みがかかって動けなくなる。

わたし、クッションか何かを抱いて寝てた？　――と考えながら、友梨は力の入らない手でそれを退《ど》けようとする。でも躯《からだ》にかかる重みは消えない。

「うーん」

友梨は呻《うめ》き声を上げて、瞼《まぶた》をおもむろに開けた。ベッドサイドのランプが灯っているが部屋は薄暗く、ぼんやりとしか見えない。

「今、何時……？」

「起きたか？」

突如《とつじょ》響いた男性の声に、心地よいまどろみから一気に目覚める。ぼやけていた輪郭《りんかく》がどんどん鮮明になり、自分を組み敷く男性に気付いた。

「く、久世、蓮司？」

久世が口元を緩《ゆる》めて、友梨の頬を指でなぞった。寝起きの躯《からだ》に残る熱が、一気に燃え上がる。

「他の男の名を呼ばれなくて良かった。……高井弁護士から連絡が入った。借金は完済、これで友梨は慶済会との繋《つな》がりがなくなった」

「……ありがとうございます」

三和への借金はなくなったが、それは返す相手が替わっただけ。これからは久世の愛人を演じて、彼に返済していくのだ。

とはいえ、今はまだ現実に向き合いたくない友梨は、久世から視線を逸《そ》らし、室内に目を向けた。

壁に掛けられた絵画や内装に見覚えがない。

つまりここは、友梨の部屋ではなく、久世の部屋？　友梨が眠っている間に、彼のマスターベッドルームに連れてこられた？　それにさえ気付かないほど、眠っていたということ⁉

友梨はその事実に動揺しつつ、こちらを見下ろす久世に焦点を合わせた。

久世はスーツを脱ぎ、シャツのボタンをいくつか外している。ほんの僅《わず》かにお酒の香りがするのは、付き合いで飲んだためだろう。

でも酔っぱらってはいない。眼差しの奥にあるのは、友梨を強く求める欲望だ。

「今夜、君を望む」

そうするのが当然だと言わんばかりに、久世が友梨の首筋に唇を落とした。指の先が痺《しび》れたように震え、心音が跳ね上がる。

久世は友梨の腕を撫でながら、耳朶《じだ》、耳殻《じかく》、こめかみへと唇を滑らせた。頬をなぶる、久世の吐息と香りに、胸の高鳴りが止まらない。

「友梨……」

大きな武骨な手で友梨の頬を覆う久世は、唇を求めて距離を縮めてきた。

そこを濡らされる直前で、友梨は顔を背《そむ》ける。

「……やめて」

「友梨？」

久世の愛人として、求められるのは承知している。でも、引っ越しの初日にこれはない。

ひとまず友梨が一息つける時間と、久世のいいところを見つける時間が欲しい。

久世と心を通わせられるようになった時に、ベッドで……

友梨は不利な体勢を変えようとするが、その前に、久世に阻《はば》まれた。

「退《ど》いて……」

「契約を忘れたのか？」

「忘れるわけない。わたしの借金は……蓮司に移ったって知らされたもの」

そう言った瞬間、久世の手が友梨の首の下に回される。頭がガクッと下がり、あっと口を開いたその時を狙ったかのように、彼に唇を塞《ふさ》がれた。

「……ッ！」

口づけから逃れたいあまり、友梨は久世の肩を叩いて押し返そうとする。しかし、力の出せない体勢に為《な》す術《すべ》がない。

それでも必死に抵抗していると、久世の舌が口腔《こうこう》に滑り込んできた。

「ン……っ」

友梨の躯《からだ》の芯が甘怠《あまだる》くなって痺《しび》れていく。双脚の付け根も疼《うず》いてきた。久世を押し返そうとする手にさえ力が入らなくなる。

ただのキスなのに……

「今夜、証明すると言っただろう」

かすかに唇を離して口元で囁《ささや》いた久世に、再び塞《ふさ》がれた。角度を変えて深い交わりを求めてくるものの、先ほどの性急さはなく、そこには熱っぽいものが込められていた。

友梨の心を開けるように、愛しさを込めるように……

愛しい？　そんな風に、蓮司から思われるわけないのに！　――そう心の中で反論した途端、友梨の躯《からだ》に力が漲《みなぎ》っていく。なんとかして久世から逃げたくて、手を動かし、両脚をばたつかせた。

「友梨！」

友梨に体重をかけてきた久世に、動きを封じられる。それでも諦めずに暴れるが、到底力で彼に敵《かな》うわけがない。頭上で両手首を片手で押さえられて身動きできなくなってしまった。

とうとう力尽きた友梨は、ベッドに沈む。

そうしながらも目線を上げ、こちらを覗《のぞ》き込む久世と目を合わせた。

「そんなに嫌なのか？」

「抱かれるのが嫌なんじゃない。ただ今夜は……したくない」

「俺とセックスをしたくない？」

久世がおもむろに片眉を上げる。

あからさまな言葉に、友梨の頬が一気に上気して心臓が強く跳ねた。それを抑えるように、唇をぎゅっと真一文字に結ぶ。

すると、久世が体重をかけたまま友梨の脇腹を撫で上げた。衣服の上から乳房を包み込み、優しく揉み始める。しかも的確に乳首を探し当て、指の腹で擦《こす》った。

「……ンッ」

自然と喘《あえ》ぎが零《こぼ》れると、久世が友梨に顔を近づけ、唇が触れるか触れないかの距離でぴたりと止めた。熱い吐息で唇をなぶられ、そこがぴくぴくと震え始める。

「躯《からだ》はそう思っていないみたいだが？」

「なっ！　……わたしは本気よ」

そう言った時、友梨の手首を握る久世の力が、いつの間にか緩《ゆる》んでいることに気付いた。

もしかして、今なら逃げられる⁉

友梨は急いで手を引き抜き、久世の肩を押しやる。さらに闇雲に拳《こぶし》を突き出した。次の瞬間、友梨の拳《こぶし》が久世の硬い鳩尾《みぞおち》に直撃した。

「……うっ！」

久世が呻《うめ》き声を上げた。予想以上にきつく入ったのか、崩れ落ちるようにしてベッドに伏せる。

「う、嘘！」

正直、久世なら友梨の反撃を簡単に避けられると思っていた。彼は片手で友梨の両手首を掴《つか》み、動けなくする力を持っているからだ。

そんな久世が、友梨の拳《こぶし》をまともに受けるなんて……

「ゆう、り……っ！」

「ごめんなさい！　そういうつもりじゃなかったの！　ただ、わたしの気持ちを無視するやり方に我慢がならなくて」

友梨は上体を起こし、久世に手を伸ばす。しかし、彼の肩に触れそうになった直前で動きを止めた。

酷い真似をしたわたしには、触れられたくないのでは？　――と思った友梨は、久世に触れようとした手をさっと胸に引き寄せて顔を背《そむ》けた。

「東雲さんは？　赤荻さんはまだ下にいる？　わたし、彼らを呼んくる！」

腰を浮かそうとするが、その前に久世に凄《すご》い力で腕を掴《つか》まれた。

息が止まりそうになるのを感じながら振り返り、まだ動けずにいる久世を見下ろす。

「二人がいるわけ……ない。もう、家に帰した」

「だったらどうしたら……。病院？　……ううん、救急車!?」

慌てる友梨に、久世が初めて頬を緩《ゆる》める。でもその柔らかな表情とは裏腹に、友梨を掴《つか》む手は強かった。

「慌てなくていい。しばらくすれば痛みは引く。それより、もう部屋へ戻って休め。興をそがれた……今夜の約束はなしだ」

「わかった。あの、本当にごめんなさい」

友梨は謝ってベッドを下り、逃げるように部屋を出た。自室へ戻り力なくドアに凭《もた》れると息を吐いて俯《うつむ》く。そして、すぐに久世の部屋がある方向を見た。

本当に躯《からだ》は大丈夫なのだろうか。

久世を想うだけで目頭《めがしら》が熱くなり、そこがちくちくし始めた。借金を背負って以降、初めて後悔の涙が零《こぼ》れ落ちる。

三和とやり合った時も、久世と愛人契約を結んだ時も、ここまで打ちひしがれなかった。原因を作った理由は友梨にあり、それを背負う覚悟ができていたためだ。

自分で決意したことに後悔はない。前を向いて進むだけだと理解している。でも今は、自責の念に駆られていた。

恩人の久世に対して取った自分の行動に……

「愛人契約の内容を承知して判を捺《お》したのは、わたしなのに！」

友梨は唇を震わせて、静かに涙を流す。

しばらくして涙を手の甲で乱暴に拭《ぬぐ》うと、部屋を出て階下のキッチンへ向かった。

こんなところで立ち止まってはいけない。前を向き続けなければ……

キッチンの戸棚を漁《あさ》ってボウルを取り出し、氷水を作る。引き出しに入っていたタオルも持つと、久世の部屋がある階上へ戻った。

マスターベッドルームのドアをノックしようと手を上げるものの、久世に声をかけていいのかと躊躇《ためら》ってしまう。

誰が自分を痛めつけた女に会いたいと思うだろうか。

友梨は尻込みしてしまいそうになるが、即座にその考えを振り払った。

今は久世の躯《からだ》を一番に考えるべきだ。

友梨は勇気を振り絞ってドアをノックし、小声で「蓮司？」と呼びかけた。でも、返事はない。

もしかして、体調が悪くなったとか？

友梨は慌ててドアを開け、間接照明が灯る薄暗い部屋に飛び込んだ。

誰もいないベッドに駆け寄るとボウルをナイトテーブルに置き、乱れたベッドに触れる。

ほのかに温もりが残っている。ついさっきまでいた証《あか》しだ。

だったら、どこへ？

久世が倒れていないかとベッドの反対側や室内を探すが、彼がいる気配すらない。

「どうしていないの⁉」

不安のあまり声を上げると、友梨の耳にシャワーを浴びる音が聞こえてきた。

「えっ？　もうシャワーを浴びられるほど元気になったの？　そんなに早く回復するもの？」

不思議に思ったが、一番大事なのは久世が動けるようになったことだ。

今夜は久世をそっとしておき、明日改めて謝ろう。

友梨は安堵の息を吐いて自室へ戻ったものの、久世の体調が心配でベッドに入って休めるはずもない。ソファに腰を下ろすと、抱えた膝に頭を乗せる。

今頃になって痛みを感じた手を擦《さす》りながら、そっと目を瞑《つぶ》ったのだった。

——翌日。

「はあ……」

いつもと変わらず出勤して定時で上がるが、友梨の口から漏れるのはため息ばかり。同僚たちに挨拶《あいさつ》して会社を出たあとも、気持ちが晴れることはなかった。

冷たい風が頬をなぶる。時折強く吹いて、プリーツスカートや、背中に下ろした髪を揺らした。

この風が一段と冷たくなる頃には、友梨はいったいどうなっているのだろう。

「バカね。そんなことを考えてもどうにもならないのに。それより、きちんと蓮司と話さないと」

実は今朝、友梨はソファにいたはずなのにベッドで目覚めた。知らぬ間に久世が部屋に入り、友梨を運んだようだ。

友梨はすぐに部屋を出て久世を探したが、彼はもういなかった。

午前六時をほんの少し過ぎたばかりだったというのに……

リビングルームに入って力なくソファに腰を下ろした時、ガラステーブルに置かれたメモを見つけた。

それは久世からの手紙で、〝仕事で先に出る〟と書かれてあった。さらに、彼と赤荻の携帯番号が書かれていた。

こんなに早く出る必要が？　――と驚くと同時に、ある事実に気付き寂しく笑った。

つまり、友梨と顔を合わせたくなかったのだ。それならば、どうしてソファで眠っていた友梨をベッドに寝かせたのか。

いろいろな疑問が頭を過《よぎ》るが、友梨は余計な雑念を頭の隅へと押しやった。

まずは、久世と話をしなければ、何も始まらない。

でもその前に、キャバクラに置いたままの私物を取りに行こう。

そう考え新宿方面へ向かおうとする友梨だったが、途中で足を止める。街路樹に身を隠すようにして立つ赤荻の姿が、友梨の視界に入ったからだ。

「何故、ここに？」

「おかしなことを……。須崎さんの護衛に付くと決まったでしょう？」

赤荻が肩を揺らして笑ったあと、宣誓するように片手を顔の横に上げた。

「基本、久世社長がいらっしゃらない時は須崎さんの護衛としてお傍《そば》にいます。しかし、日中お仕事をされている間は離れます。だから――」

「だから？」

「きちんと働く俺のために、いろいろと美味《おい》しいものを食べさせてほしいな……と。久世社長は須崎さんのためなら、出し渋《しぶ》りはしませんから」

「出し渋《しぶ》らない？　それはどうだか……」

友梨は自嘲《じちょう》しながら軽く俯《うつむ》いた。

昨夜、あんなことがあったというのもあり、久世が友梨に心を砕くとは考えられなかったからだ。

「須崎さん？　いったい何を言って？」

赤荻が不思議そうな表情を浮かべるのを見て、友梨は頭を振った。

友梨が何かを言う相手は赤荻ではない、久世本人だ。

「これから〝Avehasard〟に行ってくる」

「キャバクラへ？　ですが、もう働く必要などないのでは？　既に辞められたはずです」

「わたしの荷物が置きっ放しなの。それに面倒を見てくれたマナミさん……クラブのナンバーツーなんだけど、彼女にもきちんとお礼を言いたいし」

「ですが――」

慌てる赤荻を振り切るように、友梨は歩き出した。

「須崎さん！」

赤荻は叫ぶもののそれ以上何も言わず、しぶしぶ友梨のあとに続いた。

数十分後には目的地に到着した。やはり開店まで時間があるせいか人通りは少なく、黒服たちが店の前や店内を掃除している。

「須崎さん。俺は外で待ってます。社長の愛人が須崎さんだと、まだ公《おおやけ》にされていないので」

友梨は頷き、一人で〝Avehasard〟のドアを開けた。フロアには、友梨より一ヶ月ほど早く入った十代の黒服がいるだけだった。

「ユリさん？　今夜は早い出勤ですね」

出勤？　ということは、まだ友梨が辞めた件は伝わっていない？

どう反応していいのかわからないのもあり、友梨は曖昧《あいまい》な表情で奥を指した。

「まだ誰も？」

「お嬢たちは、まだ……」

黒服たちにお嬢と呼ばれるキャバ嬢たちは、同伴出勤が多い。時間が早いというのもあって、まだ誰も来ていないのだろう。

「そう。わたしは忘れ物を取りに来ただけなの。気にしないで」

一言断りを入れて、休憩室へ向かうが、友梨は不思議に思っていた。

どうして友梨が辞めた件が、黒服に伝わっていないのだろうかと。

「まだ辞めたとは知らせたくない？」

友梨はドアの前で考え込むが、すぐに気を取り直してドアに手を伸ばす。

その時、誰もいないはずの部屋から声が聞こえた。男性の「もう危険だ！」という必死な声に、ぴたりと動きを止める。

危険って、いったい何が？

「もう、バレかけてるんだよ！　俺は怖い……」

この声って、滝田？　バレてるっていったい？

友梨はドアに顔を寄せ、息をひそめて室内の声に耳を澄ました。

足音と滝田の声しか聞こえないのは、彼が歩きながら電話をしているからだ。相手とは親しい間柄なのか、砕けた口調で話している。

「俺は調べられてる。辛うじて誤魔化せたが、あの目は……絶対に俺を疑っていた」

友梨は滝田の話をもっと知りたいと思い、さらにドアに体重をかけた。

次の瞬間、それが緩《ゆる》やかに内側へ開く。

「あっ！」

友梨の躯《からだ》が前へ倒れていく。なんとかして踏ん張ろうと思ってもそうするには遅く、友梨は四《よ》つん這《ば》いになるように床に手を突いてしまった。

反射的に顔を上げると、こちらを驚いた表情を浮かべる滝田と目が合う。

「またかけ直す！」

電話を切った滝田の顔から、感情の色が消えていった。一度も見たことがないその顔つきに、友梨の手が震える。

滝田は本当に黒服？

幾多《いくた》の荒波を越えたような鋭さが顔に出ていることに、友梨は驚きを隠せなかった。

「俺の話を聞いてたな」

「えっ？　わたしは別に……っぁ！」

友梨は胸元を掴《つか》まれて、引っ張り上げられる。首が絞まって顔をしかめてしまうが、滝田は容赦なく力を込めてくる。

「お前のせいだ！　お前が……俺たちの計画をめちゃくちゃにっ！」

「やめてくだ……さい！」

言葉を詰まらせながらも滝田の腕を掴《つか》むが、彼の力は一向に緩《ゆる》まない。

「どこまで聞いた？　あの人の名前を知ったのか⁉」

「……っ」

友梨は必死に首を横に振る。

名前なんて聞いていない。滝田に、何か秘密があると知っただけだ。だが彼は信じない。一層友梨をきつく掴《つか》み、持ち上げるように躯《からだ》を大きく揺すってきた。

「ユリ！　……何を聞いたか、吐くんだ！」

「何をしてる！」

突如《とつじょ》、低い声が部屋に響き渡った。同時に友梨は苦しみから解放され、逞《たくま》しい腕に引き寄せられる。

「ゴホッ、ゴホッ……」

「大丈夫か⁉」

強く抱きしめられて、友梨の胸が熱くなっていった。その温もりが心地よくて、涙があふれそうになる。

こんな気持ちになったのは生まれて初めてだ。

友梨の心を激しく揺さぶる男性――久世を見つめる。感情を顔に出してはいないが、瞳は心配そうに揺れていた。

「怪我は？　何かされたのか？」

友梨は咳をしながら頭を振り、久世の隣にいる東雲から滝田へ目を向ける。彼は赤荻に腕を捻《ひね》られて、跪《ひざまず》いていた。

「滝田。何を口走ったのか、俺に吐いてほしいね」

「久世社長が訊ねてるぞ」

赤荻が滝田の耳の傍《そば》で告げて、彼の顔を上げさせる。滝田は友梨に見せた凄《すご》みを消し、助けを乞うような表情を浮かべていた。

「何も……。お嬢たちの同伴相手の名前を言っていただけです」

「だったら、別に聞かれてもいいのでは？　友梨を締め上げる必要はないだろう？」

「……申し訳ありません」

どうして嘘を？　滝田の計画をめちゃくちゃにしたと言って、友梨を責めたのを忘れた？

友梨は、神妙な態度で謝る滝田に目を凝らしていると、久世が片手を動かした。それを受け、赤荻が滝田を立たせる。

久世はその光景を冷たい目で見つめたのち、友梨を連れて廊下へ出た。彼が無言で歩き続けるのを横目で窺《うかが》っていたが、とうとうその空気に耐えられなくなり、友梨は彼を仰ぎ見た。

「蓮司――」

「何故ここに来た？　この前の出来事を覚えていないのか⁉」

久世が強い口調で詰め寄ってきた。その剣幕に唖然となる友梨の肩を掴《つか》み、彼は大きく息を吐き出した。

「滝田の様子がおかしいと気付いたはずだ。なのにのこのこやって来て、何かあったらどうする？」

「何かって、別にわたしの身が危なくなるわけ――」

「俺の愛人になったんだろう⁉　どうなるかわかるはずだ。剛が連絡をしてこなければ……」

そこまで言って、久世が素早く口を閉じた。苛立《いらだ》ちが伝わってくるものの、友梨を守るように抱く腕を解こうとはしない。

「オーナー？」

男性の声が響き、二人の間に漂《ただよ》う緊張の空気を破った。

ハッとしてそちらに目をやると、廊下の先に店内を掃除していた黒服が立っている。

「あの……ユリさんを見つけられたんですね。凄《すご》い剣幕で店に入ってきた時はびっくりしましたけど、良かった」

安堵の表情を浮かべながらも、黒服は久世と友梨を興味津々な目で見つめる。

「本当だったんですね。オーナーがユリさんを見初《みそ》めたという噂は……。それで、ユリさんは店を辞めるため荷物を取りに？」

「皆にも伝えておけ」

「わかりました」

礼儀正しく返事する黒服の横を、久世は友梨を伴《ともな》って通り過ぎた。

黒服が声をかけたお陰で、久世との間で漂《ただよ》っていた張り詰めた空気が和《なご》むものの、彼はまだ力を緩《ゆる》めない。それほど友梨の愚行を咎《とが》めているのだ。

友梨は反省するように目を閉じるが、滝田の言葉を思い出して立ち止まった。

「友梨？」

「あの、話を――」

「今はいい。とにかくマンションに戻るんだ」

「ちょっと待って！」

どうして素直に聞けないのかと言わんばかりに、久世が友梨から手を離して天を仰ぐ。

「帰ります！　赤荻さんが戻ってきたら帰るから、その前にわたしの話を聞いて」

友梨は、久世の背後に誰もいないのを確認した。それでも声が響くのを恐れて、彼との距離を縮める。

「わたしは私物を取りに来たの。できたら、マナミさんに会って、これまで優しくしてくれたお礼を言いたかった」

「それは、今この場で説明しなければいけないことか？」

「せっかちね！　最後までわたしの話を聞くべきよ」

友梨は語気を荒らげ、久世の胸元を指で押す。すると、彼が友梨の手首を掴《つか》んだ。

「俺は手を離したというのに、君から俺に触れてくれるとは……これが初めてだな」

「なっ！」

先ほどまで感じていた久世の苛立《いらだ》ちが、ふっと和《やわ》らいだ。柔らかな顔つきに、友梨の心に喜びにも似たざわめきが広がっていく。

その衝撃に息を呑みながらも、友梨は静かに口を開いた。

「盗み聞きするつもりはなかったの。滝田さんの切羽詰《せっぱつ》まった声が気になって」

休憩室で耳にした内容を、友梨は全て久世に話した。

「友梨……」

「そうしたら、滝田さんはわたしのせいだって。言っている意味がわからなかったけど、彼は絶対に何かを隠してる。決して同伴の話では――」

そこで顎《あご》を上げた友梨だが、久世の眼差しを受けて言葉尻が小さくなる。彼の双眸《そうぼう》が輝いたためだ。

「わかった……」

そう告げると、久世が友梨の額《ひたい》に自分の額《ひたい》を触れ合わせるように、少しずつ上体を傾けてきた。友梨は彼の顔から目を逸《そ》らせなくなる。

久世の視線がおもむろに、友梨の唇に落ちる。途端、息が詰まりそうになった。空気を求めてかすかに唇を開くが、その仕草が彼の熱情を煽《あお》ってしまったようだ。

かすれ声に似た声が聞こえたためだが、それは久世に限ったものではない。友梨も同様だった。

指の先がじんじんするほど一気に熱が上昇し、息遣いも速くなる。それに気付いた彼の目線が上がり、再び友梨を搦《から》め捕《と》る。

それだけで、全てを呑み込まれるような錯覚に陥《おちい》った。

もう何も考えられない……

その時、久世が友梨の後頭部に触れ、彼の方へ強引に引き寄せる。

「あ……！」

次の瞬間、友梨は久世に唇を塞《ふさ》がれた。躯《からだ》が震えてしまうぐらいの快《こころよ》い疼《うず》きに襲われ、頭の奥が痺《しび》れていく。

「んぅ……」

久世が顔を傾けて、一段と深い口づけを求める。彼の片腕が背中に回されると、自然と友梨の顎《あご》が上がった。

久世の生温かい舌がするりと唇を割り、友梨の口腔《こうこう》で激しく蠢《うごめ》く。

「……んく、っ……んふぅ」

欲望をぶつけるような強さだというのに、心地よくなってしまう。あまりの衝撃に躯《からだ》が揺れるのを抑えられない。

たまらず久世の上着に手を伸ばしてぎゅっと握り、彼のキスに応《こた》えた。

「社長……」

突然聞こえてきた東雲の声に、友梨は我に返り、自《みず》ら顎《あご》を引いて久世の腕の中から逃れようとする。でも、彼は友梨を離そうとはせず、まだ終わっていないとばかりにじっと見つめ続けた。

「なんだ」

「ご指示どおりに対処しました。剛は今、車を回しに外へ」

その言葉に久世は返事をせず、友梨の背に回した手をゆっくり下ろしていく。

「剛と一緒にマンションに戻ってろ」

友梨が素直に頷くと、久世は力を抜いて友梨を解放した。

「猛、予定変更だ。さらに三手先まで進む」

「……御意」

東雲に命令しながらも、まだ友梨から目を逸《そ》らさない。つまり、友梨の言葉を信じると告げているのだ。

滝田が何を隠しているのかそれを探り、これから対策に入ると……

嘘は言っていないが、どうしてそこまで友梨の話を久世が信用してくれるのかわからない。

昨夜、あんなことがあったのに——と思ったところで、久世の腹部にパンチをお見舞いし、彼が苦悶《くもん》に顔を歪《ゆが》めた出来事を思い出した。

友梨は咄嗟《とっさ》に手を伸ばし、久世の鳩尾《みぞおち》のあたりに触れる。

「昨夜はごめんなさい！　あの、痛みは？」

「君が部屋に戻ってくるとは思わなかった。……タオル、ありがとう」

素直に感謝を示す久世に、友梨が目をぱちくりさせると、彼がおかしげに頬を緩《ゆる》めた。

「どうなっているか、今夜友梨に見てもらう」

久世は〝約束したぞ〟と伝えるように、友梨の鼻の頭を軽く指で撫でた。

その言葉が意味するのは、昨夜の続きをするということ。

事実が頭に浸透していくにつれて、友梨の腰が甘怠《あまだる》くなり、下腹部の深奥が疼《うず》き出す。

久世のベッドに横たわり、彼の体重を全身で受け止める光景を想像してしまったからだ。

でも、それを嫌がってはいない自分がいる。昨夜とは大違いだ。

どうして？　それぐらい久世に心を開いた切っ掛けは、いったい何……？

友梨は自分に問いかけるものの、答えはもう出ていた。

久世とは愛人契約で結ばれただけの関係だというのに、彼は友梨の話を信じてくれたからだ。

もちろん多少苛立《いらだ》ちを露《あらわ》にしたが、それは友梨を心配してのこと。滝田があやしいとわかっていたのに、友梨が勝手にキャバクラに行ったため腹立たしく思ったのだろう。

ただの愛人でしかないのに、こんなにも気にかけてくれるなんて……

「社長、剛が戻ってきました」

東雲の言葉に、久世がようやく振り返る。東雲と赤荻の背後に黒服が控えていた。

「剛、友梨を一人にするな」

「御意」

久世は歩き出すが、足を止めて向き直る。何をするのかと思ったら、彼は友梨の肩に腕を回した。

「な、何――」

久世の突然の行動に、友梨は驚きの声を上げる。すると、彼が友梨の唇を塞《ふさ》いで言葉を奪った。

「んんんっ！」

東雲たちの前でキスされて、友梨の躯《からだ》が強張《こわば》る。なのに相反するように心臓が跳ね、喜びに包まれた。

それでも久世を押し返さなければと、手に力を込めた時、彼が口づけを終わらせて、一歩後退する。そして、友梨をじっと見つめたのちドアへ向かった。

東雲と赤荻は何も言わない。前者は久世を追い、後者はそのままドアの傍《そば》で立っている。ただ赤荻は、友梨に〝外へ〟と目で合図を送っていた。

友梨はほんの数秒前の出来事に内心あたふたしたが、それを必死に押し隠して、赤荻の方へ歩き出した。

「うわっ、凄《すご》いのを見ちゃったよ！」

背後で騒ぐ黒服の言葉が何を指しているのかわかって羞恥《しゅうち》が湧きつつ、友梨はキャバクラをあとにする。待たせていたタクシーに乗り、久世の言いつけを守ってマンションに戻った。

部屋に入ると、リビングルームを歩き回ってはソファに座りを繰り返し、久世が帰ってくるのを待ち続ける。

「須崎さん、夕食は？」

赤荻が訊ねても、友梨はいらないと手を振る。代わりに、彼に「危険はないわよね？」と何度も確認した。

久世は今夜、昨日友梨が拒んだ愛人としての役割を求めるつもりだと匂わせた。その瞬間を想像しただけで頬が上気してしまう。そうなるぐらい、気になっている。同時に滝田の件がどうなったか、それも知りたくてたまらなかった。

でも久世は、いくら待っても帰ってこない。しかもその日のみならず、数日間もマンションを留守にした。

いったい何があったの？　滝田の言葉の裏はどうなった？

友梨が久世に連絡を入れても繋《つな》がらなかったが、赤荻は時折東雲から知らせを受けていると教えてくれた。

久世は忙しく、あまり自由な時間を作れないらしい。マンションには昼間に戻るものの、着替えだけをしてすぐに出ていたという話だった。

その時間帯は、当然ながら友梨は出勤中のため久世と顔を合わせられず、すれ違いの日々を送ることになったのだった。

第三章

空が澄み渡り、涼やかな風を感じるようになった十月中旬。

会社が休みであっても外出を許されない友梨は、マンションで時間を持て余していた。

やがて太陽が地平線に沈み始めた頃、マンションの玄関のドアが開いた。

「友梨！」

突如《とつじょ》響いた声に、友梨はソファから飛び上がる。玄関へ続くドアに目を向けると、久世が現れた。

夕方にもかかわらず、久世が着る三つ揃えのダークスーツにくたびれた感はない。精気が漲《みなぎ》るその姿に、友梨は胸を高鳴らせて駆け寄り、彼の腕に自《みずか》ら触れた。

久世の匂い、体温、吐息を感じるだけで、温かなものが躯中《からだじゅう》を駆け巡っていく。

でも、湧き起こった感情に戸惑った友梨は、手をそっと下ろした。

「滝田さんの件はどうなったの？　解決した⁉」

十日ぶりの再会だが、矢継《やつ》ぎ早《ばや》に質問をして、自分の感情を脇に押しやる。すると、久世が友梨の肩を抱き、来た道を戻り始めた。

「友梨は何も心配しなくていい。それより、約束を守れず悪かった」

「約束とか、そういうのは気にしなくていいの！　それより、携帯番号を教えたくせに、何度かけても出てくれなかったことの方が酷い」

友梨がじろりと睨《にら》むと、久世は申し訳なさそうな顔をした。

「悪かった……。今夜はその償《つぐな》いをしよう。おいで」

久世が、背後で控える赤荻にもついて来るように合図を送った。

「どこに行くの？　家に帰ってきたばかりなのに」

「部屋に閉じ込められて気が滅入《めい》っているはず。俺がどういう世界で生きているのか、友梨に見てもらいたい」

「あの……？」

久世はそれ以上口を開かず、友梨と共にマンションのエントランスへ下り、そこに停車する黒塗りの車に乗った。運転席には東雲がおり、助手席には赤荻が乗り込む。

車が向かった先は、マンションから十数分の場所にある有名な高級ブランド店だった。

ここでいったい何を？

久世と一緒に店へ向かう間も、友梨の頭の中はクエスチョンマークがぐるぐる回っていた。

「久世さま、いらっしゃいませ。お待ちしておりました」

「よろしく頼む。……どのくらいかかる？」

店員が時間を告げると、久世が友梨に視線を向ける。

「彼女たちに任せて用意を調《ととの》えてほしい。俺は時間を潰してくる」

そう言って、久世は赤荻をその場に残し、東雲を連れて店を出ていった。

この状況について、友梨は赤荻に訊ねたくなるが、そうする前に女性店員に奥へと誘導された。そこはフィッティングルームではなく、美容室のような大きな鏡と椅子が置かれていた。

友梨が椅子に座ると、同じ年代ぐらいの女性と三十代ぐらいの男性が現れる。

「久世さまのご要望で用意しましたドレスに合わせて、お化粧とヘアアレンジをさせていただきますね」

ドレス？　スーツではなくて？

何故着飾る必要があるのか問いたい気持ちはあるが、店員たちが知るわけもない。

友梨は言われるがまま自分の身を預けた。男性が髪の毛を巻き、アップにした髪を後《おく》れ毛《げ》風に垂らす。並行して、女性が化粧を施《ほどこ》していった。

キャバクラでバイトしていた時ほど濃くはないが、それでもアイシャドウや口紅は普段よりも濃い。アイラインとマスカラを加えることで、いつも以上に目が大きく見える。

しかも、肌に透明感を出すパウダー使いが上手い。自分の肌がこれほど綺麗に艶《つや》めくのかと驚くほどだ。

　明らかにいつもとは違う、女らしい友梨がそこにいた。

「さあ、お着替えください。そろそろ久世さまがお戻りになる時間ですから」

　背後に控えていた女性店員が近づき、友梨をフィッティングルームへ誘《いざな》う。そこには下着からピンヒールまで揃えてあった。どれも友梨のサイズにぴったりだ。

　どうしてわたしのサイズを知ってるの？――そう思いながらも、店員の手を借りてドレスを身に着け、姿見で自分の恰好を確認する。

　そこに映る自分の姿に、友梨は大きく目を見張った。

　なんて素敵なパーティドレスなんだろう！

　基本はベージュ一色。胸元がスクエアカットになった膝丈ワンピースだが、上半身は総レース仕立てになっている。ウエストはケミカルレースで作られたベルトで絞られ、そこから透け感のあるオーガンジーが重ねられていた。少し動くだけで、スカートがふわっと広がる。ところどころにアクセントとして黒色が使われているせいか、可愛らしいのにシックでとてもいい。

「お似合いですわ！　髪形とも合っていて……」

　褒められて照れ臭い。でもやはり女性だからか、お洒落《しゃれ》をした途端、心が浮き立ってくる。

「さあ、どうぞ」

友梨は店員に促《うなが》されて、同色系のピンヒールを履いた。同時に、フィッティングルームのカーテンが開けられる。

顔を上げた先に、久世が店員と朗《ほが》らかに会話する姿が目に入った。彼の立ち姿や、軽く頷いて頬を緩《ゆる》める様子に惹き付けられる。

本当に素敵な人……

友梨が見惚れていると、久世がちょうどこちらに顔を向けた。

「着替えた、か――」

久世の言葉が徐々に消え、友梨の姿を舐めるように見つめた。

友梨の心臓が痛いほど高鳴り、いつも以上に寄せて持ち上げた膨《ふく》らみの先端が硬くなる。

込み上げる生唾をごくりと呑み込むと、久世と目が合った。彼の双眸《そうぼう》の奥には、欲望が見え隠れしていた。

「参った……こうも見事に変わるとは。他の誰にも見せたくはないな」

それってどういう意味？

久世の心を覗《のぞ》き込むように見つめ返した時、店員が友梨にクラッチバッグを差し出した。

「必要なものは入っております。先ほど使用した口紅とパウダーもご一緒に」

「ありがとうございます」

友梨が小さな声で感謝を伝えた。

「満足のいく出来だ。これからも頻繁《ひんぱん》に通わせてもらおう」

「ありがとうございます！」

久世の言葉に、店員が白い歯を零《こぼ》して頭を下げる。

「さあ、行こう」

久世が友梨の手を彼の腕へと持っていく。友梨はそこに手を添え、彼と並んで歩き出した。

店のドアの傍《そば》に立つ東雲と赤荻が、友梨たちに気付き視線を向ける。

途端、東雲は目をまん丸にし、赤荻は口をあんぐりと開けた。彼らも、友梨がここまで変身するとは思っておらず、度肝を抜かれたのだ。

友梨は少し拗《す》ねたように眉間に皺《しわ》を寄せ、彼らを睨《にら》む。

「護衛が顔に感情を出してはダメでしょう？」

皮肉を込めて言うと、二人は顔を引き締めて軽く黙礼した。

「友梨、そう意地悪するな。いつもの君と違って驚いただけだ」

「女は化粧で変われる。それを覚えておくことね！」

友梨は語気を強めるが、直後に頬を緩《ゆる》めて彼らをからかう。すると、久世だけでなく東雲と赤荻もつられて笑った。

初めて見る、東雲のにこやかな顔。

最初の印象もあっておっかない人だと思っていただけに、なんだか嬉しい。

「ありがとうございました」

店員に見送られて外に出ると、既に茜色《あかねいろ》の空を覆い隠すように闇が迫っていた。

冷気に身震いする友梨の肩に、久世がベージュ色のジャケットをかける。どうやらそれもドレスと合わせて購入したみたいだ。

友梨は礼を述べながらジャケットの合わせを掴《つか》み、停めていた車に乗り込んだ。

その後、ハンドルを握った東雲は高速に入り、神奈川方面へ車を走らせる。

いったいどこへ行くのだろうか。

友梨は暗闇に輝く街のネオンを目の端に捉《とら》えながらしばらく黙っていたが、横浜を通り過ぎ、さらに下っていくのがわかると、だんだん心配になってきた。

というのも、久世は車に乗って以降笑みを消し、腕を組んで何かを考えているからだ。

それに呼応して、東雲と赤荻も口を開かない。

空気が重苦しくなる中、友梨が我知らず小さくため息を吐くと、やにわに手を握られた。

「友梨は場の空気を読むのが上手い。俺を煩《わずら》わせず……いや、別のところでは心を乱してくるが」

久世が友梨の手の甲を撫でる。ふと視線を落とすと、彼のもう一方の手が伸びてきたが、そこにあるダイヤモンドの指輪を目にして友梨は息を呑んだ。

えっ？　……ええ⁉

どぎまぎする友梨を尻目に、久世は慣れた仕草で友梨の薬指に煌《きら》めく指輪を滑らせた。

「これを身に着けて俺の隣に立てば、説明せずとも君が俺の女だと知れ渡る」

俺の女？　知れ渡る？　……誰に？

友梨は慌てて顔を上げる。久世は何カラットするのか見当もつかない指輪に触れ、悪巧みでもするかのように唇の端を上げていた。

なるほど。そういうことね——と心の中で呟《つぶや》き、友梨は息を吐き出した。

久世は友梨を閉じ込めた償《つぐな》いをすると言い、彼がどういう世界で生きているのか見てほしいと言った。そして友梨にパーティドレスを身にまとわせ、彼の手つきだとわかる指輪を嵌《は》めた。

友梨はお披露目されるのだ。久世の愛人として……

久世と愛人契約を結んだ以上、友梨は彼の求めに従うだけ。でもそこでどう振る舞ってほしいのか知りたくなり、彼が説明する前に口を開いた。

「わたしは何をすればいいの？」

「俺の傍《そば》に立ち、微笑んでくれ。但《ただ》し、相手に媚《こ》びを売る必要はない」

媚《こ》びを売る？

久世の言い方に友梨が眉根を寄せた時、助手席に座っていた赤荻がぷっと噴き出した。

「剛！」

即座に東雲が注意をし、赤荻が「すみません」と小声で謝る。

久世は二人のやり取りについて何も言わない。ただおかしげにふっと笑って、友梨の手を握った。

友梨は久世を窺《うかが》うが、彼は道路に目を向けていた。つられて見ると、車は高速道路を下り、国道を走り始める。

しばらくして、案内標識に大磯《おおいそ》の文字が現れた。

大磯って〝明治政界の奥座敷〟と呼ばれる地域？　つまり、相模湾方面へ向かっているのだろうか。

そんなことを考えていると、久世が気怠《けだる》く息を吐いた。

「今から向かう場所には、フロント企業の社長や関係者ばかりがいる。そこでは誰とも親しくなる必要はない。微笑んでその場をやり過ごせ。君の役割は、俺の女だと知らしめることのみ。それで俺が本気で女を囲ったと皆の耳に入る。そうなれば、滝田も簡単に君に手出しはできない」

「滝田さん⁉」

ここで滝田の名前が出てきて驚愕《きょうがく》したが、すぐに唇を引き結ぶ。

久世は〝説明せずとも君が俺の女だと知れ渡る〟と言った。つまり、関係のあるヤクザやフロント企業の役員たちに、友梨は彼に保護された愛人だと示したいのだ。そうすれば、三和たちが裏で何かを仕掛けようとも、その前に牽制できると思ったのかもしれない。

以前、赤荻が言っていた。久世は一手、二手、必要とあれば三手先まで情勢を読み、決して不利な状況には陥《おちい》らないと。彼の行動は、全て繋《つな》がっているのだ。

わたしは、ただ蓮司を信じて付いていけばいいのよ――そう心の中で呟《つぶや》き、友梨は彼の手を握り返した。

――数十分後。

鬱蒼《うっそう》と生《お》い茂《しげ》る林道を走った先で、車が私有地に入る。眩《まばゆ》い灯《あか》りに煌々《こうこう》と照らされた豪奢《ごうしゃ》な洋館が現れた。

まるで大正から明治に建てられた、英国ルネサンス様式の西洋館だ。しかも一棟のみならず、奥にも大きな建物が続いている。

外観には華麗な装飾彫《ぼ》りがなされ、窓ガラスにはステンドグラスや幾何学《きかがく》模様が施《ほどこ》されたものが嵌《は》め込まれていた。

「おいで」

エントランスに下り立つと、久世が友梨に肘を差し出す。友梨はそこに手を置き、彼にエスコートされて建物の奥へと進んだ。

天井から吊るされたクリスタルのシャンデリア、白い壁を彩《いろど》る絵画、精巧な模様が彫《ほ》られた家具、白磁《はくじ》の大きな花瓶などから、この屋敷の持ち主はかなりの財力があると見て取れた。

フロント企業ってそんなに儲《もう》かるもの？　――と思いながら広い階段を上り始めた時、男女の笑い声とクラシック音楽が友梨の耳に入ってきた。

「さあ、行こう」

久世の腕に添える友梨の手を、彼が優しく叩く。友梨は頷き、開け放たれたドアを通って、会社の大会議室がいくつも収まるぐらいの広間に足を踏み入れた。

絨毯《じゅうたん》が敷き詰められたそこでは、招待された人々がグラスを片手に立ち話したり、ソファに座って歓談したりしている。

でも久世が現れると、おもむろに話し声が小さくなっていった。躯《からだ》のラインが出るミニドレスを着た二十代の女性だけでなく、豊満な胸の谷間を覗《のぞ》かせる三十代の女性までもが色めき立ち、十数人が久世の周囲に群がってきた。

「まさかこちらでお会いできるなんて、思ってもみませんでしたわ！　知っていたら、もっと肌が引き立つドレスを着てきたのに……」

「わたしも！」

矢継《やつ》ぎ早《ばや》に話しかけられるが、久世は決して友梨を彼女たちに紹介しない。また、彼女たちの名前も口にしなかった。

ただ久世の腕に添える友梨の手に触れ、彼女たちの目が指輪に向くように印象づける。しかし、彼女たちはそこに目線を落とすものの、お構いなし。久世の歓心を買おうと彼に躯《からだ》を寄せたり、腕に胸を押し付けたりする。

そうされても久世は文句の一つも言わない。

ここにいるのは、フロント企業の社長や関係者ばかり。久世はほんの些細《ささい》なやり取りで彼女たちの機嫌を損ねる真似をしたくないのだ。

それは理解している。でも、久世に群がる美女たちを見るのは面白くなかった。

逃げるように視線を落とした隙に、彼女たちの勢いに押され、輪から外れてしまう。友梨がいた場所は若い女性に取って代わられていた。

「……ぁっ」

自分の場所を奪い返したい気にもなるが、久世が黙っている以上、友梨が騒ぐわけにはいかない。

それに久世は、相手にする必要はないと言った。こういう風になると予想していたのではないだろうか。

「はぁ……」

小さく息を吐いた友梨は、静かにその場を離れ、ボーイのトレーからシャンパングラスを持った。

喉を潤《うるお》して部屋を見回すが、何も面白いものはなく、ゆっくり移動してテラスに出る。柱が立ち並ぶテラスにも招待客がおり、そこには三十代から五十代ぐらいの男性がいた。皆グラスを傾けて大声で話している。

「若い人だけじゃないのね……」

どう見ても、ヤクザと繋《つな》がりがあるような人たちには感じられない。会社役員みたいに、ほんの少し堂々としているかなといった風体《ふうてい》だ。

男性たちを眺めていた時、テラスから階下へ続く階段が目に入った。

あの下には何があるのだろうか。

テラスの端へ向かい、手すりに手を置いて下を覗《のぞ》く。そこは青々とした芝生が広がり、ライトアップされて輝く円形プールがあった。

「なんて綺麗なの！」

友梨は足を踏み外してしまわないよう気を付けながら階段を下り、プールへ歩き出した。

風で水面が波立ち、そこにライトが照らされて煌《きら》めいている。その素晴らしい光景に、久世の傍《そば》を離れて初めて友梨の口元が緩《ゆる》んだ。

もっと傍《そば》で見たい――とそちらに向かおうとした矢先、プールサイドの方から男女の談笑する声が聞こえてきた。

「邪魔するのは悪いわよね……」

さっさとどこかへ消えようと考えて、友梨は周囲を探った。階段の傍《そば》にあるサンルームを見つけると、足音を立てないようにして、誰もいないそこに入る。

少し休憩したい気にもなったが、そろそろ久世のところへ戻るべきだろう。でも、外からは遠慮した方がいい。

それなら建物の中から戻ろうと思い、友梨はさらに奥の部屋へ通じるドアを開けた。しかし、室内を隠すように引かれた重厚なカーテンで、行く手を遮《さえぎ》られる。

驚くものの、なんだか迷路みたいで楽しくなってきた。

そんなことを考えながらカーテンを掻き分けようとした時、妙な音が聞こえてきた。

「……何？」

思わず眉間を寄せた友梨は、心持ちカーテンを引き、小さな常夜灯だけが灯る薄暗い部屋を覗《のぞ》く。

「……っん、あ……っ」

「積極的だな」

「こういうところでしかあなたに会えないもの。わかってるでしょう？　あの人と袂《たもと》を分かつことはできない。そうしたら、二度とあなたに……っんぅ！」

話し声が消え、女性の喘《あえ》ぎと衣擦《きぬず》れの音が響いてきた。

この声って、まさかここで……愛し合うつもりなの？

友梨は衝撃を受け、引き攣《つ》った声を漏らしてしまいそうになる。慌てて手で口を覆うが、両手が塞《ふさ》がっているのをすっかり忘れていた。

シャンパングラスを落としてしまい、割れる音が部屋に響き渡ってしまう。

「誰だ！」

友梨は出そうになった悲鳴を必死に堪《こら》えて、カーテンの裏に身をひそめるものの、動揺からクラッチバッグも落としてしまった。

その音で、友梨は自分のいる場所を知らせる羽目になる。

もう無理だ、どうしよう！　――身を縮こまらせて目を瞑《つぶ》ると、勢いよくカーテンが引かれた。

いつの間にかランプがいくつも灯され、室内はあやしげなオレンジ色の光が満ちていた。それを背に立っているので、男性の姿が真っ黒に見える。

しかし、明るい場所にいた女性の後ろ姿ははっきりと目の端に入った。綺麗な背中が見える真っ赤なドレスを着た女性は、こちらに顔を向けずに一目散《いちもくさん》にドアの向こうへと消える。

誰にも知られてはならない密会現場に乱入してしまったと、友梨はようやくわかった。

これからどういう態度を取って、逃げればいいのだろう。

友梨が唇を引き結んだ時、男性の影が覆いかぶさるように近づく。

「初めて見る顔だな」

友梨は恐怖で躯《からだ》を硬直させ、目を凝らす。徐々に目が慣れ、背の高い男性の顔が露《あらわ》になっていった。

年齢は久世と同じぐらいだろうか。ワイルドにアップバングにした髪形のせいか、目鼻立ちがくっきりして見える。さらに三つ揃えのダークスーツは、彼の男らしい容姿を際立たせてもいた。

先ほどの女性が、目の前の男性に夢中になっていたのも頷ける。

でも友梨の心は揺れなかった。何故なら、男性は狡猾《こうかつ》な笑みを口元に浮かべていたからだ。あまりにも胡散臭《うさんくさ》すぎる。

この男性が久世の敵なのか味方なのかわからないが、ひとまず素性を隠したまま逃げた方がいい。

友梨は握り締めた拳《こぶし》をドレスのドレープで隠し、恐怖で込み上げてくる生唾を呑み込んだ。

「初めて来たんだから、当然でしょう？」

「なるほど……。では、先ほどの女性が誰かも？」

友梨は、男性からさっと視線を逸《そ》らした。

「男女の間で起こる火花は、誰にも予測はできない。それぐらい、わたしにもわかってます。初心《うぶ》な子どもじゃないんですよ……。ここでの出来事は、わたしには一切関係ないので公言はしません。どうぞご安心ください」

男性と密会していた女性が誰であろうとも、他言するつもりはないと断言する。

これで理解してくれただろう。

友梨はその場を去ろうとするが、何故か男性に腕を掴《つか》まれて遮《さえぎ》られてしまった。

「なっ！」

慌てて振り返って文句を言おうとする。しかし言葉が出てこなかった。彼が興味津々な目を友梨に向けていたためだ。

ひょっとして何か手順を間違った？　密会について誰かに口を滑らせると思われた!?

これ以上ここに長居してはいけないと思い、友梨は腕を引いて男性と距離を取った。

「わたしは――」

「今君は〝男女の間で起こる火花は、誰にも予測はできない〟と言った。つまり、君と俺との間にも起こるわけだ。せっかくだから、君に俺の相手をしてもらおうかな」

「はあ⁉」

友梨は怒りの声を漏らしてしまう。だが、男性の目に好色の色が宿ったことに気付き、顔を強張《こわば》らせた。

男性から離れようと、少しずつ後退していく。なのにその距離を縮めるかの如《ごと》く、彼が一歩、また一歩と近づいてきた。

「わたしは誰かと仲良くする余裕なんてない。遊びたいのなら、さっきの女性を追いかければ？」

「君に邪魔されなければ、楽しめたんだけどな。でも今は、面白いおもちゃを見つけた。彼女より君と遊びたい」

男性はそう言ってさらに一歩足を踏み出し、グラスの破片を踏んだ。その音に気付くと下を向き、上半身を折って何かを取り上げる。それは、友梨が落としたクラッチバッグだ。

「あっ、わたしの！」

クラッチバッグを奪おうとするが、男性が先に背中に隠す。

「最近は寄ってくる相手ばかりでね。逃げる女を追いかけるのも、また乙《おつ》なものだと思わないか」

「それが、わたしだと？」

男性が楽しげに口角を上げ、友梨の左手に、続いてクラッチバッグに視線を落とした。

「君はどこの誰に囲われてる？　バッグを開ければわかるか？」

「開けずともお教えしよう」

突如《とつじょ》男性の声が響き、肩を強く抱かれる。

友梨は飛び上がってしまうほど驚いたが、聞き慣れた声音に正直安堵感も生まれた。

ホッと胸を撫で下ろしながら、久世を見上げる。

「これはこれは……久蓮コーポレーションの社長がお出ましとは。この集まりには極力顔を出さないのに、今回はどうして足を運ばれたのかな？」

「辻坂《つじさか》社長は、全てお見通しなのでは？」

久世の口振りは穏やかだが、友梨に触れる手には力が籠《こ》もっている。そこから、彼の苛立《いらだ》ちが伝わってきた。

そんな久世を見ながら、辻坂がにやりと口角を上げる。

「さあ？　ただわかるのは、浮き名を流す久世社長が、初めて特別な女を伴《ともな》ったということ」

「そこまでご存じだとは思いませんでしたよ。辻坂社長の女について、俺は一度も知りたいと思わないのに」

久世が冷たい目で、辻坂を射貫く。

すると辻坂は両手を背後で組み、クククッと笑った。

「なるほど。俺の関心を逸《そ》らしたいと思うほど、久世は君に執着しているということか……面白い。断然興味が湧いた。君を奪おうか？」

辻坂はいきなり久世を呼び捨てにし、友梨に流し目を使う。

友梨は目を見開くが、すぐさま視界が閉ざされた。久世が友梨の前に出て庇《かば》ったためだ。たまらず彼の背にしがみつき、こっそり辻坂を窺《うかが》う。

「辻坂社長の遊びに、巻き込まないでいただきたい」

「受け入れられないと言ったら？」

「彼女は、辻坂社長がいつも楽しまれる女とは違う」

「だから？　彼女は〝男女の間で起こる火花は、誰にも予測はできない〟と言ったが？」

久世の背に緊張が走ったのが、友梨の手のひらから伝わってくる。

「俺との間で起こった火花が印象的だったせいでしょう」

「それが俺との間で起こらないとは限らない。現に、彼女は俺との縁を特別に感じているはずだ」

「あなたの策には決して乗らない！」

久世が語気を荒らげて、はっきりと告げた。

その猛々《たけだけ》しさに驚いて、友梨は彼を仰ぎ見る。眼差しは真っすぐ辻坂に向けられ、本気で友梨を守ろうとしていた。

二人は契約のもとに結ばれた関係に過ぎないにもかかわらず、友梨が久世の求めを拒んでも、彼は怒るどころか寄り添おうとしてくれた。

今もそうだ。まるで、本当の恋人を守るかのように……

その事実が頭に染み込んでいくにつれて、友梨の胸が激しく高鳴った。

久世の気持ちがどこにあるのか、友梨には想像もつかないが、自分の気持ちならわかる。

本当の恋人みたいに接してもらえる事実に、喜びを感じている！

久世がマンションを空けている間、友梨はずっと彼のことを考えていた。離れている時間が長くなればなるほど彼が恋しくなり、愛する人を心配するあまり落ち着かなくなった。

愛する人――その言葉を心の中で呟《つぶや》き、久世のスーツをぎゅっと握り締めた。さらに身を寄せ、背中に頭を押し付ける。

久世と出会って間もないのに、いつしかこんなにも彼に心を傾けるようになっていたなんて……

これまでは、自分の身に起こる衝動から目を背《そむ》けていたが、もう誤魔化せない。久世に守られるだけで胸の奥が打ち震え、彼の傍《そば》にいるだけで幸せな温もりに包み込まれた理由は、ただ一つ。

久世が好きだからだ。

友梨は想いを込めて久世を見上げる。しかし、強い視線を感じてそちらに意識を移すと、挑戦的に片頬を上げる辻坂と目が合った。

「それは、これからのお楽しみといこうじゃないか」

「辻坂！」

久世が取り繕《つくろ》うのをやめて呼び捨てにするや否や、辻坂は楽しげに肩を揺らして笑い始めた。

「ひとまず、これは返しておこう。彼女が誰の所有物か、もうわかったしな」

辻坂が友梨にクラッチバッグを差し出すが、久世がそれを横から奪い取る。

「失礼……。行くぞ」

久世が友梨の手を引いて歩き出す。辻坂の脇を通って部屋の奥へ向かい、先ほど女性が消えたドアを開けた。

辻坂の笑い声が響くが、久世も友梨も決して振り返らず、長い廊下を進む。突き当たりを曲がって広い空間に出ると、そこは最初に足を踏み入れた玄関だった。

「帰る」

そこに立つ女性スタッフに一言だけ告げると、彼女は頭を下げ、廊下の奥へと姿を消す。

久世はそのまま外へ出て、ライトアップされた噴水や庭を横目に門扉《もんぴ》へ進んだ。

友梨はピンヒールを履いているせいで転びそうになるが、久世は決して歩みを止めない。それどころか、早くここから立ち去りたいと言わんばかりに足を速める。

門を出ようとする友梨たちを見て、守衛があたふたし始める。すると、二人の前に一台の車が停まった。助手席から東雲が降り立ち、後部座席のドアを開ける。

友梨が久世と共に車に身を滑り込ませると、運転席に座る赤荻が車を走らせた。

二人は何も言わないが、全神経を後部座席の久世に向けている。

いつもの久世と違うというのを、肌で感じているのだろう。

それもそのはず、友梨が久世の愛人だと公《おおやけ》にするはずが、一時間も経たずに西洋館をあとにしたのだから……

車が高速道路に入ってスピードを上げていく中、友梨はそっと隣を窺《うかが》う。それに気付いたのか、彼が友梨の膝にクラッチバッグを置いた。

「あ、ありがとう」

「何故勝手に一人で動き回った？　俺の傍《そば》に立って微笑んでいろと言っただろう⁉　誰とも親しくなる必要はないとも言ったはずだ！」

久世の強い口調に車内の空気が張り詰めるが、友梨は怯《ひる》まずに顔を上げる。

「誰とも……って誰を指しているの？　あの辻坂って人？」

辻坂の名を出した途端、久世は目を眇《すが》めた。東雲と赤荻が大きく息を呑む。

「わかってると思うけど――」

友梨は状況を説明しようとするが、やにわに久世が美女に囲まれていた光景が脳裏に浮かんだ。その時に感じた嫉妬を思い出し、思わずクラッチバッグを握り締める。

「あそこで会った女性たちは、わたしをチェックしてた。蓮司がわたしを自分の女だって示したからよ。でも彼女たちはわたしを輪の外へ追い出した。蓮司はそれを知りながら無視した。つまり騒ぎを起こしたくなかったのよね？　それで、わたしはその場をあとにした」

「確かに。君は他の女たちと違い、俺が詳細に説明しなくとも気持ちを汲んでくれる。それも友梨を気に入った理由の一つだが……勝手な判断を下したな。俺が君に夢中な姿も見せるべきだと思わなかったのか!?」

きつく戒《いまし》められ、友梨は力なく手元に目線を落とした。

「以後、気を付けます」

「わかったらそれでいい。それより……辻坂と何をしていた？」

「……何も。わたしが入った部屋に彼がいただけ。ところで、どうして辻坂さんは蓮司に突っかかったの？」

「辻坂は年齢が近いせいで、何かと俺に食ってかかる。仕事以外の場でもな。何故かわかるか？　あいつは慶済会のフロント企業、ＴＳＵＪＩグローバルカンパニーの社長だからだ」

「慶済会!?」

間髪《かんはつ》を容れずに友梨が大声を上げると、久世は神妙な面持《おもも》ちで頷いた。

「つまり、蓮司とは水と油の関係ってこと？　……もしかして、三和さんとも繋《つな》がりが!?」

「そうだ。辻坂が三和を知っているかはまだ調べがついていない。だが――」

言葉を切った久世は、友梨を食い入るように見つめた。

「滝田は三和と繋《つな》がっていた」

「滝田さん!?」

まさかここで滝田の名が出るとは思っていなかった友梨は、久世からもたらされた事実に声が引き攣《つ》った。喉の奥の筋肉がキュッと締まり、息をするのも辛くなる。

「心配しなくていい。行きたくもないパーティに顔を出したのは、慶済会の出方を探るため。友梨を傍《そば》に置くことで、何をしても無駄だと知らしめるためだ。しかし、辻坂は俺が望む反応を……一切見せなかった。ただ、予定外の状況には陥《おちい》りそうだが」

「予定外って？」

友梨が即座に訊ねるが、久世は苛立《いらだ》たしげに息を吐き、返事をしない代わりに友梨を引き寄せた。

薄いドレスを通じて伝わってくる、久世の体温。その温もりに包まれるだけで、張り詰めた筋肉が緩《ゆる》んでいき、守られているという幸せな気持ちで胸がいっぱいになる。

友梨は惹かれるまま久世の肩に頭を乗せて、ゆっくり体重を彼にかけていった。

久世が小さく息を呑んだ。そして、友梨の首筋を優しく撫で、側頭部に触れ、友梨を仰向《あおむ》かせる。

久世の息が頬をなぶるぐらいの近さで、彼と見つめ合う。すると、彼の目線が物欲しそうに友梨の唇に落ちた。

たちまち友梨の心臓が一際《ひときわ》高く跳ね、吐息が甘くなる。呼応して、久世が再び友梨の目を捉《とら》えた。

まるで友梨がこの状況をどう思っているのか、その真意を測るかのようだ。

二人の間には、愛人契約を結んだという事実がある。彼が友梨に手を伸ばすのは、その権利があるからだ。

わかってはいるが、久世を愛してしまった気持ちを偽《いつわ》りたくない。彼と向き合う際は、友梨だけでも素直でいたかった。

久世への想いを秘めて見つめていると、彼が友梨の正面に回り込むように上体を捻《ひね》って唇を塞《ふさ》いだ。

「……っんぅ」

東雲たちがいるのも忘れ、友梨は瞼《まぶた》を閉じて久世に応《こた》える。

何度も吸い付いては唇を挟み、甘噛みする彼の行為は、友梨の心を和《やわ》らげ、奥深い部分に欲望を湧き起こす。

たまらず喘《あえ》ぎを零《こぼ》すと、久世が名残《なごり》惜しげに唇を離し、彼の温もりが残るそこに指を這《は》わせた。

友梨にキスした事実を、再度認めさせるかのように……

「剛、急いでくれ」

「……御意」

久世は友梨の目を、ぷっくりと膨《ふく》らんだ唇を見たあと、姿勢を正す。でも彼はマンションのエントランス前に車が横付けされるまで、友梨の肩をずっと抱いていた。

東雲と赤荻は、マンションの玄関まで付き添ったが、久世と友梨がドアを開けると頭を下げてその場を去った。

そういえば、久世と二人きりになるのは、このマンションに初めて来た時以来だ。

妙な緊張が走るが、好きな人と一緒だと思うとドキドキが止まらない。

それにしても、いつの間にこんなに久世を好きになったのだろう。

清水が湧き出るように、愛が胸の奥で広がっていく。それはピンヒールを脱ぐ間も消えなかった。

「お茶でも——」

ひとまず一息吐こうと話しかけた瞬間、久世の両腕が躯《からだ》に回され、友梨は横抱きにされた。

「きゃあ!」

躯《からだ》の重心を失い、脳がぐらりと揺れる。グラス一杯のシャンパンしか飲んでいないのに、酔っぱらったみたいに目が回った。たまらず彼の首に両腕を回して縋《すが》り付く。

二人の吐息がまじり合うほどの至近距離にドキッとするが、友梨は久世から意識を逸《そ》らせない。

「今夜は離さない……」

これまでに聞いたことのない久世の昂《たかぶ》った語気に、友梨の躯《からだ》の芯がふにゃふにゃになっていく。下腹部の奥が疼《うず》き、熱を持ち始めた。

「初日は逃げるのを許したが、今夜はずっと俺の腕の中にいてもらう」

なんと不遜《ふそん》な物言いなのだろうか。

いつもの友梨なら、こんな振る舞いをされたら腹を立てている。でも今は、そんな気持ちすら湧き起こらない。それどころか、久世の独占欲にときめいてしまう始末。

それぐらい、友梨は久世に全てを委《ゆだ》ねていた。

久世は階段を上がり、友梨をマスターベッドルームへ連れ込む。柔らかな光が広がる間接照明を灯す間も、友梨は彼から目を逸《そ》らさなかった。

「何も言わないいんだな」

そう言って、久世は友梨をベッドに落とした。スプリングで跳ねる友梨の躯《からだ》を、彼は欲望を瞳に宿しながら眺める。そして、友梨が逃げ出さないよう躯《からだ》の両脇に手を突いた。目に焼き付けるように、オーガンジーのスカート、総レースに包み込まれた二つの膨《ふく》らみ、顔へと視線を動かす。

友梨がかすかに息を呑むと、顎《あご》を摘まんだ久世に仰がされる。

「言わなくても、友梨の目が語ってるが……」

久世がふっと唇の端を上げると、顔を傾けて友梨の唇を求めた。

軽く触れ合わせてはついばみ、友梨から甘い吐息を引き出そうとしてくる。若い世代にありがちな性急さはなく、ねっとりした濃厚な口づけだった。

「……蓮司」

友梨の囁《ささや》きが感情的にかすれると、久世が口腔《こうこう》に舌を挿入させた。お互いの唾液で滑る中、彼は巧みに蠢《うごめ》かせて友梨の舌を搦《から》め捕《と》る。

「ン……っ、は……ぁ」

好きな人に求められる幸せに、友梨の躯《からだ》は瞬《またた》く間に悦《よろこ》びに包み込まれた。

たったこれだけで全身が燃え上がるのなら、それ以上先に進んだらどうなるのだろう。

「んぅ……っ、ぁ……」

久世の武骨な手が友梨の背に回される。背筋を上下に擦《さす》られて、ビクッと震えた。

そんな友梨を官能の世界へ誘い込むように、久世がドレスのファスナーをゆっくり下げていく。躯《からだ》の締め付けがなくなり、コルセットで持ち上げられた胸の膨《ふく》らみが露《あらわ》になった。

身震いするたびに柔らかな乳房が揺れ、久世がそこを指で辿《たど》っていく。

触れるか触れないかの思わせ振りな愛撫に心を揺さぶられるものの、じわじわと忍び寄る刺激に耐え切れなくなる。

友梨は愛撫によって上気した頬を隠すように、自《みずか》ら顎《あご》を引いた。

しかし友梨の目に入ったのは、コルセットの紐を解いていく久世の手だった。

紐が緩《ゆる》まるにつれて、乳房を覆っていたコルセットがずれていく。

友梨は慌てて胸を隠そうと片腕を上げるが、久世に阻《はば》まれた。

「あっ！」

「隠すな。君の全てを俺に見せるんだ」

久世のかすれ声に、友梨の双脚の付け根に快《こころよ》い疼痛《とうつう》が走り、躯《からだ》の力が抜けていくのを感じた。

それを知ってか知らずか、久世が友梨の手首を持ち、皮膚の薄い部分に強く唇を押し当てる。

「……っ！」

ぴりっとした痛みに小さく呻《うめ》くと同時に、久世が顔を上げる。

手首の内側には、赤い花が咲いていた。

まるで蓮司のものだと印を捺《お》されたみたい——そう思った途端、手から力が抜けていった。すると、彼に後ろ手でベッドに突くように促《うなが》される。

胸を反る体勢に自然と息が上がり、彼を誘うかの如《ごと》く乳房が揺れた。彼の目線がそこに落ちると、一瞬にして先端が硬くなる。

「ん……っ」

「とても綺麗だ」

久世は柔らかな乳房を包み込み、揉みしだく。急《せ》かさない手つきに、友梨の方が焦《じ》れったくなる。

次第に吐息に湿《しめ》り気《け》が帯びてくると、久世の指が乳首をかすめた。

「あっ、あ……っ、んぁ、ま、待って……」

予想以上の鋭い快感に、友梨の息が弾む。肩を窄《すぼ》めて反応を押し殺そうとするのに、躯《からだ》は正直で、何度も痙攣《けいれん》した。

「んぁ……ダメ……ッ、は……ぁ！」

久世の愛撫は的確だ。彼の躊躇《ためら》いのない手つきから、女性に不自由していないのが伝わってくる。どこをどうすれば女性が酔いしれるのか、よく知っているのだ。

「は……ぁ、んふ……っ」

送られる熱は下腹部の奥深いところに蓄積し、じわじわと膨張していく。秘所が疼《うず》き、蜜が滴《したた》ってきた。

たまらず大腿を合わせるが、淫猥《いんわい》な音が響くのではないかと思うぐらい、既に愛液でパンティが湿《しめ》っている。

やだ、恥ずかしい！　――そう思った時、久世が胸元へ顔を寄せ、硬く尖る突起を口に含んだ。

「や……ぁ、んっ、んぁっ」

久世の生温かい舌が、ぷっくり膨《ふく》らんだアプリコット色のそこを弄《いじ》る。舌先で舐められ、唇で挟まれるたびに、えも言われぬ刺激に襲われた。躯中《からだじゅう》を駆け巡る快楽に耐えかねて、自然と背を丸めてしまう。

それを見越していたのだろう。

久世は乳房から手を離し、脇腹をかすめながら背中へ回した。そこを指先でツーッと撫で下ろす。

瞬《また》く間に、友梨の背筋に甘い電流が走り、躯《からだ》が敏感に反応した。

「あっ……！」

友梨が仰《の》け反《ぞ》ると、巻き上げていた髪がほどけて背中に滑り落ちた。

それさえも愛技となり、躯《からだ》を支えていた腕に力が入らなくなる。そのまま後ろに倒れて仰向《あおむ》けになってしまった。久世はそんな友梨を両脚で挟み、膝立ちになる。上着を脱ぎ、ネクタイを解いて乱暴に放り投げた。男の欲望を全面に出す肉食系な行為だ。

久世はシャツのボタンを上から外していくと、友梨の躯《からだ》の両端に手を置き、静かに体重をかけてきた。友梨の興奮を煽《あお》るように頬に触れ、さらに顎《あご》、首、鎖骨、そして膨《ふく》らみを撫でる。

友梨は息を弾ませて、久世の手を掴《つか》み動きを封じた。

「触り方がエッチ過ぎる……」

友梨が小声で訴えると、久世が片方の眉を大げさに動かした。

「その気にさせたいからだろう？　友梨が乱れてくれれば、俺も容赦なく欲をぶつけられる。そうなれば、きっと友梨も俺の手で淫《みだ》らに悶《もだ》えるはず」

久世がいやらしい手つきで乳房を揉み始めた。それだけで、呼び起こされる快感にしか意識が向かなくなっていく。

「だろう？」

「……んぁ」

男女の駆け引きに興じる久世は、やはり一手二手先をいっている気がした。彼のすること全てに翻弄《ほんろう》されてしまう。

しかし、それが嫌ではなかった。むしろ、これまで友梨が付き合った男性とは全然違うタイプの久世に、どんどん惹かれていく。

友梨は、さらに動かそうとする久世の手を力を込めて握った。

「約束しよう。奔放に声を上げさせると」

「……もうなってる」

「本当に？　俺に身を任せてもいいぐらいに、俺を知りたいと思うようになった？」

久世の双眸《そうぼう》に宿る欲望が、さらに濃くなる。

「うん」

久世は友梨の手を掴《つか》み直すと、自分の首へと誘《いざな》う。友梨がそこに触れるや否や、彼は顔を近づけてきた。

「俺が何をしようとも、それを受け入れるぐらいに？」

友梨をからかう久世の眼差しには、欲望とはまた別の真摯《しんし》な想いが見え隠れしている。

契約書に明記したとおり、愛人だけを欲し、正直に向き合うという気持ちだ。

その姿勢に胸を高鳴らせて、友梨は久世の襟足を優しく愛撫する。

「教えて……、蓮司のことをもっと知りたい」

「そう思うなら、もう二度と……自分勝手に動き回るな。君は自《みず》ら危険に飛び込み過ぎる！」

「わたしは、ただ……あっ！」

久世の体重が自分の躯《からだ》にかかり、さらに硬くなったもので下腹部を擦《こす》られた。

「わかったな？」

友梨は甘い刺激に肩で息をしながらも、小刻みに頷いた。

自《みず》ら危険に飛び込んでいるつもりはないが、久世がそう思うのなら従うべきだ。

久世はそんな友梨を組み敷き、髪に頬を寄せて何度もキスを落とした。耳元で聞こえる彼の息遣いに、友梨の口から艶《つや》っぽい吐息が自然と漏れてしまう。

「俺の心を乱した責任を取ってもらおう」

久世が感情的な声で告げる。

友梨が心を乱したのだろうか。もしそれが事実なら、こんなに嬉しいことはない。

感情の赴くまま久世の背に手を回すと、彼が悠然とした面持《おもも》ちで顔を離した。友梨のどんな些細《ささい》な反応も見逃さないとばかりに見つめ、再び友梨の唇を塞《ふさ》いだ。

激しさを増す口づけに、下腹部の深奥は疼《うず》き、じんわりとした熱が生まれる。躯《からだ》が期待で震えるのを感じた。

「んぅ……、あ……っ、んっ」

久世は深い角度で唇を求め、友梨の喘《あえ》ぎ声さえも奪う。さらに濡れた舌を滑り込ませ、絡めては淫《みだ》らに動かした。そうして、全てを貪《むさぼ》ろうとした。

「ンっ……んふぁ」

これまで聞いたことのない甘く誘う声が口をついて出ると、友梨はたまらずつま先をぎゅっと丸めて、ベッドに食い込ませた。そうして快楽に囚われないようにするものの、押し寄せる甘美な疼《うず》きに抗《あらが》えない。秘所がぴくぴくと戦慄《わなな》くほどだ。

その時、久世が顔を上げた。お互いの唾液で濡れた唇を見つめ、友梨と視線を交わらせる。

「想像以上に、俺を悩ませるとはな」

久世は再び友梨の目を覗《のぞ》き込みながら、火照《ほて》った素肌を撫でた。柔らかな膨《ふく》らみに指を走らせ、腰のあたりで絡まるドレスに手をかける。同時に手際よくパンティを指に引っ掛け、一緒に滑らせた。

「いいカラダだ。ぞくぞくさせられる……」

その言葉に、友梨の心拍が上がり息遣いが荒くなっていく。呼吸するたびに、乳房が揺れ、腹部が柔らかく波打った。しかも久世の視姦に乳首が一層硬くなり、誘うようにツンと上を向く。

　生まれたままの姿を晒《さら》すこと自体恥ずかしいのに、久世が眩《まぶ》しげに見つめてくるため余計に身動きできない。躯《からだ》が発火するのではないかと思うほど燃え上がっていった。

　久世は友梨から目を逸《そ》らさず、シャツの残りのボタンを外していく。

　目に飛び込む男らしい体躯《たいく》に、友梨の口腔《こうこう》に生唾が込み上げてきた。

　スーツを着ていても引き締まっているのは想像できたが、まさかここまで贅肉《ぜいにく》がないとは思わなかった。腹筋は割れ、胸筋もスポーツ選手並みに筋肉がついている。ただ、鳩尾《みぞおち》のところに打ち身の痕がうっすら残っていた。

　それが何を意味するのか理解した途端、友梨は手を伸ばし、薄く色付いたそこに指を這《は》わせる。それは先日、友梨が放った一撃の痕だったからだ。

「君のお眼鏡に適《かな》ったかな？」

「ち、違っ！　これ、わたしがつけた……っん、あ……っ」

　久世が急に友梨の脇腹に触れ、胸の膨《ふく》らみを包み込んだ。さらに、頬からこめかみに口づける。

「大丈夫だ。打ち身は気にしなくていい。そもそもこれは、わざと受けたものだ」

「えっ？　……わざと？」

「ああ。あえて避けなかった」

友梨は息を呑み、久世を押し返して彼の顔を凝視した。

あの時、妙に気になった感覚はこれだったのだろう。

今ならわかる。これだけ屈強な躯《からだ》を持つ久世に、そう簡単に友梨の拳《こぶし》が入るはずがない。彼はあえて友梨の反撃を受け止めたのだ。

「どうして？　どうして避けなかったの？」

「俺と〝したくない〟と言った友梨の本気度を試したくなった。そこまでして抗《あらが》うなら、見逃してやろうと。予想どおり、友梨は俺の期待を裏切らなかった」

久世は、友梨の鼻を優しく指で撫でた。

「あれは俺が決めたこと。だから、友梨が気にする必要はない。それに痛みはない。これぐらいの打ち身はしょっちゅうだ」

「本当に？　……痛くないの？」

「ああ」

久世の返事を受け、友梨はようやく安堵の息を零《こぼ》した。

蓮司が痛い思いをしていなくて、本当に良かった！　――と思いながらも、やっぱり変色した部分が気になり、もう一度そこを撫でる。すると、彼が小さく笑った。

「それより、もっと違うところに意識を集中してくれないか？」

久世は友梨に顔を寄せ、耳孔に舌を突っ込んだ。

ちゅくっという粘液音と共に躯《からだ》の中軸が疼《うず》き、そこを焦《こ》がす愉悦に襲われる。肩を窄《すぼ》めて身を捩《よじ》りたくなるほどの甘い潮流だ。

「ンっ……んふぁ」

「いい声だ」

耳元で囁《ささや》かれて、蓄積された熱が大きくうねり、じわじわと膨張していく。

友梨は久世の背に両腕を回し、もっととねだるように傍《そば》に引き寄せた。彼は頬を緩《ゆる》め、脈打つ首筋を舌で舐めては吸い、乳房に唇を落とす。

友梨は枕の上で、身を捩っては乱れた。

「あっ、あ……っ、っんく」

しつこく柔肌をまさぐられて、友梨は悩ましい喘《あえ》ぎを抑えられなくなる。

やがて久世は、唾液で光る乳房の先端に湿《しめ》った息を吹きかけた。そして腰のラインから大腿を撫でていき、内腿を指でかすめる。

「感じやすいんだな。だが、今以上に乱れてもらう」

一瞬にして、久世の瞳に欲望の炎が宿る。それを見た友梨は、躯中《からだじゅう》の力が抜けてしまい、彼がたどる軌跡にしか意識が向かなくなっていった。

久世が友梨の膝の裏に手を忍ばせ、そこを持ち上げても、淫襞がぱっくり割れても、友梨はされるがまま受け入れる。

秘所に冷たい風が触れるのを感じて、友梨が大きく息を呑むと、久世が乳首を唇で挟んだ。
舌を突き出して舐めてはくすぐり、柔らかくして包み込む。そうしながら、黒い茂み
を掻き分け、媚襞に沿って優しく弄《もてあそ》び始めた。さらに執拗《しつよう》に撫でて、陶酔《とうすい》を送り込んで
くる。
「ああっ！　や……ぁっ、待って……んぁ」
快感を堪《こら》えようとするが、どうしても躯《からだ》がビクンと跳ねてしまう。まるで炎に包み込
まれたかのように燃え上がっていく。
それだけでは終わらず、久世はより濃厚な蜜戯を加えた。充血した花弁を、隠れた花
芯を指の腹で軽く触れ、小刻みの振動を送ってきた。
「あっ、あっ……っん」
久世の動きに合わせて、くちゅくちゅと淫靡《いんび》な音が響く。あふれる蜜を指に絡めて、
わざと粘液音を立てているのだろう。
聴覚も刺激され、友梨は官能的な世界へ誘《いざな》われてしまう。
「ン……っ、ぁ……！」
「もっと、友梨の声を聞かせてくれ」
乳房から顔を上げた久世が、熱っぽい眼差しで友梨を射貫く。そして目を逸《そ》らさずに

淫唇を押し開き、花蕾に指を埋《うず》めた。緩急《かんきゅう》をつけて弄《いじ》り、友梨の反応を確認しては奥深くへ進めていく。

「あ……っ、んんっ」

久世の指の付け根が媚唇に触れると、彼が手首を返した。歓喜の声を上げる友梨を見つめて、彼は抽送を始める。指を曲げて蜜壁を擦《こす》り上げ、友梨の腰が引けそうなほどの快感を送ってくる。

「ダメ……ぁ、う……っ、あっ……んぅ」

間を置かずに迫りくるうねりに、淫声を止められない。たまらず手の甲で口元を覆って声を抑えるが、押し寄せる情欲の波には抗《あらが》えなかった。

狭い蜜孔がほぐれ、久世の指がスムーズに動くようになると、何度も奥を攻められた。

「つんぅ……ふ……ぁ、はぁ……っ！」

「柔らかくなってきたな。俺の指を締め上げ、早く俺が欲しいと訴えている」

友梨がシーツを掴《つか》んだ時、久世の指が花芽をかすめる。静電気に似た刺激が、尾てい骨から脳天へと駆け抜けていった。

「んぁぁぁ……」

友梨は艶《つや》めいた喘《あえ》ぎを零《こぼ》し、ふわっと浮き上がる波に身を預けて軽く達した。

しばらく甘美な愉悦に浸《ひた》っていたものの、呼吸が落ち着いてくると羞恥《しゅうち》が湧き上がってきた。乱れた髪を掻き上げる仕草で、上気する頬を腕で隠す。

まさか、こんなにも早く達してしまうなんて……

友梨が満ち足りた息を深く吐き出した直後、ベルトを外す音が響いた。続いてベッドが上下に揺れ、衣擦《きぬず》れの音が耳に届く。

さらに先へ進むために、久世がズボンを脱いだのだ。好きな人と結ばれるその瞬間を想像してしまい、躯《からだ》が歓喜に包まれる。

友梨は腕を下ろし、そっと久世を窺《うかが》った。

黒い茂みから頭をもたげる赤黒い男性自身。それは硬く滾《たぎ》り、芯が入ったみたいに力強い。友梨に触れただけではち切れんばかりに漲《みなぎ》っている事実に、驚きを隠せない。

久世は盗み見されているとわかっているのに、友梨の目を気にせず、手慣れた所作でコンドームをつけた。

男性自身を見慣れていない友梨にとって、それは強烈な光景だった。早く視線を逸《そ》らさなければと思うのに、それができないほど息が弾んでしまう。

その時、準備を終えた久世が身動きした。

「友梨」

まるで獲物を発見した肉食動物さながらに欲望に目を光らせて、友梨の方へにじり寄る。緊張で躯《からだ》が強張《こわば》るのに、久世が覆いかぶさってくると、自然と友梨の力が抜けていった。

久世の魅力に抗《あらが》えない。彼に包み込まれたいという欲求が生まれていく。

「もっと淫《みだ》らに乱れるんだ」

久世は友梨に体重をかけ、誘惑に満ちた声で囁《ささや》いた。

そして友梨の大腿からお尻のラインに手を這《は》わせ、片脚を上げさせる。濡れそぼる媚孔に、彼が膨《ふく》れた切っ先を触れ合わせた。

その感触に蜜口がきゅうと締まり、友梨の口から艶《つや》っぽい息が零《こぼ》れる。それさえも自分のものだと言わんばかりに、久世が友梨の唇を奪った。同時に腰を突き動かし、彼自身を狭い媚口に挿入させた。

「ン……っ、んんふ……ぅ！」

蜜孔を押し広げて進む硬い昂《たかぶ》りに、友梨の全身が快感で震える。口づけされながら歓喜の声を漏らすが、全て彼の口腔《こうこう》へと消えていった。

久世は友梨の心を蕩《とろ》けさせるように軽く唇を甘噛みしたあと、深い交わりを求めて双脚を押し広げてきた。

「友梨、どこが君のいいところなのか、俺に教えてくれ」

軽く唇に触れては甘く囁《ささや》き、友梨に訊ねる。

「あ……っ、ダメ……わからない、だって――」

特別な行為などなくても、相手が久世だという理由で躯《からだ》が燃え上がるほど感じてしまう。

「では、友梨の躯《からだ》に俺のやり方を刻もう。俺が君を感じさせるんだとわかってもらわないとな」

緩《ゆる》やかな間隔で打ち付けられるだけなのに、何度も火矢を放たれるうちに、腰が抜けそうな高揚感に満たされていく。

「ぁ……っ、んぅ……、はぁ……っ」

宣言どおり、久世は友梨の大腿を抱えて、複雑な刻みを繰り返して彼の愛戯を教え込む。硬くて大きく漲《みなぎ》る彼自身で攻められ、友梨は頭を振って身悶《みもだ》えた。

「待っ……て、っ……、んぁ……ぅ」

快感が押し寄せているのは、久世を締め上げる圧でわかっているはず。それでも彼は、友梨の反応を見定めては、微妙な腰つきで律動する。

友梨は制御できない悦楽に囚われ、一段と高みへと導《みちび》かれていく。

「ダメ……っぁ、そこ……っ、は……ぁっ！」

快《こころよ》い潮流が絶え間なく押し寄せてきた。

友梨はたまらず久世に両腕を巻き付けて、激しさを増す渦に抗《あらが》おうとするものの、どんどん蕩《とろ》けてしまう。

「ここだな」

肩で息をする久世が、ある部分をめがけて突いた。何度も蜜壁を擦《こす》られて、友梨の腰が甘怠《あまだる》くなって力が抜けていく。

友梨の感じ方が変わったのが、久世に伝わったに違いない。彼は膝の裏に置いた手に力を込めてのしかかり、さらに結合を深めた。そして友梨を揺さぶり、執拗《しつよう》に攻め立てる。

乳房が艶《なま》めかしく揺れ、硬くなった乳首が彼の胸板を幾度《いくど》もかすめた。

「あっ、あっ……蓮司……！」

目の眩《くら》む恍惚感《こうこつかん》に包み込まれながら、友梨は切なげな声で久世の名を呼んだ。

ああ、嘘……、もうイキそう！

体内で蠢《うごめ》く情欲に身を捩って喘《あえ》ぐ友梨は、久世の背に爪を立ててもう勘弁してほしいと訴える。

しかし、久世は手を緩《ゆる》めない。それどころか腰に回転を加えたり、角度を変えたりして、濡れた孔に楔《くさび》を抜き差しするスピードを速めていく。

「もうダメ……っ！　あ……っ、あ……ぁぁ」

友梨はすすり泣きに似た淫《みだ》らな声を上げた。

久世は友梨の脚を自身の腰に巻き付けさせ、荒々しく攻め立てる。

友梨が為すがまま行為を受け入れた時、彼が不意に二人の茂みを擦《こす》り合わせるような抽送に変化させた。

花芽に強い衝撃を与えられた刹那《せつな》、火花が散り、体内で膨《ふく》れ上がった熱が弾《はじ》け飛んだ。

「ン……う、あ……っ、……好き！」

友梨は嬌声《きょうせい》を上げ、一気に天高く飛翔した。

瞼《まぶた》の裏には眩《まばゆ》い閃光が瞬《またた》き、躯《からだ》は血が沸騰したかの如《ごと》く燃え上がる。その狂熱の愉悦に、身も心も一瞬にして包み込まれていった。

快感の波に漂《ただよ》う友梨から僅《わず》かに遅れて、久世が精を迸《ほとばし》らせる。直後、脱力してベッドに肘を突いた。

久世は肩で息をしながらも決して友梨に全体重をかけず、友梨が艶《つや》めいた息を零《こぼ》す姿を見つめる。たったそれだけで、心がふわっと浮き上がった。

ああ、この人が好き……

友梨が愛情を込めて久世を見上げると、彼は友梨の火照《ほて》った頬に触れた。

「いったい君は……俺にどんな魔法をかけたんだ？」

久世の甘い囁《ささや》きに、一度達して鈍くなった感覚が、再び戻ってくる。

それは久世も同じなのか、彼自身に精力が漲《みなぎ》ってきた。じわじわと蜜孔を押し広げる刺激に友梨が喘《あえ》ぐと、彼は楽しげにふっと笑う。

「まだ友梨を解放する気はない。夜は長いからな……」

愛し合ったばかりなのに、まだ友梨を求める久世の言葉が嬉しくて、友梨は彼の頬を手で覆った。すると、彼が急に友梨の腰を抱いて横に転がった。

「キャッ！」

久世が友梨を自分の上に跨《また》がらせ、位置を入れ替えた。驚きのあまり目を見開いた友梨は、すぐに快《こころよ》い疼《うず》きに襲われてしまう。

「あぁぁ……」

初めての騎乗位に、友梨の中で燻《くすぶ》っていた火が一気に燃え広がった。今までとは違う場所を強く擦《こす》られたせいか、なんとも言えない愉悦が走っていく。しかも埋《うず》められた硬杭の力強さを感じるたびに、蜜孔がそれをぎゅうっと締め上げてしまう。

たまらず久世の腹部に手を置き腰を浮かすものの、引き抜かれる刺激に腰の力が抜けて、再びぬちゅっと音を立てて穿《うが》たれてしまう。

「ぁん、は……ぁ、んふ」

「もうぴくぴくしてる」

意味ありげに言う久世の瞳には、さらに濃い欲望の色が宿っている。

「さあ、次はこちら側から楽しませてもらおう」

そう言った久世は、友梨の腰を掴《つか》んで静かに下から突き上げた。

「ま、待っ……んぁ！」

久世の昂《たかぶ》りがどんどん張り詰めていく。最初の時より、彼を強く感じるほどだ。

圧迫される自分の下腹部に手を置くだけで、手のひらに振動が伝わってくる。久世の怒張で貫《つらぬ》かれている事実と共に、悦《よろこ》びがじわじわと広がり始めた。

「ンっ、あ……っ、おっきぃぃ……！」

「もっと蕩《とろ》けさせてやろうか？」

久世が楽しげに笑い、友梨を見上げる。

「ぁんっ、……っんぁ、ほん、と……に、待っ……んくっ」

久世を止めようとするが、彼は奥深く突いては軽く抜く行為を繰り返す。愛液に空気がまじり、ぐちゅぐちゅといやらしい粘液音が室内に響き渡った。

「ダメ……っ、あ……っ、やぁ……」

「こんなものじゃないだろう？　もっと淫《みだ》らに腰を振ってみろ」

久世に上下に揺すられ、快楽の渦へと引きずり込まれていく。たまらず身を震わせて天を仰ぐと、彼がさらに律動のスピードを速めていった。そうして腰を支えていた手を滑らせ、乳房を両手で包み込む。柔らかさと重みを確かめるように揉みしだき、充血してぷっくりした頂《いただき》を指の腹で転がしてはきゅっと摘まんだ。

久世は欲望の滲《にじ》む目をしたまま、激しく腰を動かす。ベッドのスプリングを利用して、敏感な媚壁を擦《こす》り上げた。

その動きと漲《みなぎ》りに、友梨は息が詰まりそうになる。痛みを感じるほどなのに、それを凌駕《りょうが》するだけの、身を焦《こ》がすうねりが襲いかかってきた。

「あっ、あっ……っ、んぅ、は……ぁ！」

蓄積されていく熱に翻弄《ほんろう》され、喘《あえ》ぎが止まらなくなる。すると、久世の激しい息遣い、ベッドのスプリング音の拍子が速くなっていった。

「そう、もっとだ！」

「いや……ぁ、っんふ……」

友梨の脳の奥が麻痺《まひ》していくにつれて、それらの音が一気に遠ざかっていく。代わりに、早鐘を打つ拍動音が耳の奥で大きく鳴り響き、友梨は快感の激流へと攫《さら》われた。

「……んっ、あっ、もう……イ、イク！」

友梨が声を振り絞ると、久世が一際《ひときわ》強く突き上げた。

刹那《せつな》、膨張した熱だまりが一気に破裂した。

「あぁっ……！」

蜜壷を穿《うが》つ怒張を締め上げながら背を弓なりにして、友梨は高く飛翔した。瞼《まぶた》の裏に眩《まばゆ》い閃光が走り、衝撃が渦となって押し寄せてくる。その甘美な潮流に身を委《ゆだ》ねて、幾《いく》度《ど》も躯《からだ》を震わせた。

直後、久世が律動のスピードを上げて、友梨の深奥で精を勢いよく迸《ほとばし》らせた。

「……くっ！」

久世は喉の奥から声を発して、数度躯《からだ》を硬直させる。しかし彼は、休む間もなく友梨を引き寄せて強く抱いた。お互いの湿《しめ》った肌は張り付き、心音が協奏し合う。それぐらい、二人のリズムは同調していた。

「カラダの相性がいいのは、何にも勝る喜びだ」

満足げにそう言うと、久世は友梨の後頭部に手を滑らせて唇を求めてきた。荒い息遣いをしながらも唇を軽く触れ合わせ、舌を絡める。

蓮司は契約があってわたしを欲するのかもしれないけれど、わたしは違う。彼を愛してしまったから——そう想いを込めて、友梨は彼の頬を手で覆い、自《みずか》ら唇を求めたのだった。

第四章

霜降《そうこう》を過ぎ、紅葉の季節が近づいてきた。

今はまだ綺麗な色に染まるには早いが、友梨の心は木々の葉が少しずつ赤く色付くように、久世一色に染まっていた。

「こんなにも蓮司を好きになるなんて……」

友梨は自室のベッドに横たわりながら、先ほどまで久世がいた場所に手を伸ばした。シャワーを浴びに行ったため、既に温もりは残ってないが、最近の久世は夜遅く帰ってきても友梨の隣で躯《からだ》を休めている。

しかも、セックスするわけでもないのに、友梨を抱きしめて眠る日が多くなった。まるで本物の恋人同士みたいに……

実際はそうではない。それは友梨もわかっている。だけど、ほんの少しは友梨を気に留めていると思ってもいいのではないだろうか。

久世は、これまで禁止していた仕事終わりの寄り道を許すようになった。もちろん赤荻が付き従うが、それも久世が譲歩してくれたお陰だ。

まさか、こんな風に大切にしてもらえるなんて……

その幸せに頬を緩《ゆる》めた時、久世と友梨の部屋を繋《つな》ぐ化粧室のドアが開いた。

ズボンとシャツに着替えた久世は、スリップドレスで横たわる友梨の傍《そば》に腰を下ろす。友梨に手を伸ばし、乱れた髪を指で梳いて頬を優しく撫でた。

相手を慈《いつく》しむ触れ方に幸せを感じながら、友梨は久世をうっとりと見上げる。

「君の寝姿はそそられるが、今日は外へ行こう」

「外？」

「友梨は仕事が休み、俺も久し振りに丸一日時間を作れた」

つまり、今日は一日ずっと一緒にいられるという意味？　それって⁉

「もしかして、デート？」

久世は友梨の問いに答えず、ただ目を細める。

「さあ、友梨も着替えて」

「う、うん！」

久世が部屋を出ていくのを見送って、友梨はベッドを出た。

すぐに化粧室へ入って顔を洗い、簡単に化粧をする。部屋へ戻ってクローゼットを開けると、何を着ようかと思案し始めた。

いろいろ悩んだ結果、深緑色のラメジョーゼットのロングワンピースを取り出した。透け感がとても色っぽいが、上に羽織るものを変えるだけで一気にカジュアルな装《よそお》いへと変わる。

どこへ連れて行ってくれるのかわからないが、このワンピースなら臨機応変に対応できるだろう。

「これで決まり！」

友梨は緩《ゆる》やかにパーマをかけた髪を後ろで一つに結び、ハンチング帽を手に取った。

あとはバッグだけだ。どれを使おうかと悩んでいると、やにわに久世にもらったクラッチバッグが目に入った。

あの日はマンションに戻るなり久世に求められ、玄関で落としたままになっていた。翌日の夕方、マンションに来た赤荻が手渡してくれたものの、久世のことで頭がいっぱいで、中身を片付ける間もなくクローゼットに押し込んだのだ。

私物は入っていないとはいえ、確認だけはしておかなければ……

友梨はバッグを開けて、中身を床にひっくり返した。口紅、フェイスパウダー、ハンカチなどが出てくるが、その他にゴールドとシルバーのカードも入っていた。

「うん？　……カードと名刺？」

ショップの店員が〝今後ともご贔屓《ひいき》に〟という意味で入れたものだろうか。

一枚はクレジットカードに似た硬いカードで、もう一枚は箔押しされた名刺だった。

「ブランドショップの名刺ともなると、豪華なのね……」

友梨はそこに書かれた名前を頭の中で読み上げた途端、躯《からだ》を強張《こわば》らせた。

名刺には〝辻坂陽明《ようめい》〟とあり、携帯番号が明記されている。他には何もない。会社名や住所なども一切書かれていなかった。

友梨は慌ててもう一枚のカードを取り上げる。

それはクレジットカードではなく、どうやらルームキーのようだ。部屋番号なのかは不明だが、四桁の数字と、ローマ字で辻坂の名前が彫《ほ》られてある。

「どうしてわたしのバッグに彼のものが入ってるの？」

友梨はクラッチバッグを肌身離さず持っていたが、自分でそれを入れた記憶はない。

しかし、当時のことを振り返るにつれて、友梨は一瞬にして言葉を失った。

違う。……一度だけ足元へ落とし、辻坂に拾われた。もしや、あの時に入れた⁉

「友梨？」

久世の声に驚き、友梨は咄嗟《とっさ》にカードをクラッチバッグに突っ込んだ。

ドアの方に顔を向けると、そこにはダークスーツを着た久世が立っていた。彼は友梨の服装に満足するように頷き、手元のクラッチバッグを見下ろす。

「そのバッグを使ってくれるのか」

「えっ？　あっ……うん」

友梨はあやしまれないよう気を付けながら、クラッチバッグの口をしっかり閉じた。

決して知られてはならない。もし辻坂の名刺やカードキーを持っていると知られれば、久世は絶対に激怒する。前回、辻坂のことなど気にも留めていない様子だったのに、彼と一緒にいた友梨を責めたためだ。

だからこそ、辻坂と連絡を取り合っていると勘違いされては困る。

「友梨？」

こちらを探るような声に、友梨は一段とバッグを強く握った。

「ま、待って。お財布とスマホを……」

「財布はいらない。スマホは……ほら、そこにある」

久世が顎《あご》で化粧台を指して、部屋に入ってきた。友梨は急いで立ち上がるが、そちらに駆け寄る前に、先に彼にスマートフォンを取られた。

「ほら、バッグを開けて」

「えっ!?」

驚く友梨に、久世が片眉を上げる。

友梨はさりげなく俯《うつむ》きながらバッグを隠し、もう片方の手を前に差し出す。

「その前に、マナーモードにしておく。一緒に出掛けるのに、急に音が鳴るのは嫌だもの」

今の言葉に嘘はない。嘘はないが……

友梨が久世をそっと窺《うかが》うと、彼は何も疑問を持たずにスマートフォンを渡してくれた。

友梨はマナーモードにすると、久世に背を向けてクラッチバッグにそれを突っ込んだ。

ホッと安堵の息を漏らしたあと、友梨は久世の気をもっと逸《そ》らしたくて、彼を廊下へ促《うなが》す。

「どこへ連れて行ってくれるの？」

「まずは遅い朝食……いや、早めの昼食だ。猛と剛が、下で待ってる」

デートであっても、二人は付いてくるのね――と心がしゅんとなるが、それでも久世と出掛けられる事実に胸が弾む。

友梨は笑顔で頷き、久世と一緒に玄関へ向かった。

マンションのエントランス前には、既に見慣れた車が一台停まり、東雲が外に立っている。

「おはようございます」

東雲が久世と友梨を出迎えて、挨拶《あいさつ》した。運転席には赤荻が座っており、友梨たちが後部座席に乗り込むと彼も同様に頭を下げる。

赤荻が車を発進させてしばらくすると、友梨は外に目をやった。

過ごしやすい気候になったのもあってか、観光客の数が凄《すご》い。

笑顔の家族やカップルたちを見るともなしに眺めるものの、意識は膝に置いたクラッチバッグの中身に向く。

ここに入っているカードは、いったいどうしたらいいのだろうか。

クラッチバッグを持つ手に力を入れた時、不意に久世にそこを掴《つか》まれ、友梨はビクッとした。

「ど、どうしたの？」

「何か、俺に話すことが？」

「えっ？」

友梨は息を呑むが、何もないと頭を振った。そんな態度を訝《いぶか》しく思ったのか、久世が目を眇《すが》めてきた。

「な、何があるっていうの？　……ちょっと緊張してるだけ。だって、初めてのデートだもの」

そう言った瞬間、運転中の赤荻がぷっと噴き出した。

「緊張？　一緒に暮らしてて、いったい何を今更――」

「剛！」

「申し訳ありません」

東雲にきつく叱られ、赤荻がすぐさま神妙な面持《おもも》ちで謝った。

「友梨を信頼する姿は微笑ましいが、剛はもう少し猛からいろいろと学ぶべきだな」

「教育が行き届かず、申し訳ございません。改めて剛に言い聞かせます」

久世の言葉に、東雲が慌てて頭を下げる。

友梨のせいで迷惑をかけてしまったことを申し訳なく思うが、彼らのやり取りにホッとしてもいた。赤荻のお陰で話題が逸れたからだ。

感謝の意を込めて、赤荻が食べたいと口にしていた厚焼きクッキーのパレット・ブルトンヌを会社終わりに買って帰ろう。

どこのお店に寄ろうかと悩みながら、友梨は再び外に目を向けた。

十数分後、車は銀座から少し離れた裏通りに入った場所で停まる。そこは、小料理屋風のおばんざいの店だった。とても人気があるのか、表には行列ができていた。

「おいで」

久世の手が友梨の肩に回される。行列を尻目に店のドアを開けると、着物を着た五十代ぐらいの女性がこちらに顔を向けた。

「申し訳ございません。現在満席で、外の列に並んでいただけ――」

女性が謝ろうとするが、久世を見た途端、言葉を失う。

「蓮司？……えっ!?」

女性は動揺したままカウンターの中にいる板前に目をやる。すると、彼女と同年代ぐらいの彼が頷いた。

「今朝、電話が入ってね。女将《おかみ》に内緒で予約を入れてくれって」

「あの予約席は蓮司だったのね！　さあ、座って」

女将《おかみ》と呼ばれた女性は、久世を奥へと案内する。

店内は満員で、カウンターもテーブルもほぼ埋まっている。空いているのは、予約席のプレートが置かれた座敷の一角だけだった。

そちらに促《うなが》されたのち、久世が女性に向き直る。

「伯母さん、彼女は須崎友梨さん。二十四歳でＯＬをしています。今、付き合っている女性です。友梨、この女性は久世美奈子《くぜみなこ》。俺の伯母だ」

女将《おかみ》が伯母さまなの!?　――と驚きながら、友梨は急いで帽子を脱いだ。

「は、初めまして！」

友梨が挨拶《あいさつ》すると、ふくよかな小さな手が友梨の手を包み込んだ。

「ふふっ、畏《かしこ》まらなくていいのよ。蓮司が女性と一緒に店に来てくれるだけでなく、初めて恋人を紹介してくれるなんて、こんなに嬉しいことはないわ！」

女将《おかみ》が友梨ににっこりした直後、彼女は久世を睨《にら》んだ。

「蓮司の事情はわかってるわ。でもお店に来てくれたのが何年振りか覚えてる？　あなたがまだあちらの家――」

「伯母さん」

久世が割って入り首を振った。

「そうね、妹が……あなたのお母さんが亡くなって、いろいろあった頃だものね。母方の親族はわたし一人だし……。それにしても、どうせならお昼の忙しい時間ではなく夜に来てほしかったわ。友梨さんとじっくりお話をしたいのに」

母親が亡くなっている？　母方の親族は彼女だけ？

友梨は久世を窺《うかが》う。視線に気付いた彼が友梨をちらっと見るが、再び伯母に向き直った。

「また連れてきます。今日は伯母さんに紹介したかっただけですから」

「ええ、そうね。もう、わかってるわ。蓮司がとても忙しいっていうのは……」

その時、カウンターにいた板前が、お盆を持って現れた。

「蓮司くん、遠慮などせずいつでも来なさい」

「すみません、ありがとうございます」

久世の言葉に板前の男性が笑顔で応じたあと、彼は友梨にも会釈《えしゃく》した。友梨が慌てて返すと、男性は二人の前に扇形のお盆を置いた。お皿に見立てられたそこにおばんざいが盛り付けられている。

「蓮司、わたしも戻るわね。ゆっくりしていってね、友梨さん」

「ありがとうございます」

友梨は久世の伯母にお礼を言い、男性と一緒に下がる彼女を見送った。

久世の伯母が嬉しそうに板前に話しかけるのを見て、友梨は久世と目を合わせる。

「親戚は伯母さまだけ？」

「母方はね……」

「その……わたしを紹介して良かったの？」

友梨としては、大好きな人の親族に会わせてもらえて嬉しかったが、友梨は久世の恋人ではない。

友梨になんらかの想いはあるかもしれないが、それは決して愛ではないのに……

「いつもの友梨らしくないな。だが、そうやって俺を想う姿も……いいものだな」

久世が友梨をからかうように、にやりと笑う。

「もう、茶化さないで！　そういう意味じゃないって――」

「わかってる」

真面目な顔つきでそう告げた久世は、カウンターに視線を向けた。

「伯母には、ずっと寂しい思いをさせている。俺と亡き母のせいで……。さっきの板前は、伯母と懇意《こんい》にしている笠井《かさい》さんだ。夫婦も同然なのに決して結婚しない。大事なのは俺で、自分は二の次だと思ってる。だったら俺とは縁を切れと何度も言ってるのに、決してそうしない」

「縁を切れ？　どうして蓮司はそんなことを？」

「俺が……真洞会と繋《つな》がりがあるからだ。俺と縁を切れば、自分の幸せを手に入れられる。なのに、伯母は妹の子は自分の子も同じ、結婚しなくても寂しくはないと言い切る」

久世の視線の先には、彼の伯母と板前が阿吽《あうん》の呼吸で料理を盛り付け、客に料理を持っていく姿があった。

久世の言い分もわかるが、真洞会と繋《つな》がりがあると言ってもフロント企業。あまり気にしなくてもいいのではないだろうか。

友梨は不思議に思いつつも、慎重に口を開いた。

「それほど大切な人だったら、尚更わたしを紹介してはいけなかったのでは？」

「友梨だから紹介した」

力強い口調に驚き、友梨が久世へ目線を移すと、彼は友梨を一心に見つめていた。

「友梨とは……長い付き合いになる。そう簡単に返せる額じゃないだろう？」

「わかってます！」

友梨はわざと唇を尖らせてそっぽを向くが、久世の笑い声が聞こえて、再び引き戻された。

「そうやって、これからも俺を笑わせてくれ。君が傍《そば》にいるだけで、毎日が楽しくてたまらない」

本当にわたしが蓮司を笑わせている？　わたしがいるだけで楽しいの？　――そう問いかけるように、彼と目を合わせる。

しかし、久世が急に難しい顔をした。

「但《ただ》し、勝手に動き回るなよ。友梨の性格はわかってるつもりだ。ただ、君が自由に動けば動くほど厄介になる」

「なっ！　わたしが悪いみたいに言わないで！　全て向こうからやってくる――」

そう言い返すものの、久世に鋭い目つきで咎《とが》められて口を閉じた。

わかってる。借金を作る羽目になったのも、滝田に責められたのも、辻坂と妙な接点を持ってしまったのも、友梨が自分の思うままに動いたためだ。

でも、それが友梨だ。久世の言うとおりにしたら、自分を失ってしまう。

「いいか、動く前に必ず俺に話せ。辻坂があれほど友梨に興味を示したのに、動きがないのがおかしい」

久世が何かを考えるように遠くを見つめる。

まさか、ここで辻坂の名前が出るとは思わなかった友梨は、後ろめたさから、自然と脇に置いたクラッチバッグに視線を落とした。

「とにかく――」

久世の言葉に、友梨ははっとして顔を上げた。

「気を付けるんだ。わかったな?」

「……うん」

「さあ、食べよう」

友梨の返事に頷き、久世が食事を促《うなが》す。

そこで初めて、お皿に見立てたお盆に盛り付けられたおばんざいを見つめた。お品書きから、出汁巻き玉子、京野菜のせいろ蒸し、生麩《なまふ》と大根の西京煮、玉ねぎと甘鯛の天婦羅《てんぷら》、ポテトサラダ、豆乳豆腐だとわかった。白ネギが入った白みそ仕立ての味噌汁や、ほんのり赤く色付いた五穀米も美味《おい》しそうだ。

「いただきます」

手を合わせたあと、友梨は久世から伯母の話を聞きつつおばんざいに舌鼓《したつづみ》を打つ。

それから数十分後には食べ終わり、友梨たちは席を立った。

会計をしていた時、久世の伯母は相好《そうごう》を崩して友梨の手を握る。

「また是非来てね。どうやって蓮司と出会ったのか、なれそめを聞かせてほしいわ！」

「はい、彼と一緒にお伺いします」

嬉しそうに友梨の手を包み込んだ久世の伯母は、彼に目を向ける。

「蓮司、遠慮することはないのよ。頻繁《ひんぱん》に寄ってちょうだい」

「時間ができたら、また連絡を入れます」

「躯《からだ》には気を付けるのよ！」

久世の伯母と笠井に見送られて、友梨たちは店外へ出た。

すると東雲と赤荻が姿を現し、友梨たちの傍《そば》に近寄る。

「車を回してくれ」

軽く首を縦に振った赤荻が、足早に去っていった。

友梨は、久世が名残《なごり》惜しげに店を眺めるのをそっと窺《うかが》う。

「蓮司？」

「腹ごしらえもできたし、伯母に紹介もできた。次は、買い物だ。友梨の冬服を揃えに行こう」

「えっ？　服……!?　あの、大丈夫！　同僚と買い物へ行く約束もしてるし。そこまでわたしに気を遣わなくて――」

久世の厚意を辞退しようとするものの、最後まで言い切る前に、彼が手を伸ばして友梨の唇に触れた。

目をぱちくりさせる友梨に、久世は意味ありげに片眉を上げる。

「わかってないな。男が女に服をプレゼントするのは、脱がせるためだろう？」

久世の手で衣服を脱がされる光景が脳裏に浮かんだ。しかも友梨は、喘《あえ》ぎながらその行為を受け入れている。

「蓮司！」

恥ずかしい映像を頭から消したくて叫ぶが、動揺のあまり声がかすれてしまう。

友梨は羞恥《しゅうち》から顔を隠したくなる代わりに、自分に触れる久世の手を握った。

「本当に、そういう気遣いはいいの……」

「俺がしたいんだ。友梨は俺のものだと、実感させてほしい」

「何を言って――」

その時、久世のスマートフォンが鳴り響いた。でも彼はそれを無視し、友梨を欲する場所に視線を落とし、顔を傾けて距離を縮めてくる。

周囲の目があっても友梨を望む久世の気持ちに、胸が震えてしまう。

このままキスされたかったが、執拗《しつよう》に鳴り響く呼び出し音が気になり、とうとう彼の肩に手を置いた。

「急ぎの用事では?」

「まず電話に出ろと? 友梨は、本当に俺の知る女たちとは違う。でも、そこが俺の心をくすぐる。待ってろ……」

久世はスマートフォンを取り出すが、そこに表示された名前を見た途端、真剣な面持《おもも》ちで「久世です」と応答した。話を聞かれたくないのか、友梨に背を向けて距離を取り始める。

友梨は最初こそ気にしなかったが、久世の「今は……」とか「どこからその話を?」という口籠《くちご》もった話し声が耳に届き、思わずそちらに目をやった。

「わかりました。これから伺います」

そう言って手を下ろした久世だったが、しばらくその場を動かない。友梨は東雲を窺《うかが》うが、彼は無表情で主人の指示を待っている。

友梨はしばらく二人を交互に見ていたが、久世の方へ歩き出した。それに気付いた彼が振り返り、友梨に手を差し伸べる。友梨は迷いなく手を取り、彼に寄り添った。

「仕事が入ったのね？　わたしなら大丈夫。買い物をしてマンションに――」

「これから俺の……実家に一緒に行ってもらう。兄が友梨のことを耳にしたらしい」

東雲が顔を強張《こわば》らせて久世を見る。彼らしからぬ様子に友梨は小首を傾げつつ、久世に頷いた。

「別にいいけど……」

友梨は久世の望む恋人を演じればいい。彼を愛しているのだから、これまでと変わらない態度で接すればいいだけの話。久世に連れられて行ったパーティと同じだ。

ただ、久世の家族を騙すのが心苦しい……

「友梨はそのままでいてくれたらいい。何も飾る必要はない。俺の愛人として堂々と振る舞ってほしい」

「わかりました」

「社長、車が来ました」

友梨が返事すると、すかさず東雲が口を挟む。久世が頷き、友梨をそちらへ誘《いざな》った。

車に乗り込んだあと、東雲が「相賀《そうが》邸へ」と告げる。その言葉にぎょっとする赤荻だったが、無言で居住まいを正して車を発進させた。

友梨は大人しく座っていたが、頭の中はクエスチョンマークが飛び交っていた。

相賀邸？　久世邸ではなく？

友梨は不思議に思って久世を盗み見するが、彼は何かを考えるように腕を組んで瞼《まぶた》を閉じている。咄嗟《とっさ》にバックミラーに映し出される赤荻を見た時、ちょうど背後を確認した彼と目が合った。

片眉を上げて問う友梨に、赤荻は居心地悪そうにかすかに首を横に振る。

ここでは言えないという意味だろう。

結局のところ、なるようにしかならない。

覚悟を決めた友梨は、小さく息を吐き出して躯《からだ》の力を抜く。久世が頬を緩《ゆる》めたが、それには気付かず、友梨は到着するまで意識を外に向けていた。

――数時間後。

車は、郊外の閑静な高級住宅地へ入っていった。

敷地が広いのか、どこかのお寺かと見まがうほどの築地塀《ついじべい》が長く続く。上部に屋根が掛かっているため、代々受け継がれてきた家なのがわかる。

それにしても、いったいどこまで続くのだろうか。

友梨が茫然と塀を眺めていると、車が減速し、重厚感のある数寄屋門《すきやもん》の前で停まった。

そこには黒いスーツを着た二十代ぐらいの強面《こわもて》の男性が数人立ち、通りに睨《にら》みを利かせている。赤荻が車を停めると、すぐさま一人の男性が近づいた。

そして助手席に座っていた東雲が降り立つや否や、男性がぴたりと立ち止まる。

「東雲さん？　もしや、若が⁉」

東雲は答えずに後部座席のドアを開けた。久世が車外に出ると、男性たちがさっと頭を下げる。

その仰々《ぎょうぎょう》しい態度に面食らった時、運転していた赤荻が友梨を振り返る。

「須崎さん、美波姐《みなみねえ》さんには……お気を付けて」

「姐さん？」

友梨が問い返すが、赤荻はそれに答えず前を向いた。

「赤荻さん？　どういう意味なの？」

「友梨」

いつの間にか友梨の真横のドアが開いていた。久世がそこに手をかけ、車内を覗《のぞ》き込んでいる。

赤荻の言葉が気になって再び声をかけたくなるものの、友梨は口を噤《つぐ》んで外に出た。

「若！　お久し振りです」

「俺を〝若〟と呼ぶな」

嬉しそうに出迎えに出てくる男性たちに、久世が強い口調で言い放った。

男性たちは皆ぎょっとし、一瞬にして平身低頭する。

「若頭は?」

「おります。先ほど若が……あっ、いや、久世社長がいらしたと伝えました」

「開けてくれ」

「はっ!」

男性が威勢よく答えて、格子越しに透けて見える門扉《もんぴ》を開けた。

彼らのやり取りを聞いていた友梨は、以前にも久世が東雲に〝若〟と呼ばれていたのをふと思い出した。

いったいどういうこと? それに久世の言っていた〝若頭〟って……?

何やら嫌な予感がして、友梨は大きな数寄屋門《すきやもん》に視線を走らせた。門に掛けられた扁額《へんがく》に〝真洞会相賀組〟と書かれてあるのを目にして、息を呑む。

組って暴力団? でも実家に行くって言ってたのに。……えっ⁉

友梨が久世を仰ぐと、彼の手が友梨の肩に回され引き寄せられる。

「行こう」

友梨は戸惑いつつも、久世と一緒に門扉《もんぴ》を通り抜ける。

広々とした日本庭園が目に飛び込んできた。門扉《もんぴ》から玄関まで続く石畳のアプローチの脇には、黒いスーツを着た十数人の男性がおり、彼らが「若!」と言って一斉に挨拶《あいさつ》する。

久世が苛立《いらだ》たしげに舌打ちし、友梨を立派な日本家屋の玄関へと促《うなが》す。

威圧的なその光景にどぎまぎしてしまい、友梨は何度も躓《つまず》いて転びそうになった。

「大丈夫か？」

「あっ、うん……大丈夫」

視界に入る男性陣の誰もが、友梨を見定めるように鋭い目を投げてくるので、そう言うしかない。

東雲が大きな格子状の玄関ドアを開けると、玄関ホールに黒いスーツを着た三十代から四十代ぐらいの男性たちがいた。彼らは膝を突き、頭を下げた。

「若、お帰りなさい！」

出迎えの言葉を受けた途端、久世が天を仰いで大きなため息を吐いた。

「お前らはどいつも、こいつも！　だからここに来るのは嫌なんだ……」

「ハハハッ、そう嫌がるんじゃない」

突如《とつじょ》響いた深い声音が合図となり、そこにいた男性たちがさっと道をあける。

その先には、剛健な気風が漂《ただよ》う三十代ぐらいの男性が立っていた。

「若頭……」

男性たちが口々に呟《つぶや》く中、そう呼ばれた男性が白い歯を零《こぼ》し、久世の正面に立った。

「蓮司、よく来た！」

「……若頭」

「俺たち兄弟の間で、畏《かしこ》まった態度は必要ない。ところで、彼女が……？」

兄弟!?　それって盃《さかずき》を交わしたという意味？　それとも実の……？

友梨が二人を交互に見ていると、若頭と呼ばれた男性の視線とかち合った。笑顔でありながらも、友梨を観察するような冷酷な眼差しには見覚えがある。

初対面の時の久世だ。友梨と慶済会の繋《つな》がりを疑った際、彼が友梨に向けた目つきと似ている。

二人はまさしく兄弟だ！

「まさか、こんなに早く若頭の耳に俺の女の話が入るとは」

久世の返答に、若頭の目が友梨から彼に向けられる。

「俺は、弟の計画を邪魔したか？」

久世がにやりと笑った。

「さすが若頭。俺の心がわかると見える。だが、ある意味当たっていて、間違っています」

そう言った久世は友梨の肩を抱き、さらに腕の中へ引き寄せる。

突然の久世の行動に戸惑う友梨と同じく、周囲の男性たちもどよめいた。

皆の反応に、若頭が豪快に笑い出した。

「俺は、蓮司を信頼している。お前がそうと決めたのなら間違いはない」

「ありがとうございます」

「それより、兄に紹介してくれないのか？」

再び若頭の目が友梨に向けられる。ドキッとするものの、先ほどと違って若頭の目は和《なご》んでいた。

「彼女は友梨。六歳年下で、俺が経営するキャバクラで出会いました。友梨、彼は相賀昌司《まさし》。俺より四歳年上で、真洞会の跡目、若頭だ。そして俺の――」

「まあ、友梨さんはあたしと同じ歳なのね！」

この屋敷に入ってから初めて耳にする女性の可愛らしい声に、友梨はビクッとなる。同時に、友梨に触れる久世の手に力が籠《こ》もった。

そこに痛みが走り、友梨はつい小さく呻《うめ》いてしまう。久世は心持ち力を弱めるが、決して離そうとはしなかった。

「美波」

若頭が肩越しに振り返り、手を差し伸べる。すると、ショートボブの美女が艶然《えんぜん》とした笑みを浮かべて近寄ってきた。

髪の毛をアッシュブラウンに染めた女性の雰囲気は柔らかく、とてもヤクザの家に出入りしているような人には見えない。

「あたしは瀧上《たきがみ》美波、若頭のフィアンセよ」

目のぱっちりとした美女が若頭の手を取って隣に並び、友梨ににこっとした。

「初めまして、須崎友梨と申します」

友梨は慌てて挨拶《あいさつ》した。

「真洞会本部長の父が組長……昌司と蓮司のお父さまと兄弟杯を交わしたことで、跡目を継ぐ若頭の妻として育てられてきたの。これからは、友梨さんとも親交を深めていきたいわ」

「よろしくお願いします」

友梨が丁寧に言うと、瀧上は人当たりのいい笑顔で頷き、若頭の腕を引っ張った。

「昌司ったら、玄関先で失礼よ。奥へ案内してあげましょう」

「そうだな。……黒石《くろいし》」

若頭が傍《そば》に控える三十代ぐらいの男性に声をかけると、彼は奥へと消えた。

「奥座敷へ行こう、蓮司」

若頭が顎《あご》で隣を指す。久世は一瞬躊躇《ちゅうちょ》するが、すかさず友梨に顔を寄せて「いつもの君でいい。いいな」と囁《ささや》いた。

友梨はゆっくり顔を上げて、あえて念押しする久世に小さく首を縦に振る。

素直な反応に安心したのか、久世は若頭の隣に並んだ。

「まさか、それほど離れ難い女性に出会うとは……」

若頭が嬉しそうに話す声が耳に届く。

「さあ、あたしたちも行きましょう」

瀧上に促《うなが》されて、友梨は彼女と一緒に歩き出した。

「あたしは蓮司たちと幼馴染《おさななじ》みなの。二人はとても仲が良くて、あたしでさえ間に入るのは大変だった。そんな時、あたしが跡目の妻になると内々で決まってね。結婚はあたしが二十八歳を迎えてからだから、まだ籍を入れてないけど」

その言葉で、友梨は赤荻が言っていた〝美波姐さん〟が瀧上だとわかった。

でもどうして？　友梨が見る限り、瀧上はとても温和な雰囲気を持っている。赤荻が心配することは何もないように見えるのに……

「この先、友梨さんと蓮司の仲がどうなるかは知らないけど、もし彼との将来を考えているなら、結婚したら、あたしを姐さんと呼んで慕ってね」

「……ありがとうございます」

ひとまず赤荻の忠告どおり、友梨は当たり障りのない返事をして、四人でも余裕で並んで歩ける縁側から周囲を見回した。

日本庭園は広く、隣の敷地の境界線が見えない。植樹されている木々で遮《さえぎ》られているせいもあるが、普通の家では想像できない広さだ。屋敷も同じで、延々といくつもの部屋が続いている。

「広くて驚いた？」

「えっ？　あっ……はい。まるで老舗《しにせ》旅館に来たみたいです」

「普通はそう思うわよね。あたしはもう慣れたけど、最初は驚いたものよ」

そこで何かを思い出したのか、瀧上がふふっと楽しそうに笑って友梨に顔を寄せてきた。

「蓮司も友梨さんと同じように驚いてたわ。もちろん、表面上は取り繕《つくろ》っていたけれど、目が泳いでいたし、何度も躓《つまず》きそうになってた」

「蓮司が？」

「あら、もう呼び捨てする仲なの？　彼がそうさせるなんて珍しい……。だって、彼を呼び捨てにする女性って、あたしだけなのに」

「えっ？」

久世を呼び捨てにする女性は、瀧上だけ!?

友梨は呆然とするが、瀧上の目に宿る冷たい光に気付き、すぐさま我に返った。

「あっ、いえ……あの、蓮司さんが驚いたんですか？」

友梨は慌てて言い直した。赤荻から瀧上に気を付けるように忠告されたためだ。しかも彼女は若頭のフィアンセ。久世のためにもここは慎重になるべきだろう。

それが功を奏したのか、瀧上が目を細めて愛らしい口元の口角を上げた。

「ええ、そうよ。彼が相賀家に引き取られたのは中学生の時で、あたしが若頭の妻になると、組長と父との間で内々に決まった頃だった」

久世が相賀家に引き取られた⁉

驚愕《きょうがく》する友梨を見て、瀧上が目を見開く。

「あら、何も知らなかったのね！　蓮司が教えていないのにあたしが言ってもいいのかしら……。でも、彼はあなたを実家に連れて来たんだから、別に話してもいいわよね？」

それを皮切りに、久世が妾腹《しょうふく》の子だと知らされた。実母が亡くなって引き取られたが、相賀の籍には入らず、母方の久世姓を通している。この世界は、盃《さかずき》を交わせば、役所に提出する紙の約束より強固な関係を結べるので、あまりそこに重きを置いていないらしい。

しかも、蓮司は武道に長《た》けているだけに留《とど》まらず、秀才でもあり、実力で自分の地位を確立させていったという話だった。

「誰もが蓮司が若頭になり、跡目を継ぐと思った。彼にはその器《うつわ》がある。あたしもそう信じた一人だった。でも、彼自身跡目に興味がなかったの。あくまで兄を支えるため、家を出るつもりだった。頭は二人も必要ないから。だけど、若衆たちは皆知ってる。蓮司こそ未来の組長に相応《ふさわ》しいと。それで皆、彼を見ると、昔を懐かしんで〝若〟と呼んでしまうの」

どんどん明るみに出る内情に、友梨は困惑しながらも静かに聞き役に徹した。

教えてもらって本当に良かった。奥座敷で若頭と改めて顔を合わせる前に、久世の内情を知れたからだ。

ただそれとは別に、瀧上と話せば話すほど心がざわつく。何がとは説明できないが、頭の片隅で警鐘《けいしょう》が鳴り響くのだ。

赤荻に〝気を付けろ〟と言われたせいで、余計にそう思うのだろうか。

先ほどの件もあるし……

その時、久世たちが奥の部屋の襖《ふすま》を開けた。一瞬彼の目線が友梨を射貫くが、彼は何も言わずに若頭に続いて室内に足を踏み入れた。

「あそこよ。奥座敷からの眺めが良くてね。友梨さんも気に入ると思うわ」

瀧上に促《うなが》されて入ると、そこは十二畳ほどある和室だった。床の間があり、刀も飾られている。見事な透かし彫《ぼ》り欄間《らんま》から、続き間になっていることがわかる。襖《ふすま》を開ければ大人数が集まれる広間になりそうだ。

「美波」

上座に座る若頭の隣に瀧上が、彼の正面にいる久世の横に友梨が腰を下ろした。

「失礼いたします」

六十代ぐらいのふくよかな女性を伴《ともな》って、先ほど若頭に命令された黒石が入ってきた。

彼は縁側に近い場所に正座し、女性は黒檀《こくたん》のローテーブルに茶と和菓子を置いて部屋をあとにした。

「友梨さんとは一緒に暮らしてるのか？」

「もちろんです。俺が放っておくとでも？」

若頭に即答した久世は、その瞳に熱情を込めて友梨を見つめる。

「これまでの恋人と雰囲気が違ってびっくりしたが、そこがまた新鮮だということか？」

「彼女と初めて会った時、俺に対して決して引かない姿勢に興味を抱き……彼女から目が離せなくなったんです。その上、この俺が振り回されるとは」

「蓮司を⁉　それは凄《すご》いな」

「あたしだって、蓮司を振り回したわ！」

兄弟の会話に、突如《とつじょ》瀧上が割って入る。その態度に友梨は驚くが、久世は無表情で、若頭は苦笑いで応《こた》えた。

「確かに、蓮司は美波に振り回された。一方で、美波が……弟に振り回されたとも言えないか？　友梨さん、我々三人は兄妹のように一緒に過ごした。まあ、俺は年長なのもあって高みの見物が多かったが、妹が兄を、兄が妹を困らせるのは日常茶飯事《にちじょうさはんじ》だったんだ」

三人が楽しそうに元気よく庭を走り回っては、兄弟が瀧上にちょっかいを出したり、意地悪されたりする光景が脳裏に浮かぶ。

友梨は、思わずふっと頬を緩《ゆる》めた。

「友梨さんは、うちの事情を知っていた？」

「いえ、友梨には何も話していません」

若頭の問いに久世が先に答え、ちらっと横目で友梨に視線を投げる。

「彼女の度胸を試したくて……。思ったとおり、友梨は俺の想像の上を行きました。またも俺は、彼女に心を奪われた」

「蓮司にはそういう女がいい。多少振り回されなければ、弟はすぐに飽きてしまうからな」

若頭が痛快そうに笑った。

二人の仲のいいやり取りから、異母兄弟とはいってもそれほど確執のない関係みたいだ。

友梨が久世たちを微笑ましく眺めていたその時、不意に何かがテーブルにぶつかる音が響いた。

そちらに目を向けると、瀧上が湯飲みを落としたようで、テーブルに緑茶が飛び散っていた。

「美波？」

「あっ、ごめんなさい！」

若頭の声に瀧上が謝り、申し訳なさそうに久世と友梨を交互に見つめた。

「水を差すつもりはないけど、実はここに来る途中で、あたしが二人の話をしたの。だから、友梨さんはもう事情を知っていたのよ」

「別に構わない。友梨を任せた時点で、そうなるとわかっていた」

久世の即答に、若頭が楽しげに笑い出した。

「美波の負けだ。俺たちは賭けをしてたんだ。美波が兄弟の事情を友梨さんに話すかどうかを。俺は黙っていると言ったが、蓮司は絶対に話をすると。……やっぱり弟は、美波をよく知ってる」

「なっ、あたしで賭けをするなんて！」

瀧上は顔を真っ赤にして、わなわなと躯《からだ》を震わせる。

その剣幕に友梨が目をぱちくりさせていると、それに気付いた瀧上が慌てて顔色を変え、にこやかに微笑んだ。

「ねっ、言ったでしょう？　あたしたちは、こうやってふざけ合えるぐらい仲がいいの。誰もあたしたちの仲を引き裂けないぐらいにね」

確かにそのとおりだと友梨が頷くと、不意に久世が友梨の手を掴《つか》んだ。

慌てて久世に顔を向ける。しかし彼は友梨に目を向けず、若頭の話に聞き入っている。

何かいけない対応をしたのだろうか。

気になりながらも、友梨は久世に握られた手を引き抜こうとするが、彼がそれを許さない。

やっぱり友梨が久世の気に障る真似をしたのだ。

ただ理由がはっきりしないのもあり、どうすればいいのかわからない。

ひとまず友梨は人当たりのいい笑みを浮かべて、若頭が久世に一汗流そうと誘うのを聞いていた。

「久し振りなんだ。相手をしろ」

「……わかりました」

「さすが、俺の弟だ！　スーツだと動きにくい。着替えよう。黒石！」

「こちらへ」

若頭が立つのに合わせて、久世も続こうとする。けれども、その前に友梨の手に力を込めた。

何かと思い顎《あご》を上げると、友梨は久世に頬を包み込まれる。驚く間もなく、彼が顔を寄せて頬に口づけた。

「れ、蓮司！」

たまらず久世を窘《たしな》めるが、彼は意に介さずにやりとする。

「ほんの少しでも離れ難い……」

もしかして、愛情を示してほしいと伝えている？　組の舎弟たちが友梨たちに視線をそそぐ中で？

問うように久世を見上げるものの、返事はない。

詳細は不明だが、久世が何も考えずに行動を取るとは考えにくい。つまり、彼は友梨の反応を待っているのだ。

友梨は、そっと自分の頬を包み込む久世の手に触れた。

多分、愛人としてこういう風に振る舞ってほしいと思って……

「早くお兄さまのところへ行って。でも二人きりになったら覚悟してて。わたしにいろいろと黙っていたこと、容赦なく責めるから」

「……友梨」

合ってる？　これでいいの？　——そう眼差しで問いかけるや否や、久世が満足そうに目を細めた。

友梨の対応に間違いはなかったとホッとするが、不意に親密そうに頬を撫でられて、友梨の呼吸が速くなった。

久世の行動は演技なのに……

「ああ、その時を待っている。じゃ、また……あとで」

久世は意味ありげに友梨の唇に視線を落としたあと、彼を待つ若頭のもとへ歩いて行った。

待機していたスーツ姿の若衆たちも次々に立ち、残ったのは友梨たちと男性数人になる。その中には、いつの間にか赤荻も控えていた。

「蓮司に愛されているのね」

瀧上の声のトーンが心なし不機嫌そうに下がった気がするが、彼女は優しげな笑みを浮かべていた。

友梨は瀧上の様子に首を捻《ひね》りつつも、彼女の言葉に頬を緩《ゆる》める。

「そうだったら嬉しいですね。ただ、大切にはしてくれています」

「そうね。あたしの目から見ても、とても……大切にされてるのがわかるもの。だからこそ、彼を裏切ってはダメよ。そんな真似をしたら、一気に蓮司の愛を失う羽目になる」

「ご親切にどうもありがとうございます」

友梨を思っての忠告に、素直にお礼を言う。

その時、瀧上が手を上げた。合図を受け、若衆の一人が手際よく縁側に座布団を敷き席を作る。

「友梨さん」

そこに移動した瀧上に手招きされ、友梨は彼女の隣に腰を下ろした。

「これからいいものが見られるわよ。ほら！　皆、若頭たちの戦いを目の当《ま》たりにできるとわかって、席の取り合いが始まったわ」

まさしくそのとおり、屋敷から次々に男性が出てきてあちらこちらに座り始めた。

「もし組長が在宅なら、こうして皆が気軽に集まることはなかったわね。あっ……来たわ！」

瀧上が指す方向に目をやると、剣道着姿の男性二人が木刀を持ち、談笑しながら庭を歩いてきた。

太陽の下に立つ久世を見て、友梨の心臓が一際《ひときわ》強く高鳴る。

陽射しを浴び、黒髪がアッシュブラウンに染まる久世は、本当に目を惹き付ける。喉仏や鎖骨に陰影ができ、彼の男らしさを一段と引き立てていた。

友梨の息が弾み、指先がじんじんしてくる。たまらずクラッチバッグをきつく掴《つか》んで衝動を抑えようとするが、無理だった。

「男の中の男だわ……。見ているだけでぞくぞくする」

瀧上の言葉に、まるで心を覗《のぞ》き込まれた気がして、友梨は息を呑む。

しかし、すぐに考えを改めた。瀧上は若頭を見て、無意識に言ったのだろう。

友梨はあえて返事をせず、久世と木刀を構えて向き合う若頭に注目した。

異母兄というのもあって、若頭の相手を射る目つき、姿形、構え方など、本当に久世に似ている。

それでも、友梨の目を惹き付けるのは、断然久世だ。

異母兄弟は友梨たちのみならず、若衆の目も釘付けにして、木刀で打ち合い始めた。

「ハッ！」

威勢を放つ声と木刀がぶつかる音にビクッとなるが、友梨は二人が真剣に対峙《たいじ》する姿を固唾《かたず》を呑んで見守る。

次第に激しさが増し、それにつれて不安が押し寄せてきた。

剣道などの公式試合ならその迫力を楽しめたかもしれないが、防具もつけずに戦う姿に心臓が痛いほど縮み上がる。若頭の木刀が久世の腕を、久世の木刀が若頭の腰や手首を打つたびに、友梨は悲鳴を上げそうになった。

お願い、もうやめさせて！

友梨が瀧上に頼もうとするが、彼女は目を輝かせて楽しんでいた。若衆たちも同様で、誰も顔を背《そむ》けてはいない。

友梨は、目の前で繰り広げられる手合わせを狼狽《ろうばい》しながら眺めるしかできなかった。

「そこだ！」

「……クッ！」

木刀同士を触れ合わせた二人が顔を近づけ、睨《にら》み合う。そして、相手を振り払うように押し合い、距離を取ったかと思ったら、また木刀を振り上げた。

若頭の木刀が久世の顔すれすれをかすめて、友梨は悲鳴を上げそうになる。すかさず手で口を覆ったものの、その拍子にクラッチバッグを放り投げてしまった。

「あっ……」

留め金が外れてバッグの中身が飛び出す。それに瀧上が気付き、クスッと笑った。

「そんなに二人の手合いに驚いたの？」

「あの、はい」

友梨は素直に返事をして、散乱したスマートフォンやポーチを拾いバッグに突っ込む。

瀧上もハンカチを拾ってくれるが、その下からあのカードが現れた。彼女が細くて綺麗な指でカードを拾い上げるのを見て、友梨の顔から血の気が引いていった。

「これ……えっ？　……辻坂陽明!?」

「あ、あの！」

友梨は咄嗟《とっさ》に隠そうとするが、その前に瀧上が面《おもて》を上げた。

「ここに書かれている人って、慶済会のフロント企業の経営者なのよね。聞いてるわ。友梨さんが辻坂に気に入られたって話を」

いきなりそう言われて、友梨は目を見張る。すると、瀧上が苦笑いした。

「この世界、噂は早いのよ。蓮司が友梨さんをお披露目したのも、辻坂と対峙《たいじ》したのも、皆筒抜け。だから、若頭は友梨さんに会いたがったの。蓮司の女として相応《ふさわ》しいのか、自分の目で確認するためにね」

あの日の出来事が、まさか瀧上にまで知られているとは……

友梨は驚きを隠せなかったが、辻坂との出会いで起こった件について何も話す気はない。

ただ、何故辻坂の名前が書かれたカードを持っているのか、その弁明だけはしておくべきだ。

瀧上は久世の異母兄のフィアンセ。ここで問題ないと示さなければ、カードの件が彼の耳に入ってしまう。そこから間違った情報が流れれば、久世の立場がどうなるか。

久世は組員ではないが、真洞会のフロント企業の社長であり、相賀組組長の息子。なのに、彼の愛人が慶済会と繋《つな》がりがあると疑われたら、とんでもない騒動に発展するかもしれない。

友梨は恐怖で身震いしながらも深呼吸し、瀧上に顔を向けた。

「そのカードですけど、辻坂さんにもらったものではないんです。それで、今悩んでて……」

「悩む？　どうして？」

「実は――」

カードを手にした経緯から、偶然今朝発見した出来事まで、包み隠さず話した。

「それはマンションのカードキーですよね？　早く返した方がいいのはわかっているんです。だけど、蓮司……さんに彼と会うなと言われてるので、どうしたらいいのかわからなくて……」

「蓮司に〝会うな〟と言われてる？　それぐらいあなたを大事にしているの⁉」

　瀧上の反応に、友梨は小首を傾げた。

「どうかしたんですか？」

「えっ？　あっ、いいえ……。このカードキーだけど、あたしも早く返した方がいいと思う」

「ですよね……。だけど、蓮司さんとの約束は破れないし」

　友梨は肩を落としながら深くため息を吐き、瀧上からカードを受け取った。

　本当にどうしたらいいのだろうか。

　軽く俯《うつむ》いて考えを巡らせていた時、友梨はあることに気付き顔を上げた。

「瀧上さん、辻坂さんの会社の住所を知りませんか？　わたしだけではどこまで調べられるか……。蓮司さんの部下に訊ねるのは問題外だし。もし情報を持っていたら、是非教えてください」

　友梨は懇願した。なんらかの答えを期待していたが、瀧上が力なく頭を振った。

「ごめんね。あたしは知らないわ。ただ、相賀組で調べればすぐにわかると思う。とはいえ、あたしが動けば若頭の耳に入る。そうなったら蓮司にも知らされるけど、いいの？」

「ダメです！　蓮司さんが知ったら、絶対に烈火の如《ごと》く怒ってしまう」

慌てる友梨に、瀧上はにっこり笑った。

「うん。だからね、友梨さんが直接彼に会って返したらいいのよ」

「……はい？」

会うなと言われている旨を告げたのに、まさか逆に会うように言うなんて、何故？

友梨が目で問いかけると、瀧上はクラッチバッグを指した。

「さっさと返して、縁を切ればいい」

「わたしもそうしたいのは山々なんです。でも蓮司さんに知られたら――」

「黙っていたらいいんじゃない？　蓮司に知られなければ、会ったこともバレないし、約束を破ったことも気付かれないわ」

「無理です。わたしには常に蓮司さんの部下が付いているんです。彼が気付かないわけが――」

「今の姿の友梨さんなら、きっとバレるわね。あなたが……ウィッグを被ったり、男装したり、女子高生に扮装したりしなければ」

「つまり、変装しろって意味ですか？」

その考えに思い至らなかった友梨は、何度も瞬《まばた》きをして瀧上を見つめる。彼女は楽しげに頷いた。

「今みたいな恰好とは違う、正反対な服を選ぶの。意表を突けば……絶対に気付かれないわ。髪形と化粧を変えれば一発よ。知ってるでしょう？　女は化粧で化けられるって」

「……なるほど」

変装すれば、赤荻を誤魔化せる。つまり、こっそり一人で辻坂に会って突き返せるのだ。

それだけではない。瀧上が友梨の肩を持ってくれた。もし久世に迷惑をかけそうになっても、この件を彼女が知っていれば、助けてくれるかもしれない。

友梨は瀧上に感謝するように、彼女の手を握った。

「ありがとうございます！　そうします！」

「頑張って。応援しているわ。そうだ、友梨さんの秘密を知ったんだから、あたしの秘密も教えてあげる。見て……」

瀧上は胸元に手を忍ばせてネックレスを取り出し、ダイヤ形のペンダントトップを友梨に見せた。

その金具の中央には、グリーン色の天然石がたくさん埋められている。それが綺麗なグラデーションになっているため、とても目を惹いた。

「初恋の相手にもらったものなの。若頭ではないわ。愛し合っていたけれど、あたしが若頭の妻になると知って別れるしかなかった。だけど、初めてを捧げた相手を忘れられるわけない。それで、今も肌身離さず身に着けているの」

「そうだったんですね……」

でも、瀧上には若頭がいる。彼とはまだ少ししか接していないが、彼の彼女を見る眼差しから、愛しているのは明らかだ。

早く昔の恋は忘れ、若頭との幸せを考えられるようになれたらいいのに——そう思うものの、恋は頭でするものではない。だから、いろいろと複雑なのだ。

「実はこれ、ペンダントトップではなくてピアスなの。もう一つは〝あたしは若頭のフィアンセになるけど、心はあなたのものよ〟と言って、彼に渡したんだけど、彼は今も大切に持ってくれているはずよ。あたしをものすごく愛してくれていたから……」

瀧上の話に友梨が頷いた時、若頭が「そこまでだ！」と叫んだ。

ちょうど久世が若頭の首に木刀を当て、若頭が木刀を落としたところだった。若衆が二人に走り寄ってタオルを差し出すと、彼らは笑顔で受け取って汗を拭《ぬぐ》う。

「お前をずっと俺の傍《そば》に置いておくべきだった」

「忠実な舎弟がたくさん傍《そば》にいるでしょう。俺ができるのは、外から真洞会の懐《ふところ》を潤《うるお》すのみ」

「蓮司、その件は感謝してもしきれない。だが俺が言いたいのは、弟として一緒にいてほしかったという意味だ」

「お気持ちのみ、有り難く受け取ります」

久世の畏《かしこ》まった言い方に、若頭が豪快に笑う。そして、友梨たちに顔を向けた。

「汗を流してくる。美波、友梨さんとゆっくりしててくれ」

「大丈夫、彼女と仲良くしているわ」

瀧上の返事に満足した若頭が、久世の背を叩いて促《うなが》す。久世は従うが、歩きながら友梨に視線を投げてきた。

ついさっき瀧上と辻坂のカードの件を話したせいか、妙な後ろめたさがあり、友梨の頬が引き攣《つ》ってしまう。それを消そうと、必死に微笑んでみせた。

でもそれがいけなかったのか、久世が訝《いぶか》しげに眉根を寄せる。しばらくそのままでいたものの、結局何も言わずに若頭のあとに続いた。

二人の姿が視界から消えると、友梨はようやく息を長く吐いて胸を撫で下ろした。

「蓮司は人の心を読むのに長《た》けてるわ。だから、見透《みす》かされないようしっかりとね」

「はい……」

「そうだわ！　せっかくだから、あたしも友梨さんを助けてあげる。変装するにはうってつけの場所よ。あのね――」

そう言って、瀧上は友梨に秘策を話し始めたのだった。

＊＊＊

久世は十人ほどの大人が軽く入れる、広々とした檜《ひのき》のお風呂に浸《つ》かっていた。そこには異母兄の若頭も一緒で、お互いに立ち上る湯気を静かに見つめる。

「定期的に来てくれたら、こうして汗を流し、兄弟の付き合いができるのに……」

若頭の呟《つぶや》きに、久世は軽く俯《うつむ》いた。

「それは無理です。俺たちは、距離を取って接していかなければ」

「極力サツの目に触れないようにするためか？　それとも俺に……気兼ねして？」

「わかっているでしょう？」

久世は詳細に語らない。すると、若頭は深いため息を吐いた。

「忠告しておく。美波に気を付けろ。友梨さんに会いたいと言ったのは俺じゃない。……美波だ」

「そうだろうと思ってました」

「わかっていて俺の話に乗ったのか？」

若頭は引き締まった腹部が覗《のぞ》くほど腰を上げて、湯を波立たせた。

「避けては通れないでしょう？　それに友梨なら……美波に負けないぐらい度胸が据

わってます。彼女なら、前を向いて立ち向かってくれるかと。この俺が、振り回されるんですから」

そう、友梨なら美波が相手でも切り抜けられる。それくらい芯のしっかりした女性だ。だから友梨と愛人契約を結んだ。

とはいえ、今はもう契約など頭になく、友梨に魅了されているが……

何が久世の琴線《きんせん》に触れたのか、自分でも説明ができない。友梨が自分に反抗する姿には胸が弾み、従順に身を任せる姿に高揚感を抑えられなくなる。

これほど久世を虜《とりこ》にした女性は誰もいない。付き合ったことのある美波でさえもだ。

久世は元気のいい友梨を思い出しながら口元をほころばせ、濡れた髪を掻き上げた。

「余程ご執心なんだな。もしそうでなければ、相賀組には連れて来なかった？」

「これまでの女は、躯《からだ》の熱を受け止めてくれるだけの存在でした。だが、友梨は違う。彼女と一緒にいればいるほど、生活が潤《うるお》い、力が漲《みなぎ》ってくる」

「だったら……何が起ころうとも、美波から守れ」

淡々と話しつつも、言葉の端々から苦悩を感じ、久世は若頭に目を向けた。

「俺がもっとしっかりしていれば、美波の心を掴《つか》んでいれば……。でも彼女は我が強い。お前への想いを、決して消そうとしない」

「兄さん」

今日初めて、久世は若頭を親しく兄と呼んだ。

「俺は組に興味がなかった。組長の跡を継ぐ兄さんを、俺は陰ながら支える存在になる。その気持ちは、組へ連れて来られた頃から変わってない。ただ不運だったのは、秘密裏に交わされた、組長と瀧上叔父貴の血判状《けっぱんじょう》の存在。それを知らされたのが遅かったこと。もしもっと早くに知っていれば、俺は――」

美波に誘惑されても、決して心を開かなかった。

若頭に瀧上美波を嫁がせるという血判状《けっぱんじょう》の存在を知った時、どれほど後悔したか。瀧上叔父貴から真実を知らされると、久世は真っ先に異母兄に謝った。兄は〝隠されていたんだ。仕方がない〟と言って許してくれた。

でも、そうしたのには理由がある。久世と付き合う美波を、異母兄はずっと愛していたからだ。

弟を許すことで全てを帳消しにしたが、美波は反発した。

その後、若頭になるのは異母兄ではなく久世だと言い張ったのもあり、多少のいざこざがあったが、現在では若頭の婚約者として若衆に認められている。

にもかかわらず、美波は久世への執着を断ち切らない。若頭もそれを感じ取っている。

だからこそ、久世が彼女にも相賀組にも未練はないと示すために、女が必要だった。

詳細に辻褄《つじつま》を合わせなければならない恋人や婚約者ではなく、ほぼ躯《からだ》だけの関係で進められる愛人が……

ただ、本物の愛人が欲しかったのではない。自分という核を持ちながらも、愛欲に溺れない、契約で縛れる女性を探していた。

そしてようやく見つけた。久世が提示する条件に当てはまる素晴らしい女性、友梨を……

久世は友梨に〝借金の肩代わり〟という足枷《あしかせ》を嵌《は》めて契約を結んだが、今はもう意味を成さない。彼女を愛しく想い、何より手離したくないせいだ。

久世はもう一度異母兄に弁明しようとするものの、先に若頭が軽く手を振って止めた。

「もう昔の話はいい。何もかもめぐり合わせが悪かった。とにかく、友梨さんを守ってやってほしい。ところで、いつ彼女に想いを告げるんだ？」

ずばりと訊いてくる若頭に、久世は彼を見据える。

とぼけることもできたが、若頭は洞察力に優れている。久世を見て、すぐに感付いたのだろう。

演技をしながらも、その中に真実の想いがあるのを……

それがわかっても問おうとはせず、二人きりになるまで待った。そうやって冷静な判断を下せるからこそ、若衆たちは若頭に付いていくのだ。

弱いのは、愛する女性にだけ……

久世は軽く顎《あご》を引いて緩《ゆる》む口元を隠した。

「もうすぐ友梨の誕生日なんです。その日に――」

愛人契約を目の前で破棄し、友梨と誠実に向き合う。そして〝愛している、誰にも渡したくない。辻坂にもだ……〟と告げるつもりだ。

久世の弱みが友梨だと気付いた辻坂が、卑怯な真似を企《くわだ》てて友梨に近づいてくるのは容易に想像がつく。しかも、彼の周囲にいる女性とは違う友梨に興味を持ったのも事実だ。

久世と一緒にいることで、友梨にはいろいろな困難が待ち受けているかもしれない。

それでも必ず友梨を守ると誓い、彼女に自分の世界に飛び込んでほしい。

「そうか。いい方向に進むことを願ってる。俺も美波が下手な動きをしないか見張っておく」

「よろしくお願いします」

頭を下げる久世に、若頭が軽く首を縦に振る。

美波を愛するが故《ゆえ》、きつく窘《たしな》められない兄の心情を受け止めて、久世は湯船から立ち上がった。

「そろそろ戻りましょう。二人きりで話すためだけに汗を流したんだと、美波にバレますよ」

「そうだな。蓮司は友梨さんが心配で、早く戻りたいみたいだ」

若頭のからかうような目つきに、久世は笑顔を返したのだった。

第五章

十一月に入り、めっきり朝晩の冷え込みが厳しくなってきた。

まだベッドから出たくなかったものの、友梨は眠気を押しのけて起き上がった。

今日は土曜日で友梨は休みだが、久世は仕事がある。朝早くに家を出る彼を見送ろうと思い、友梨は急いで玄関に向かう。

「あの！　……いってらっしゃい」

ちょうど玄関を出ようとしていた久世の背に声をかけると、彼がゆっくり振り返った。

「友梨、いつもと違う行動を取っているとわかってるか？」

鋭い指摘に、友梨の心臓が痛いほど飛び跳ねる。というのも、久世とした約束を破る日だったためだ。

そもそも友梨は、秘密を上手く隠し通せる性格ではなく、顔に出てしまう。家族にも、嘘を吐き通せた例《ためし》はない。

友梨は緊張を必死に押し隠した。

「蓮司は、毎日忙しくしているでしょう？　今日もそう……。仕事が一段落してからでないと、休まないし。それはわかってるんだけど、その……お願いがあって」

「お願い？」

友梨は小さく頷き、自分を奮《ふる》い立《た》たせながら久世を見上げた。

「知らないと思うけど、今日はわたしの誕生日で――」

「知ってる」

知ってるって、どうして？

友梨が目をぱちくりさせると、久世が友梨の鼻を指で軽く触れた。

それはもう慣れた、久世の独占欲を示す表現だ。友梨を求める繊細な手つきだったり、優しく抱いたりする仕草からとても伝わってくる。〝お前は俺の女〟だと。

まさか、今ここで久世がそういう態度を取るなんて……

「俺に傍《そば》にいてほしいと？」

「わ、わたし……その――」

友梨は後ろめたさを感じ、たまらず視線を彷徨《さまよ》わせた。

「実のところ、人に何かをお願いするのって苦手で――」

そう言いかけた友梨の唇に久世が指でそっと触れた。

「友梨の願いならなんでも聞き入れよう。……いや、それは違うな。もしここから逃げ出し、俺から離れたいと言ったら、決して許さないから」

言葉はきついながらも、優しげな声の調子に、久世の想いが込められている。愛の言葉はなくても、友梨を手離したくないという強い感情が伝わってきた。

「そんな考えはないけど」

「永遠に考えないでくれ」

永遠？　それってどういう意味なのだろうか。

考え込む友梨に、久世が腕時計に視線を落とす。

「とにかく、今夜は君のために十七時までには戻る予定だ。楽しみにしていてくれたら嬉しい」

久世が急いでいるとわかり、友梨は早く本題に入らなければと焦る。

「あの、ありがとう！　それで……今日はちょっとだけ外出してきていい？　借金を肩代わりしてもらってる身で遊ぶなんて――」

「返済に関しては、既に契約で決めてある。友梨が気にすることはない」

久世に言い切られ、友梨は行き場のない感情を誤魔化すように手を握り締める。

「そうね、それは口にするべきじゃなかった。でも後ろめたさが……あって。その、エステサロンに行きたいなと」

「エステサロン？」

「うん。エステだけでなく、ネイルやマッサージもしてもらいたくて」

「今以上に自分に磨きをかけると？　……わかった。行ってくるといい。どれぐらい変わったか、今夜君に触れて確かめてみるとしよう」

ふっと唇の端を上げ、流し目を送る久世。たったそれだけで、友梨の躯《からだ》が刺激されてしまう。

「じゃ、行ってくる」

「……気を付けてね」

友梨は柔らかい笑みを浮かべ、久世を見送った。

しかし、ドアを閉めて一人になるなり、友梨の表情が徐々に曇っていった。

「本当にいいの？　蓮司に黙って行動を起こしても……」

「何をです？」

いきなり背後から赤荻の声が聞こえて、友梨は大きく息を呑んだ。

赤荻は、久世が外出する直前にマンションにやって来る。食料調達のせいで到着が遅れる日もあるが、友梨が一人きりになることはほぼない。

なのに、この日に限ってすっかり赤荻の存在が頭の中から抜け落ちていた。

友梨はびくつきながら、肩越しに赤荻に目をやる。

「赤荻さんには関係がない話よ。わたしは、これから二度寝するね。そうそう、パレット・ブルトンヌを買ってきたの。キッチンにあるから好きに食べてて」

「パレット・ブルトンヌ!?　やったー！　……あっ、了解です」

赤荻が敬礼し、颯爽《さっそう》と歩き出す。友梨は二階の自室に戻ってベッドに腰掛けた。そして、ナイトテーブルの引き出しを開け、カードキーと名刺を取り出す。

実はエステサロンを紹介してくれたのは、初めて相賀組へ行った際に出会った瀧上だった。

瀧上の友人の姉が経営しているため、いろいろと融通《ゆうずう》が利くとのこと。また女性限定のサロンなら、護衛の目を潜《くぐ》り抜けられると教えてくれた。

瀧上は〝あたしも見張りを撒《ま》く時によく使う手なの〟と言って笑い、友梨に名刺を渡した。それをオーナーに渡せば、説明せずとも利用できる手配までしてくれた。

瀧上の助けがなければ、こんな大胆な作戦は立てられなかっただろう。

もちろんこの行動が、久世との約束を裏切る行為なのはわかっている。でも彼にいらぬ心配をさせないためにも、自分の力で終わらせるべきなのだ。

「これを返せば、もう彼に悩まされずに蓮司と過ごせる……」

友梨はカードを握り締めながらベッドに横たわり、そっと瞼《まぶた》を閉じた。

それから三時間ほど経った頃、友梨はベッドを出る。

この一週間で集めた変装用の服を取り出し、大きなバッグに詰めていく。ウィッグもだ。

「あとは――」

部屋を見回した時、ドアをノックする音が響いた。

友荻はその場で飛び上がるほど驚き、手にした袋を足元へ落としてしまう。

「赤荻です。須崎さん、まだ起きられないんですか？　モーニングに行きましょうよ。

お薦めの店を見つけたんです。一緒に行ってくださいよ！」

友梨は慌てて袋を拾うと、バッグも一緒にベッドの裏に隠し、ドアへ向かった。

「俺、朝からめっちゃ働いてると思いませんか？　少しぐらい褒美《ほうび》があっても……あっ、
クッキーはいただきましたけど、あれではお腹が膨《ふく》れ――」

友梨は赤荻の感情豊かな声に口元をほころばせて、ドアを開ける。

赤荻は友梨の顔を見ると、ホッとした表情を浮かべて胸に手を置いた。

「ようやく起きてきてくれた！　なんだか、天《あま》の岩戸《いわと》の前で待つ神々の気持ちに……

あっ、神には到底なれないですけど」

「何を言ってるんだか……。そうそう、今日はエステサロンに行くつもりなの」

「エステサロン？　予定には入ってませんが」

「今朝、蓮司に話したら、行ってもいいって。あとで彼に確認してみて」

「……場所は？　護衛の手配をします」

慌てる赤荻に、友梨はエステサロンの店名と、施術にほぼ半日かかる旨を告げる。

「言っておくけど、赤荻さんや他の蓮司の部下は店内に入れないから」

「もちろん、お邪魔にならないよう外で待機します」

友梨は笑顔で頷き、今日の予定を話した。

「ビューティプランには昼食も含まれているの。悪いけど、今日は一人で食べてくれる？近くにはいろいろな飲食店があるから、好きなお店で待ってて」

「ありがとうございます！」

「じゃ、行く準備をしてくるね」

赤荻の前でドアを閉め、友梨はそっと長い息を吐いた。

第一段階終了。あとはなるようになれ！

友梨は特に念入りに化粧し、キャバ嬢だった時と同様に髪の毛も巻く。瀧上が〝化ければ化けるほど、その印象がより濃く残るものよ〟と説いてくれた言葉を信じて。

用意を終えて階段を下りると、ちょうどリビングルームに赤荻が現れる。

「須崎さん、準備は……うわっ！」

友梨のばっちりメイク姿に、赤荻が驚きの声を上げ、呆けたように友梨を見つめた。

瀧上が言ったとおり、今の友梨の姿が赤荻の脳裏に焼き付いたはずだ。これまでの姿とは違うから、余計に印象に残るに違いない。

「行くわよ」

赤荻と一緒にマンションを出ると、友梨は彼の運転でエステサロンに向かった。

——数十分後。

車は、高級住宅地の一画にある白亜の豪邸の前で停まる。そこが、セレブの女性たちが足を運ぶ高級エステサロンだ。

一介のOLの友梨がこのサロンに来られるのは、多分今日で最後だろう。

天を仰いで澄みきった秋空を眺めた時、冷たい風が強く吹いた。それは友梨のスカートを、背中に下ろした髪を巻き上げる。

思わず身震いしてしまい、たまらず我が身を抱いて手で擦《さす》る。

「今日はいつもより風が冷たい？」

「そうですね。……何時ぐらいに終わる予定ですか？　もし遅くなるようでしたら、薄手のジャケットをご用意しておきますが」

「わからないけど、十七時——」

そこまで言って、友梨は口籠《くちご》もる。

久世は十七時には戻ると言っていた。早めに戻らなければ……。

「十五時には出られるようにする。じゃ、行ってくるね」

友梨は赤荻からバッグを受け取り、エステサロンのガラスドアを開けた。

「いらっしゃいませ。どうぞこちらへ」

二十代ぐらいの女性スタッフが笑顔で友梨を出迎え、カウンターの正面にあるソファへと促《うなが》す。そこに腰掛けるや否や、友梨は瀧上の名刺を差し出した。

「突然すみません、これをオーナーに渡していただけますか」

瞬間、女性スタッフがさっと顔を上げた。

「少々お待ちくださいませ」

インカムで誰かに何かを告げると、すぐに四十代ぐらいの女性が現れた。

女性はバレリーナのように手足がすらりとした、背の高い美女だった。彼女は真っすぐ友梨が座るソファに近寄り、女性スタッフから名刺を受け取る。

確認するなり、女性が軽く頭を下げた。

「お待ちしておりました。私はオーナーの森《もり》と申します。奥へご案内しますね。さあ、こちらへ」

瀧上から詳細に事情を聞いているのか、オーナーは顔色一つ変えない。奥の廊下を手で示し、彫《ほ》り細工が見事なドアを開けた。

すると海外の最高級ホテルに似た豪奢《ごうしゃ》な部屋が、友梨の視界に飛び込んできた。

「須崎さまには、一日中こちらの部屋をお使いいただけます」

森オーナーは友梨を化粧台へ誘導すると、手際よく友梨の化粧を落とし、化粧下地を塗り始めた。

「どのような服を持ってこられました?」

友梨はボーイッシュコーデとして選んだビッグサイズのフード付きパーカーと、スキニーパンツを取り出す。ダークカラーで揃えた服にスニーカーを合わせ、ジャンパーを羽織れば変装完了だ。

「ウィッグはショートレイヤー……かなりイメージチェンジができますね。化粧は薄めに、でも口紅だけは血色のいいアプリコット色にしましょう」

「色が明るいと、目を引きませんか?」

椅子に戻った友梨に化粧を施《ほどこ》しながら、森オーナーは大丈夫だと鏡越しに目で伝える。

「逆に色合いをなくす方が、あやしさが増しますよ。素顔を隠すのではなく、お洒落《しゃれ》なボーイッシュ女子たちの中にまじるのが一番いいでしょう」

森オーナーの言葉も一理ある。友梨は頷き、全てを彼女に任せて用意を終えた。

姿見に映る自分を見て、友梨は目を見開いた。サロンへ入ってきた時とは、全然違う自分がそこにいたからだ。

「これなら大丈夫でしょう」

「本当にありがとうございます!」

友梨は森オーナーにお礼を言い、部屋を出ようとする。だが唐突に、今朝久世と交わした話を思い出して振り返った。

「用事が終わったら、すぐに戻るつもりです。その時は簡単でいいので、エステを受けさせてもらえませんか？」

「もちろんです。それはこちらからお願いするところでした。当サロンに足を運んでくださったのに、何もせずに送り出せません。お戻りになりましたら、是非施術させてください」

何故エステを受けたいのか、その理由さえも訊ねない森オーナーの心の広さに感謝しながら、彼女の案内で、〝スタッフオンリー〟と書かれたドアを開ける。そして細い廊下を進み、裏口にたどり着いた。

「ドアを開けるとマンションの裏口が見えます。そこのエントランスを抜ければ駅へ続く大通りに出られます」

「何から何まで、本当にありがとうございます！」

「お気を付けて」

友梨は深々と頭を下げたのち、勢いよく外へ飛び出した。

冷たい風が頬をなぶるが、今は緊張のせいで火照《ほて》った躯《からだ》が冷えて気持ちいい。友梨はホッと息を吐いたのち、マンションを通り抜けて駅へ向かった。

何度も振り返っては周囲を見回し、あとを付けてくるスーツ姿の男性がいないか確認したが、あやしい人物はどこにもいない。駅に到着しても、不審そうにこちらを監視する人は見つからなかった。

「良かった……。赤荻さんの姿もない」

友梨は安堵しながら空いたベンチに腰掛けて、携帯電話と名刺を取り出した。

今日動くと決めてから、友梨は初めてじっくりと番号を見る。

実は、辻坂に連絡するのをずっと我慢していたのだ。

久世がいない時は、いつも友梨の傍《そば》に赤荻がいるため、辻坂に電話をすれば、必ず久世の耳に入ってしまう。また、就業中なら二人に知られずに済むが、早く連絡を取れば辻坂に時間を与えることになり、密かに会う計画が難しくなっていたとも考えられる。

だから、ずっとなんの手も打たなかった。

「でも、今日で何もかも終わる……」

友梨は一瞬強く名刺を握り、携帯番号を押した。しかし、非通知でかけたためか自動応答で弾《はじ》かれてしまう。

これでは公衆電話からかけても通じないだろう。素性を隠す相手とは話す価値もない、という姿勢なのかもしれない。

友梨は悩んだ末、発信者番号を通知の上でかけ直した。

さっきとは違い呼び出し音が聞こえるが、十数回鳴ってもなかなか出ない。

どうして取らないの？　番号を通知しても無駄だという意味？

じっとしていられなくなった友梨は立ち上がり、所在なくその場を歩き回るものの、電話は繋《つな》がらなかった。

もう切ろう。相手が出たくないのであれば、これ以上無理する必要はない。

「そうよ。やれることは全てしたんだから……。そもそも、わたしのバッグに勝手にカードキーを入れたあの人が悪い――」

苛立《いらだ》ちまぎれに独り言を呟《つぶや》いたが、友梨は不意に口を噤《つぐ》む。先ほどまで響いていた呼び出し音が途切れていたからだ。

えっ？　……ま、まさか!?

『なんだ？　もう文句は終わりか？』

辻坂の低い声が響き、友梨の肌に鳥肌が立った。

どこまで独り言を聞かれたのかと不安になる。しかし、どっちにしても正直な気持ちしか口にしていない。バレても、何も恐れることはないのだ。

「辻坂さん、これからほんの少しだけお会いできませんか」

『ようやく連絡してきたかと思ったら、社交辞令もなしとは』

友梨は名前を名乗っていない。というか、そもそも辻坂は友梨の名前すら知らないのに、電話をかけてきた相手が誰なのか、友梨の独り言を聞いてすぐにわかったようだ。

悔しさから奥歯を噛み締めた時、唐突に辻坂が笑い声を上げた。

辻坂の調子に乗せられたらダメだと言い聞かせて、友梨は深く息を吸った。

「礼儀として、一応お電話をしました。もし無理だというのなら、会社の住所を教えてください。わたしのバッグに勝手に入れたあのカードを、送り返します」

『事務所の住所は教えられない。俺が今いるところに来るのなら会おう。場所は――』

そう言って辻坂が口にしたのは、銀座にある高級ホテルだった。彼はそこのラウンジにいると告げる。

「ホテル⁉ あの、そこから近いカフェとか――」

『来るか来ないかは自分で決めろ。もし姿を現さなかったら、君から連絡が入ったと久世に知らせ――』

「行きます！」

友梨は叫ぶと、辻坂の返事も聞かずに一方的に切った。

辻坂に関係するものを持っているだけで居たたまれないのに、久世に連絡までされるなんて困る。

「こうなったら、早く終わらせよう」

友梨は身を翻《ひるがえ》し、電車に飛び乗った。最寄り駅で下りると、早足にホテルへ向かう。

車が大通りを行き交うたびに風が巻き上がり、ウィッグが飛びそうになる。

森オーナーがしっかりセットしてくれているので心配はないが、友梨は必死に手で押さえてホテルの入っている複合ビルに入った。

開放感に満ちたエントランスには、生花を活けた花瓶や油絵が飾られ、高い天井にはシャンデリアが煌《きら》めいている。

普段ならじっくり鑑賞したいところだが、この日ばかりは気持ちにゆとりがなく、友梨はホテルのロビーがある十六階を目指した。

エレベーターの扉が開くと、スタイリッシュかつモダンな空間が目に飛び込む。大きな窓から街並みが望めるが、足を止めずに廊下を進んでいく。

待ち合わせのラウンジに近づくにつれて、これから辻坂と対峙《たいじ》することへの不安がじわじわと忍び寄ってきた。自然と友梨の視線が落ち、足取りも重くなっていく。

とうとう足を止めた友梨は壁に手を置き、力なく大きなため息を吐いた。

「須崎、友梨か……?」

いきなり友梨を呼ぶ声が響き、ハッとして面《おもて》を上げる。なんとラウンジにいるはずの辻坂が正面に立っていた。

「どうしてわたしの名前を?」

友梨が訊ねても、辻坂は呆気に取られたような表情を浮かべたままで、返事すらしない。しかし、徐々におかしそうに頰を緩《ゆる》め、肩を揺らして笑い出した。

「はっ、……ハハハッ！　これは予想すらしなかった。お前のことは調べがついていたが、まさか変装してくるとは。俺と会った時の印象を変えるために、そういう恰好にしたのか？　だったら間違いだな。余計興味をそそられた」

「わたしを調べたって――」

そこまで言って、口を閉じる。こちらに歩き出した辻坂の目には、好色の色が浮かんでいたからだ。

友梨は気持ち悪さを感じ、すぐにバッグからカードキーを取り出して辻坂に差し出す。なのに、彼は受け取ろうとしなかった。

辻坂の胸にそれを押し付けるが、彼は身動きすらしない。仕方なく友梨が手を離すと、カードが彼の足元に落ちた。

自然と目で追ってしまうが拾うことはせず、友梨は顔を背《そむ》けた。

「返しましたから。もう二度とお会いしません」

友梨は踵《きびす》を返してエレベーターホールへ戻ろうとする。でも数歩踏み出したところで、手首を引っ張られた。

あっと思った時にはもう遅く、友梨は壁に押さえ付けられてしまう。辻坂の顔が真正面に迫り、友梨はただ目を見開くことしかできなかった。

「あいつは、どうやってこんな面白い玩具《がんぐ》を見つけたのかな……。とはいえ、おもちゃはおもちゃ、いつしか飽きがきて捨てる日がくる。それはいつ？」

　飽きがきて、捨てる？

　その日がいつか来ると思っただけで、友梨の心臓に手で鷲掴《わしづか》みにされたような痛みが走る。

「来るべき日を待つ楽しみもあれば、今の須崎友梨を思う存分味わいたい気もある。どちらにしようか」

「わ、わたしは……誰かのおもちゃじゃない。自分の意思で彼の傍《そば》にいるの。たとえ捨てられた……としても、絶対にあなたに囲われは……あっ！」

　辻坂は友梨の手をゆっくり上げ、躯《からだ》と同様に壁に押さえ付けてきた。

「知ってるか？　女を囲いたいと思った男がどう出るのかを……」

　辻坂は、これ見よがしに友梨の唇に目線を落とす。

　瞬間、辻坂が何を望んでいるのかわかり、友梨は掴《つか》まれた腕を動かして彼を退《ど》けようとする。でも、彼の力が強過ぎてびくともしない。

　友梨の抵抗を嘲笑《あざわら》うかの如《ごと》く、辻坂の片方の口角が上がる。その狡猾《こうかつ》な表情に、友梨の中に恐怖が湧き起こった。

「や……やめてってば！」

　大声を出そうにも、声がかすれてしまう。

自《みず》ら弱い存在だと突きつけられた状況が悔しく、友梨はたまらず唇を噛み締めて顔を背《そむ》けた。

「そこまでして、操《みさお》を立てなくてもいいんじゃないか？　どうせ久世にも、忘れられない女がいる」

「別にいたって構わない。三十歳を過ぎていれば、過去に大切な恋人たちがいても不思議じゃないし。そうでしょう⁉」

「過去？　……現在も、と言ったら？」

「今、も？」

見てはダメ、信じてはダメ！

しかし、友梨は引き寄せられるように辻坂を見てしまう。

そうするのを待っていたのか、辻坂がさらに顔を近づけ、体温をかすかに感じるぐらいにまで距離を縮めた。

嘘、キスされる⁉　――そう思った友梨は、勢いよく顔を横に向けた。唇を奪われる寸前で助かるものの、辻坂の湿《しめ》った吐息が唇の端をなぶる。

悔しくてきつく目を閉じるが、何故か辻坂は先に進まず、ただ友梨を壁に押さえ付け、手柵で囲うだけだった。

僅《わず》かでも隙ができれば唇を狙うぞと言わんばかりに、じっとしている。

ほんの数秒が何分にも感じられた時、辻坂が鼻で笑い、ゆっくり躯《からだ》を離した。

「それは自分の目で確かめる他ないだろう？　……知ってるか？　女は過去の恋を上書きして今の男に尽くすが、男は違う。心のドアを開けるたびに、それぞれの女を愛せる――」

「皆が皆、そうとは限らない！」

友梨が叫んだ瞬間、辻坂は友梨の手首を解放した。

「俺はあまり気長に待つ方じゃない。だが、今日君に会えて、ひとまず駒《こま》を進められた。それで良しとするか」

朗《ほが》らかな口調とは裏腹に、逃げる獲物をどうやって追い詰めようかという残忍さが、辻坂の表情から滲《にじ》み出ている。

初めて会った時から、辻坂がこういう人だとわかっていたはずなのに、どうして自分で対処しようとしてしまったのだろう。

久世が正しかった。辻坂の心は真っ黒に染まっている。決して会うべきではなかったのに……

しかし、辻坂はまだゲームは終わらないと言いたげにほくそ笑んだ。

もう辻坂と関わってはいけない。

「さようなら」

気持ちを奮《ふる》い立《た》たせてはっきり告げると、友梨はなりふり構わずその場を逃げ出した。エレベーターホールへ行き、震える手でボタンを連打する。扉が開くと中に入った。

逃げなければ……。ここからも、辻坂からも！

ホテルを出た友梨は、歩道を歩く人が驚きの目を向けるのも構わず、全速力で最寄り駅へ走った。

そこからどうやってエステサロンに戻ったのか覚えていない。

異常に汗をかいた友梨に気付いた森オーナーが服を脱がせ、花びらが浮かんだ香りのいいお風呂に入れてくれた時に、ようやく意識がはっきりしてきた。

広々とした浴室に充満する匂いに、友梨の呼吸も落ち着いていく。

「ご迷惑をおかけしてすみません」

バスローブを広げて待つ森オーナーに謝り、友梨はそれに腕を通す。そして、隣室に移動した。

途端、今度はラベンダーのいい香りに包み込まれる。緊張が続いた今の友梨には、ベストな香りだ。

それが功を奏し、ベッドにうつ伏せになった友梨は瞬《また》く間に睡魔に襲われていった。

目覚めたのは、森オーナーに肩を揺すられて起こされた時だった。護衛の赤荻が、友梨と連絡が取れないと言って店に入ってきたという。

「すみません。……今、何時ですか？」

「十五時を過ぎたところです」

「もう、そんな時間!?　わたし、帰らないと！　そろそろ失礼しますね」

森オーナーはすぐさま友梨に化粧をし、仕上げにラベンダーオイルを首筋に擦《す》り込んでくれた。

ふわっと漂《ただよ》う香りに自然と心が和《なご》んだ時、森オーナーが部屋の隅にある籠《かご》を指す。

「ところで、あちらの服はどうなさいますか？」

それは友梨が変装時に着ていた服だ。しかし、あの服はもう二度と見たくないし、触りたくもない。

「あ、あの……処分してもらってもいいですか？」

「もちろんです」

友梨は森オーナーに「今日は本当にありがとうございました」とお礼を言って、店を出た。

「須崎さん！」

そう叫んで駆け寄ってきたのは、赤荻だった。その後ろにはダークスーツを着た見知らぬ男性が三人おり、彼の合図でそれぞれが別方向に歩き去る。

「ものすごくお疲れみたいですね」

「慣れない真似をしたら、このザマよ」

苦笑する友梨の肩に、赤荻がジャケットをかける。

「マンションに戻りましょう。……そういえば、あの大きなバッグは？　見当たりませんが」

「えっ？　あっ……ドリンクを零《こぼ》して汚してしまったから、捨ててもらうようにしてきた」

赤荻の問いに目を泳がせつつも、声を絞り出した。

「そうなんですか？」

「……うん」

赤荻が停めていた車に乗るなり、友梨は深々とシートに凭《もた》れた。外の景色を眺める元気もない。

「大丈夫ですか？　サロン帰りの女性たちは皆輝くばかりなのに、須崎さんの顔色は少し……。もしや、嫌なことでも？」

「ううん。とても気持ち良かった。ただ、わたしには合わないみたい。セレブの人たちが通う高級なサロンだったから」

「何をおっしゃってるんですか！　社長の愛人として、そういうものにも慣れていかないと」

そんなものに慣れなくていい。友梨が欲しいのは、久世の愛だけなのだから……

赤荻がまだ何かを話していたが、友梨は目を瞑《つぶ》り、相槌《あいづち》を打つだけに留《とど》める。

マンションに戻った頃、十六時を回っていた。

「紅茶でも淹《い》れましょうか？」

友梨が車内で静かだったため、赤荻は気にしているのかもしれない。

いつもなら元気良く訊ねる声も、今は覇気がなく、ひたすら友梨を心配そうに窺《うかが》う。

「わたしのことは気にしないで。実はサロンを出る直前にハーブティをもらったの」

「ですが――」

「大丈夫。わたし、しばらく部屋にいるね。蓮司が帰宅したら教えて」

赤荻に心配かけさせるとわかっていたが、友梨は自室のドアを閉めた。

ベッドに腰を下ろすなり、そのまま横に倒れて躯《からだ》を休める。枕の下に手を突っ込み、躯《からだ》をくの字に曲げた。

「はあ……疲れた」

ひとまず、これで久世に見られたら困るものはなくなった。

上手くいったと言えばそう言えなくもないが、無性に胸の奥がざわつく。

辻坂が危険な人物だったとようやく実感したから？

「今更悔《く》やんでも、もう遅い……自業自得なのよ」

とにかく、もう全部終わったのだ。普通に暮らしていれば、二度と辻坂と会うことはない。

友梨は嫌な出来事を忘れたくて、目を閉じる。

今日は緊張を強《し》いられた時間が長かったためか、筋肉痛になったかのように手足が重くなっていく。思考も上手くまとまらない。

「考えるのは、あとで……」

友梨は枕に顔を埋《うず》めると、暗闇に引きずり込まれるまま意識を放り出したのだった。


それからどれくらい経ったのだろうか。

躯《からだ》に重みを感じ、友梨は少しずつ眠りから覚めた。

「……うり？　……友梨？」

軽く肩を揺さぶられると、ラベンダーの香りが友梨の鼻腔《びこう》をくすぐった。

あれ？　まだエステ中だった？　マンションに帰ってきたのは夢……？

友梨は呻《うめ》き、瞼《まぶた》を震わせる。

「も、り……オーナー？」

「……森オーナー？」

男性の声がクリアに響くなり、友梨はハッとして目を開ける。真正面には久世がおり、友梨の躯《からだ》を両腕で挟んで覆いかぶさっていた。

「れ、蓮司？」

「森オーナーとは？」

「えっ？　あっ……エステサロンのオーナーで、わたしを担当してくれた女性」

「どうして寝起きの友梨の口から、その森オーナーという人の名が出るんだ？」

久世が意味ありげに片眉を上げる。

友梨は上半身を起こして久世の腕を退《ど》けるが、彼は動こうとしない。あまりの至近距離に戸惑い、友梨が心持ち下がろうとするが、手で押さえられた。

「蓮司……」

友梨は呆れ気味に小さく首を横に振った。

森オーナーを思い出したのは、ラベンダーの香りがしたからだ。その理由を思い出した友梨は、髪を掻き上げるようにして片方の肩へ流した。

「森オーナーが、ラベンダーのアロマオイルを焚《た》いてくれたの。わたしがリラックスしたのを感じ取ってくれたのか、首筋にもオイルを塗ってくれて……。それで匂いが――」

素肌を晒《さら》したそこに、久世が顔を近づけていった。彼の髪が頬に、熱っぽい吐息が首筋に触れて、心地よい刺激に身が震え出す。

たまらずシーツをぎゅっと掴《つか》んでしまう。

「ラベンダーのいい匂いがする」

「わたしが嘘を吐いているとでも？」

友梨が訴えると、久世が上体を起こした。友梨の双眸《そうぼう》をじっと見つめながら手を伸ばし、シーツを握る友梨の手を覆う。

「剛が猛に連絡を入れた。友梨の様子がいつもと違うと」

「赤荻さんが？　……心配しなくていいって言ったのに」

友梨は気まずさから目を逸《そ》らしたい衝動に駆られるものの、必死に堪《こら》えた。

「エステを楽しみにしていたんだけど、その……ずっと緊張してて、リラックスするつもりが余計に疲れたみたい」

そう言い切ったあと、友梨は息を吐いて視線を落とした。

久世の探るような眼差しから逃れられたとホッとしたのも束の間、すぐに彼に顎《あご》を掴《つか》まれ、顔を上げさせられる。

「風邪をひいたのか？」

「ううん！　そうじゃなくて、本当に疲れただけ……。あの、今は何時？」

「十七時過ぎだ」

ということは、久世は今朝の約束を守って帰宅したのだ。

「友梨のためにレストランを予約している。行けるか？」

「予約？　どうして？」

「今日は誕生日だろう？」

「あっ……」

今朝、友梨からその話をしたばかりなのに、すっかり忘れていた。

なのに、久世は覚えていてくれたなんて……

友梨を気遣う気持ちがひしひしと伝わってきて、胸に温かいものが一気に広がっていった。

「出られるか？」

友梨は、久世の首に両腕を回した。

「うん！　ありがとう……」

「お礼は今夜たっぷりベッドで返してもらう」

久世の意味深な発言に、友梨はクスッと声を漏らした。

「わたしの誕生日なのに、お礼を返さないといけないの？」

「だったら、日付が変わるまで……君を悦《よろこ》ばせるとしよう」

久世が友梨の鼻の頭を指で撫でた。

友梨は目を伏せて照れを隠すが、すぐに久世と微笑み合った。

スーツ姿の久世に合わせて、七分袖のミックスツイードワンピースに着替えた友梨は、東雲が運転する車で、久世が予約したイタリアンレストランへ向かった。

表参道の路地裏にある店に着き、入り口のドアを開ける。食欲をそそる香りが漂《ただよ》ってくるのと同時に、白を基調とした明るい店内が視界に飛び込んできた。

そこはクラシカル過ぎず、肩肘張らずに食事を楽しめるアットホームな雰囲気に満ちている。

今、友梨が最も味わいたいものだ。

「いらっしゃいませ。久世さま、お席にご案内いたします」

三十代ほどの男性スタッフが恭《うやうや》しく頭を下げ、店内の奥を手で示す。

テーブル席に着くと、スタッフがコースメニューを置いた。

そこにはアンティパストのキノコとクルミのブルスケッタ、セカンドのチキンカチャトーレ、コントルノの野菜、メインのシチリア風カジキマグロのグリル、トマトソースのプッタネスカ、ドルチェのパンナコッタと書かれている。

メニューを確認している間に、スタッフがゴールド色のスパークリングワインをグラスに注ぐ。

そして軽く黙礼してテーブルを離れると、久世がグラスを持ち上げた。

「誕生日、おめでとう」

「ありがとう」

友梨はグラスを掲げてお礼を言い、久世に倣《なら》ってグラスに口を付ける。口腔《こうこう》で弾《はじ》ける辛口のスパークリングの味わいに、感嘆の声を上げた。

そんな友梨を見ながら、久世がテーブルに細長い箱を置いた。

「一つ目のプレゼントだ」

えっ、一つ目？　つまり、これだけではないという意味？

驚きのあまり目を見開いていると、彼が箱の蓋《ふた》を開けた。

照明の光を受けて輝くのは、ピンクゴールドの腕時計だった。文字盤のホワイトシェルの上に十二個のダイヤモンドが配置され、とても高級感がある。しかも、友梨も知る高級ブランドの腕時計だ。

とても素晴らしいが、これは契約愛人に対して贈るものではない。プレゼントの域を超えている。

もしこれが本当の恋人だったら……

友梨は儚《はかな》い夢を心の奥底に閉じ込めるように、静かに箱の蓋《ふた》を閉じた。

「蓮司、わたし――」

「受け取ってくれ」

「でも！」

友梨が頑《かたく》なに返そうとするが、久世は受け取らない。

「言っただろう？　それは一つ目、あと残り二つある。それらを見てから、考えてくれたらいい」

「あと、二つもあるの⁉」

「ああ。だがそれらは……ものであって、ものではない。まあ、楽しみにしててくれ」

直後、スタッフがアンティパストをテーブルに置き、会話が途切れる。

蓮司はいつも強引なんだから！　――と唇を尖らせるものの、いつしかそれも忘れ、彼との会話を楽しみ始めた。

「年末年始は、仕事は休みだ。どこかで実家に顔を出すが……その時は友梨にも来てもらう」

「うん、わかってる」

「その前に……どこか旅行へ行こう。国内でも、国外でも、どこでもいい。友梨の行きたい場所に俺を誘ってくれ」

友梨は料理から顔を上げる。

愛人契約を交わした相手と同棲までしているというのに、旅行に一緒に行きたいと思ってくれるなんて……

「パンフレットを取ってくるから、一緒に決めて」

「わかった」

友梨が久世に微笑みかけたあと、次々に出される料理を口に運んだ。

食事はどれも美味《おい》しく、バースデーケーキに見立てたパンナコッタのドルチェもぺろりと食べる。

久世はコーヒーを飲みながら、食欲旺盛な友梨を呆れた様子で見ていたものの、実際は彼も楽しんでいるようだ。

友梨が愛する人との幸せなひとときに、満ち足りたものを感じていたその時、不意にテーブルに影が落ちた。

「これはこれは、久世社長」

突然、男性の低い声が響き渡った。

「辻坂社長」

先ほどまでの楽しい雰囲気は一変する。顔から感情を消した久世を見れば一目瞭然《いちもくりょうぜん》だ。

そんな彼の表情に、友梨の身も心もどんどん冷えていく。しかし、逃げずに顔を上げた。

「まさか、同じ店で食事をしていたとは……」

女性雑誌で目にする二十代のモデル女性を伴《ともな》った辻坂が、片方の口角を上げて挑発する。さらに流れるように視線を動かし、友梨を射た。

「こんばんは、友梨。また会えるとはね。しかも、こんなに早く」

意味ありげな言い方に、友梨は動揺のあまり手にしていたフォークをお皿に落としてしまう。食器のぶつかる音にハッとし、震える手を膝に置いて隠した。

「その音は、以前言っていた……男女の間で起こる火花だと捉《とら》えていいのか？」

友梨は、挑発されてもじっと耐える。だが、早鐘を打つ心音のせいで息苦しくなってきた。

「辻坂社長、女性がお待ちですよ。お互いプライベートなので、無粋な真似はやめましょう」

「無粋、ね……。知らぬは、久世社長だけだというのに」

辻坂がクククッと肩を揺らして笑う。

友梨の顔がさっと青ざめる。それに気付いた辻坂が、友梨を見つめてにやりとした。

「まだ待てる」

忘れたのか？――と告げるように、辻坂はこれ見よがしに自分の頬に触れる。その仕草には意味がある。二人がかなり接近した事実を、友梨に突きつけているのだ。

今日で終わったわけではないと……

友梨は震え出す唇を引き結び、目線を落とした。

「近いうちに、いずれまた」

辻坂の足が視界から消えると、友梨は彼の背中を目で追い様子を窺《うかが》う。

　女性の腰に手を回した辻坂は肩越しに振り返るが、こちらに視線を向けない。ただ、にやけた口元だけを見せた。

　その意味深な素振りに、友梨は顔を背《そむ》ける。しかし、こちらの心を覗《のぞ》く久世の鋭い眼差しとぶつかり、先ほどとはまた違った緊張に襲われた。

「辻坂は、まだ諦めていない。友梨に近づくのを……」

「わたしには関係ない」

　友梨の素っ気ない返事に、久世が眉根を寄せて何かを考え始める。そうして、何度も小さく首を縦に振った。

「だが、辻坂は簡単に手を引くタイプじゃない。必ずなんらかの手段を講じてくる」

「辻坂さんと一緒にいた女性を見たでしょう？　あんなに綺麗な女性と一緒にいるのに、わたしに時間をかけるなんて……そんな無駄な真似をするはずが――」

「いいか、決して自分勝手に動くな」

　必死に反論する友梨の言葉を、久世がぴしゃりと遮《さえぎ》った。

「まさか辻坂と会うとは……興が削がれた。マンションに戻ろう」

　久世の言うとおり、友梨も同じ気持ちだった。せっかくの楽しい雰囲気に水を差されてしまったため、もう楽しい気分で過ごせない。

　友梨も席を立ち、彼とレストランを出た。暗闇から現れた東雲が、友梨たちを車へ誘《いざな》う。

そうして友梨たちは、マンションに戻った。

今日は辻坂で始まり、辻坂で終わる日なのかもしれない。

玄関でヒールを脱いで廊下を進み始めた時、久世がいきなり友梨の腕を掴《つか》んで引っ張った。

「きゃっ！」

躯《からだ》の重心がずれて、一瞬眩暈《めまい》が起こる。それと同時に、久世が上体を倒して友梨の唇を奪った。

「……んぅ」

久世は間を置かず、友梨の唇を割って舌を挿入させる。あまりの激しさに、彼の肩を押し返して息を継ごうとするものの彼が許さない。

久世に〝待って〟と言いたくても、それができない。逃げる友梨を追いかけるように口腔《こうこう》で舌を蠢《うごめ》かせ、友梨のそれに絡めてくる。

久世の息遣い、唾液がまじり合った淫靡《いんび》な粘液音、そして衣服が擦《こす》れる音が、静寂な廊下に大きく響き渡る。聴覚を刺激されるにつれて躯《からだ》の芯が痺《しび》れ、友梨の手からバッグが落ちた。

それが合図となり、久世がスーツの上着を乱暴に脱ぎ捨てた。

久世の切羽《せっぱ》詰まった様子にハッとし、友梨は顎《あご》を引いて距離を取るが、久世がすかさず身を寄せて友梨の唇を塞《ふさ》ぐ。

「あっ……んふっ！」

そうしながら、友梨の背中に手を回し、ファスナーを少しずつ下げていく。足元にワンピースが落ちると、ブラジャーのホックも簡単に外された。

「ま、待って……」

キスの合間に久世を止めようとするが、女性の服を脱がすことに手慣れた彼には敵《かな》わない。

いつの間にかパンティ一枚の恥ずかしい姿にされてしまう。

「れん、じ……！」

次の瞬間、不意に躯《からだ》が浮き上がる。久世が友梨の双丘の下に腕を回して持ち上げたのだ。

不安定な体勢に思わず久世の両肩を掴《つか》むが、久世の口づけは止まらない。友梨の全てを貪《むさぼ》り尽くす勢いで求めてくる。

「んぁっ、は……ぁ」

息を吸いたくて唇を離すものの、すぐに塞《ふさ》がれる。友梨は震えた手でただ彼を掴《つか》んだ。

その時、久世が友梨を壁に押さえ付け、躯《からだ》を触れ合わせるようにして腕の力を抜いた。躯《からだ》が徐々に下がっていくにつれて、露《あらわ》になった乳房が久世のシャツに擦《こす》れる。それだけで乳首が敏感になり、下腹部の奥が熱くなって疼《うず》いていく。

「んんんんっ……！」

友梨の喘《あえ》ぎは、全て久世の口腔《こうこう》に吸い込まれてしまう。

このような刺激を受けたことのない友梨は、今にも腰が砕けてしまいそうだったが、友梨を離したくないとばかりに腰を抱く彼のお陰で、なんとか立てていた。

久世はちゅくっと音を立てては唇で友梨のそれを挟み、いやらしく舌で舐め始める。

「あ……っ」

自然と甘い吐息を漏らしてしまうと、再び久世が友梨の唇を塞《ふさ》ぎ躯《からだ》を持ち上げた。

「んふぁ！」

キスを止めずにどこかに運ばれるが、すぐに解放される。背中に触れた柔らかい感触に、彼がリビングルームのソファに友梨を押し倒したとわかった。

「君が欲しい……。今すぐにだ」

久世が友梨の躯《からだ》を両脚で挟みながら膝立ちし、欲望に光る瞳で見下ろしてくる。友梨は激しい口づけに軽く息を荒らげながら、彼と見つめ合った。

場所は違うものの、ふと、初めて蓮司に抱かれた日に似ているという思いが頭を過《よぎ》った。

あの日は久世への想いで胸がいっぱいで、身を寄せたいという想いがあったが、今は違う。辻坂のせいで気持ちが乗らない。

久世の強引な口づけに躯《からだ》は反応したが、心が伴《ともな》わなければ、その火はどんどん小さくなる。久世がリモコンを手にして灯《あか》りを絞るのに合わせて、友梨の欲望は冷えていった。なのに久世は友梨をその気にさせるかのように、友梨の頬、首筋へと指を走らせる。

「蓮司、待って。わたし――」

「エステに行っても、それほど変わるわけがないと思っていた。だが、レストランの照明を受けた君の肌は……まるで内から輝くように艶《つや》めいていた」

久世は友梨の素肌を撫でる。

「ここも、ここも……ここもだ。どこもかしこも滑《なめ》らかで、手が吸い付く」

そう言って乳房を持ち上げるように揉みしだき、乳首を指の腹で転がした。

「あ……っ」

愛撫に身震いしてしまうものの、冷めた熱は燃え広がらない。感覚が鈍いままだった。もちろん感じないわけではない。でも、久世と目を合わせるたびに、辻坂の顔が脳裏にちらちらと浮かんでしまう。

イヤだ、感じる振りだけはしたくない！

「まだラベンダーの香りが残ってる。躯《からだ》が燃え上がれば、もっと匂い立つな」

久世は友梨と頬を触れ合わせながら首筋に唇を寄せ、情熱的なキスを落とした。そのまま唇を這《は》わせ、顎《あご》のラインをなぞっていく。

快《こころよ》い刺激に襲われて息を呑むが、友梨は久世の肩に手をかけて軽く押し返した。

「友梨？」

「あの、今日はやめてもらっても？」

「……辻坂と会ったからか？」

「えっ？」

一瞬、辻坂とホテルで会った件を指摘されたかと思い、動揺が走る。だが、久世の口調には怒りが滲《にじ》み出ていない。それどころか、友梨をいたわる情が籠《こ》もっていた。

久世はレストランでの出来事を言っているのだ。

友梨はホッと安堵するものの、久世がネクタイの結び目に指を入れて緩《ゆる》めるのを見て、息を呑む。

「俺が消してやろう。あいつに、今日という大事な日を台無しにはさせない」

思わせ振りにゆっくり抜き取るが、下に落とさない。ハチマキでも持つように両端を手で掴《つか》み、強く引っ張って大きな音を立てた。

「な、何⁉」

友梨が驚くと、久世は再びネクタイを張り、友梨の方に上体を傾けてきた。

友梨が息を凝らした瞬間、視界が真っ暗になり久世の顔が消えた。

「蓮司？　い、イヤ……」

喉の奥の筋肉が引き攣《つ》り、声がかすれる。

ネクタイで目隠しをされたとはわかったが、何故こんな真似をするのか理解できない。

友梨はたまらずネクタイを外そうとするが、その手を久世に遮《さえぎ》られてしまった。

「俺の言葉を忘れたのか？　〝日付が変わるまで、君を悦《よろこ》ばせる〟と言っただろう？」

思い返せば、確かにレストランへ向かう直前、友梨は久世を挑発し、彼はそれに乗った。でも、こういう風にするとは聞いていない。

「待って、こんなこと――」

「こういうプレイは初めてか？　……友梨は何も考えなくていい。俺が与える快楽に興じるんだ」

久世が友梨の手首を掴《つか》み、静かに下ろしていく。そして体重をかけてきた。躯《からだ》がソファに沈むにつれて、より一層彼の体温、逞《たくま》しさ、力強さを感じてしまう。

「……っ！」

視覚を閉ざされているからこそ、嗅覚、触覚、聴覚が鋭敏《えいびん》になっていく。

久世が愛用するムスクの香りが強くなると躯《からだ》が震え、素肌を撫でられると喘《あえ》ぎが漏れそうになる。服を脱ぐ音が聞こえると、躯《からだ》の芯にじわじわと熱が帯びていった。

「蓮司……っ」

「そう、俺だ」

久世に手首を掴《つか》まれたと思ったら、手のひらに温もりが伝わってきた。生気に満ちた鼓動から、久世の胸板に触れているとわかる。

友梨が息を呑むと、久世が手を動かして彼の見事な腹筋へと導《みちび》き始めた。臍《へそ》らしき孔に触れたあと、腹筋の轍《わだち》に指が引っ掛かる。

研ぎ澄まされていく、指先の神経。そこにどんどん意識が集中していった刹那《せつな》、硬い毛に触れた。

「友梨、俺のを握れ。そこがどうなっているのか、見えなくてもわかるはずだ」

久世が友梨の耳元で唆《そそのか》すように囁《ささや》き、少しずつ手を下げていく。

行き着く先を想像するだけで羞恥《しゅうち》が湧き、友梨の呼吸のリズムが乱れていく。

友梨はたまらず手をさっと引き、再び久世自身のもとへ引き寄せられないよう、胸の前でしっかり両手を握り締める。

すると、久世が忍び笑いを漏らした。

「意気地なし」

武骨な手で頬を包み込まれ、友梨は軽く顔を上げさせられた。

「……ぁ！」

見えないのに、久世が欲望で目を光らせているのが自然とわかった。彼は、毎回自分の性欲を隠さずに友梨に触れるからだ。

久世の愛戯に慣れた友梨の躯《からだ》は、瞬《またた》く間に反応する。乳房の先端は、早く摘まんでほしいとばかりに硬くなった。

感情を抑え切れずに息を吸ったまさにその時、温かくて柔らかなものに唇を塞《ふさ》がれた。

「ン……ぅ、んふ……っ」

久世が唇を巧みに動かしては、柔らかなそこに歯を立て甘噛みする。唇を割って舌を挿入させると、敏感になった友梨の肌に手を滑らせた。

キスと愛撫が深くなればなるほど、欲望を煽《あお》られて脳の奥が麻痺《まひ》していく。肌を這《は》う久世の指が心地よくて、求める腕の猛々《たけだけ》しさが嬉しくて、友梨は快楽に身を任せた。

久世の湿《しめ》った吐息が、頬や耳殻《じかく》をなぶる。あまりの気持ちよさに軽く仰《の》け反《ぞ》ると、乳房を手で包み込まれた。重さと柔らかさを確かめるように揉みしだかれて、友梨の躯《からだ》の力が抜けていく。

ついさっきまでは感じる振りだけはしたくないと思っていたのに、今ではもう久世のことしか考えられない。

「あ……っ、んぅ……あっ……」

「見えないだけで、これほど大胆に感じるとは」

久世の感情的に震えた声を耳にし、友梨の心臓が一際《ひときわ》高鳴った。

「ああっ……、ふぁ……っんく」

友梨が声を詰まらせると、久世が赤く色付く乳房の頂を舌先で舐めて唇で挟んだ。そうしながら秘められた茂みに指を忍ばせ、花芯をまさぐる。

乳首はもっととせがむかの如《ごと》く意思表示し、乳房は誘うように揺れた。

「ン……っ、あ……っ、んん……っ」

足元から快《こころよ》い潮流が押し寄せて身が蕩《とろ》けてしまいそうになっているところに、久世が花蕾に指を挿入させた。そこを掻き回され、ぐちゅぐちゅと淫靡《いんび》な音を立てられる。

友梨は身を捩っては押し寄せる情火に耐える。しかし目が見えないせいで、いつもとは違う疼《うず》きに包み込まれた。

「かすかに開いた赤い唇から漏れる喘《あえ》ぎ、覗《のぞ》く濡れた舌、揺れる乳房……。見ているだけで昂《たかぶ》ってくる。わかってるのか？　淫《みだ》らに躯《からだ》をくねらせる姿態が、とても悩ましいと」

久世の焚《た》き付けるような言葉に、友梨の躯《からだ》に点《つ》いた火がどんどん燃え広がっていく。

このままだと、快楽の虜《とりこ》になってしまう！

そう思った時にはもう遅く、友梨は久世がもたらしてくれる悦《よろこ》びしか考えられなくなる。柔肌を撫でる彼の髪さえも蜜戯となり、友梨を快楽の世界へ押し上げていった。

「もう、んぅ、あ……っ、だ、ダメ……！」

「俺が欲しいか？」

友梨は久世に縋《すが》るように小刻みに頷いた。

「声に出して懇願してみろ」

「お願い、わたしを愛して」

友梨の告白に、久世は嬉しそうに笑った。そして、友梨の両膝の裏を持ち高く抱え上げる。

「あっ！」

両膝が胸に付く姿勢に息が詰まる。淫《みだ》らな姿態を晒《さら》す恰好に媚孔がきゅんと締まると、そこに一定のリズムを刻む風がそよいできた。

目で久世を捉《とら》えなくてもわかる。彼がこれから何をしたいのか……

友梨がゆっくり下腹部の方へ手を伸ばすと、思っていたとおり久世の頭に触れた。

「蓮司……っぁ！」

秘所に久世が顔を近づけ、襞に沿って舌を這《は》わせ始めた。舌先で弄《もてあそ》んでは隠れた花芯を舐め、小刻みに振動を送りつける。

「待って、それ……っんぁ、ダメ、んぅ……ぁ」

久世の髪に指を絡めて拒むが、それでも愛撫は止まらない。淫唇を左右に押し開き、蜜口をこじ開ける動きを繰り返される。

「んぁ……、は……っ」

友梨は足のつま先を丸めて、押し寄せる甘やかな波紋に耐えようとする。

早くこの膨《ふく》れ上がった熱を解放させて！

そう願った矢先、久世が急に顔を離した。愛液と唾液で濡れた花弁が空気に触れて一気に冷えていく。

それが、久世に何をされたのか友梨に意識させる。

でも、こんな風に悦《よろこ》びを与えられるだけでなく、きちんと久世と向き合って愛し合いたい。

「蓮司、お願い。これを——」

ネクタイを取りたいと懇願して手を上げるものの久世に遮《さえぎ》られ、友梨は躯《からだ》を下へ引っ張られた。

「駄目だ。勝手は許さない」

もしかして、目隠しをしたまま？

友梨が喘《あえ》ぐと、腰を掴《つか》んだ久世が、蜜液にまみれた媚口に何かを押し当てる。侵入してくるその硬さに、友梨の下肢の力が抜けていく。すると、力強い昂《たかぶ》りが媚壁を広げて、奥へと分け入ってきた。

「ン……っ、んふう、あぁ……」

友梨は鋭い快感に貫《つらぬ》かれ、嬌声《きょうせい》を上げ続けた。

久世の息遣い、友梨を快楽へ誘う行為だけにしか意識が向かなくなる。

友梨が腰をくねらせると、久世が打ち込む拍子を徐々に速めていった。体内で蓄積する熱の渦がどんどん勢いを増していく。友梨の足元にまで広がる潮流に呑み込まれ、意識が遠のきそうなほどの心地よい刺激に襲われた。

「あっ、そ……こっ、イヤっ、……んぁ！」

久世は打ち付ける角度を変えては律動する。友梨をさらに追い立て、敏感な部分を執《しつ》拗《よう》に攻めた。

「もっとだ、もっと」

久世の攻めに、友梨はすすり泣きに似た喘《あえ》ぎを零《こぼ》すが、激しいリズムで総身を揺らされる。ずるりと抜け、奥へと押し込まれる感覚に躯《からだ》が燃え上がっていった。

ああ、ダメ。もう……！　このままではイっちゃう!!

久世の精力的な動きに耐えられず、友梨はたまらずクッションをきつく握り締めた。

「蓮司……、蓮司っ……んっ！」

友梨が久世の名を叫んだ時、彼がいきなり唇を塞《ふさ》いで深奥を穿《うが》った。

瞬間、甘美な狂熱が一気に弾《はじ》け飛んだ。

「つんぁ、んんんん……！」

歓喜の声が久世の口腔《こうこう》に吸い込まれる中、友梨は躯中《からだじゅう》を駆け巡る快感に身を委《ゆだ》ね、天高く飛翔した。

「友梨！」

久世が切なげに声を上げ、友梨の蜜壷に精を迸《ほとばし》らせた。数回躯《からだ》を痙攣《けいれん》させたのち、ゆっくり脱力して友梨に覆いかぶさる。

久世は肩で息をしながら、友梨の素肌を吐息で湿《しめ》らせていった。

「れ、蓮司……」

友梨の囁《ささや》きに、久世が身動きした。彼の重みがなくなると同時に、蜜孔から硬杭を引き抜かれる。

「ぁ……んぅ」

鈍い疼《うず》きに友梨が呻《うめ》くと、不意に目を覆っていたネクタイを外された。

ほんの僅《わず》かな灯《あか》りでも眩《まぶ》しくてすぐに瞼《まぶた》を閉じるが、友梨はゆっくりと目を開けて久世を見た。

「もっと早く解いてくれても良かったのに」

「だが、俺だけに集中できただろう？　余計な幻影に惑わされなかったはずだ」

「でも、セックスは二人で紡ぎ出すもので――」

負けじと反論する友梨を遮《さえぎ》るように、久世が唇を塞《ふさ》いだ。しかも、楽しみはまだ終わっていないとばかりに、友梨の唇を弱い力で挟んでは舌でなぞり始める。

そのキスに身を震わせると、久世が友梨の額《ひたい》に自分の額《ひたい》を擦《こす》り付けた。

「言ったはずだ。今夜は友梨を悦《よろこ》ばせると……」

「でも――」

そう言おうとして、友梨は口を閉じた。

久世が愛人に求めるのは、彼を悦《よろこ》ばせることであって、彼が友梨を感じさせることではない。彼の欲望を受け止め、お互いに積極的に動いて快楽の頂点に達する営《いとな》みだ。

しかし、今回はそうせず、自分の欲望を脇に置いて友梨を優先した。

ひょっとして、友梨に対する気持ちに変化が……？

それを探るように久世を見つめていると、彼は起き上がってソファに腰掛けた。ローテーブルに置かれた封筒を掴《つか》み、中身を友梨に見せる。

「友梨、二つ目のプレゼントだ」

「えっ？」

友梨が目をぱちくりさせて確認すると、それは判を捺《お》した愛人契約書だった。

何故契約書がプレゼントなのか意味がわからず、久世に目で問い返すと、なんと彼は友梨の目の前でびりびりに破り始めた。

「蓮司！　いったい何を！」

友梨は慌てて落ちた契約書に手を伸ばす。そうする前に、久世がそれを防いだ。

「友梨、俺たちの間で交わした愛人契約を破棄する」

「な、何を言って……」

愛人契約を破棄? もしかして、わたしが気に入らなくなって、早く追い出そうと!? ——そう思った瞬間、友梨の目の奥に針で刺したような痛みが走り、視界が歪《ゆが》んでいった。

「ど、どうして?」

「友梨との関係は、書類で成り立っていたものだ」

「わかってる! でも、わたしは……」

友梨は目を潤《うる》ませて、久世に握り締められた自分の手まで目線を下げる。すると、目に溜まった涙がそこに落ちた。

「わたしは——」

この関係を終わらせたくない。借金を完済しなければならないという責任とは別に、久世の傍《そば》を離れたくないという思いがあるからだ。

「友梨」

友梨は濡れた目元を見られたくなくて顔を背《そむ》けるが、久世に顎《あご》を掴《つか》まれ仰がされる。感情が暴れて唇が戦慄《わなな》きそうになるのを必死に堪《こら》える。

「契約とは関係ないところで、友梨との縁を結び直したい」

「……えっ？」

久世の言葉を呑み込めず、友梨は眉間に皺《しわ》を寄せる。すると、彼が友梨の唇を指で撫でた。

「契約で結ばれているため仕方なく一緒に過ごすのではなく、俺といたいから……という気持ちでここに住んでほしい」

「それって――」

「三つ目のプレゼント、これが最後だ。……君が好きだ。他の男には渡したくない、会わせたくないと思うほどに。知ってのとおり、俺の傍《そば》は危険で制約もつく。それでも恋人として、傍《そば》にいてくれないか？」

わたしを好き？　愛人契約を破棄してまで、わたしに傍《そば》にいてほしい？　――その事実が頭に浸透していくにつれて、久世が本気で友梨を想ってくれているのがわかった。

これまで、少なからず友梨を想う節が見られたものの、あれは自分が囲う者への執着心みたいなもので、愛などではなかった。

でも違った。久世は、いつの間にか友梨を心から想うようになっていたのだ。

「友梨、返事を……」

「そんなの、決まってる！」

友梨は嬉しさのあまり、久世の首に抱きついた。

「一緒にいさせて……。蓮司の傍《そば》を離れたくない。そう強く思うほど、好きになってた。そうでなければ、こんな風に心を開かなかった。わかるでしょう?」

久世が友梨の背に腕を回し、二人の間に隙間ができないほど愛おしげに引き寄せる。そして、友梨の首筋に顔を埋《うず》めた。

「最初に誘った時、君は俺を拒んだ。でも二度目、正反対の態度を取った。覚えてるか? 友梨は俺に〝好き〟と告白した」

「えっ? 告白……⁉」

まさか、知らず知らずのうちに口にしていた?

驚く友梨を宥《なだ》めるように、久世が髪を愛しげに撫でた。

「俺自身、君を気に入ってはいたが、あの告白には胸が弾んだ。その意味はすぐにわからなかったが、友梨と過ごし、微笑みかけられ……時には突っかかってこられて――」

話している途中で、久世が友梨の耳殻《じかく》に唇を寄せた。吐息をそこに感じ、友梨の背筋に甘い刺激が走り、また彼が欲しいと躯《からだ》が疼《うず》く。

「それを楽しんでいる自分がいた。友梨との毎日が新鮮で、心が躍《おど》り……あんなに楽しい時間を過ごしたことは一度もない。そうして気付いたんだ。友梨に抱いた感情がなんなのかを」

久世が上体を起こし、友梨を覗《のぞ》き込む。

「もう契約で成り立つ関係などいらない。契約に縛られた友梨ではない、君が欲しい」

「もう、わたし自身をあげてる。初めて身を任せたあの日から、ずっと……」

久世の気持ちが嬉しくて、友梨の胸の奥が熱くなる。

まさか、こんな幸せを得られるなんて……

愛を強要する関係を終わらせ、愛を捧げる付き合いへ変えたいと願う久世の気持ちに、友梨は胸を震わせる。

「好き、蓮司が好き……」

「新たな関係を築いていくという意味に捉《とら》えていいんだな？　名実共に俺のものになる……と」

嬉し涙が頬を伝うのも気にせず、友梨は小刻みに頷く。すると、久世が友梨の涙を唇で掬《すく》った。そして抱擁《ほうよう》を交わし、情熱的なキスを繰り返す。激しく舌を絡ませ、お互いを貪《むさぼ》り合う。

絶対に忘れない。愛しい人と迎えられた誕生日を……

「もう一度、友梨が欲しい……」

久世が友梨を押し倒し、体重をゆっくりかけて唇を求める。友梨は彼の首に手を回すと、自《みずか》ら彼を求めた。

日付が変わって誕生日が終わっても、久世は友梨の手を離さない。

マスターベッドルームに移動しても、彼は暗闇に包まれた空が白み始めるまで、ずっと友梨を腕の中に抱いていたのだった。

第六章

一晩中久世に愛されていたためか、躯《からだ》の節々が痛く、どこもかしこも甘怠《あまだる》い。しかも彼は友梨を離そうとはせず、昼頃までベッドで蕩《とろ》けるような時間を過ごしていた。

午後になると東雲が訪れたのもあり、久世は友梨に「ゆっくりしていろ」と言ってベッドを出ていった。

久世の言葉に甘えて、友梨は肌触りのいいシーツに包まれて、昨夜からの幸せに浸《ひた》る。本当なら、もう少し久世の残り香が漂《ただよ》うベッドにいたかったが、そうもいかない。

しばらくして、友梨はバスルームに入った。躯中《からだじゅう》の至る場所に咲いた赤い花を見るたび、昨夜の激しい行為を思い出して何度も手が止まったが、なるべく急いでそこを出た。

マキシ丈のワンピースに着替え、緩《ゆる》やかに結んだ髪の毛を背中に垂らす。軽く化粧も終えると、友梨は階段を下りた。

「蓮司？」

リビングルームは静まり返り、誰もいない。ダイニングルームやキッチンにも姿がなかった。

もしかして、書斎？　急ぎの仕事があるため、東雲は慌てて来たのだろうか。

廊下に出て書斎のある方向に耳を澄ませると、かすかに話し声が聞こえた。

「忙しいのに、昨日はわたしのために無理して時間を作ってくれたのね……」

久世の想いに触れて、胸の奥にじんわりとした温もりが広がっていく。

友梨はそこに手を当てていたが、気持ちを切り替えてキッチンに立った。

仕事をしている久世たちに一休みしてもらおうと、軽食を用意し始める。

コーヒーメーカーをセットしたあと、ゆで卵を作りながら、ツナ缶、オリーブ、トマト、イベリコハム、アボカド、プロセスチーズを取り出す。バゲットを切り、その上に一口大に切った材料を載せた。

「これでいいかな？」

トレーにお皿とコーヒーカップを並べて準備を終えると、友梨は書斎へ向かった。でもドアの前に立って初めて、ノックができないと気付く。

友梨は、なんとか片手でトレーを支えてドアをノックしようとしたその時、室内から久世の声が聞こえてきた。

「M&A専門の子会社の概要をまとめてある。目を通しておいてくれ」

「すぐに対応いたします。こちらは、部下に？」

東雲の問いに久世が「ああ」と答えている。

少し休憩してほしいが、ここでノックをしたら、仕事の邪魔をしてしまう？

どうしようかと躊躇《ちゅうちょ》している間も、二人の話は続く。

久世の事務所に顔を出した経験がないため、彼が仕事をしている姿を目にしたことは一度もない。愛人契約を交わした際、書面に並べられた彼の仕事内容や収入源を箇条書きで見ただけだ。

そのせいもあり、ドア越しとはいえ仕事中の久世を知れて、なんだか嬉しくなってきた。

もっと仕事をしている声を聴いていたい……

友梨がそんなことを思っていると、突如《とつじょ》不穏な言葉が耳に入ってきた。

「ガサ入れ情報を入手しました」

友梨の躯《からだ》が固まる。東雲の声が小さくなり、何を話しているのか聞こえなくなったあと、久世の大きなため息が響いた。

「手を出すな。理由はわかっているだろう？　借金漬けにして破産寸前まで追い込んだ会社に関わるな」

「しかし……」

「縄張りを荒らされて怒らないヤクザはいない。猛の気持ちはわかるが、今はそのままに」

厳しい久世の口振りに、友梨の心臓が激しく鼓動を打ち始めた。深呼吸をして気を鎮めようとするが、初めて耳にする危険な内容にそれも叶わない。

ただ、どうも久世自身が関わっているのではないみたいだ。いろいろな情報を集めていて、その報告を受けていると思われる。

今は、友梨が邪魔するべきではない。

友梨はキッチンへ引き返そうとする。でも思ったより気が動転していたのか、トレーを傾けてしまった。食器同士がぶつかり、大きな音を立ててしまう。

「……ぁ！」

友梨が目を見開くと同時に、正面のドアが大きく開いた。

現れた東雲は友梨を見て、手元のトレーに目線を落とす。

「あ、あの――」

友梨は言い訳しようとするが、そうする前に東雲が横に退《ど》いた。デスクに資料を広げている久世の姿が目に飛び込む。

「起きたのか？　ゆっくりすればいいのに。……こっちにおいで」

久世は頬を緩《ゆる》め、笑顔で手招く。

今、大事な話をしていたんじゃないの？　わたしはいない方がいいのでは？　――と、ちらりと東雲を窺《うかが》うが、彼は顔を伏せて何も言わない。

友梨は迷うものの、書斎に足を踏み入れた。

初めて久世のマンションに招かれた折、赤荻の案内で室内を見て回ったが、書斎に入るのはその日以来だ。

当時と一切変わっていない。壁際に置かれた書棚、大きな作業デスク、柔らかそうなソファを目の端に入れながら、ガラス板のローテーブルに近寄る。

「書斎で仕事の話をしているみたいだったから、軽食を作ったの。二人でどうぞ」

ローテーブルに、コーヒーカップとオープンサンド、お手拭きを置く。そしてコーヒーサーバーを持ち、温めたカップに注ぎ入れた。

「いい香りだ」

久世が移動し、ソファに座る。遅れて東雲が近寄るが、何故か彼はそこにある書類ケースと郵便物を隠すように慌てて腰掛けた。

東雲の行動が気になったものの、友梨は彼の前にコーヒーカップを置いて、立ち上がった。

「じゃ、わたし――」

「猛、今の封筒は？」

友梨がリビングルームに戻ると言いかけた時、久世が東雲に問いかけた。友梨が目にした郵便物に、彼も気付いたのだ。

「まだ仕事が残っていたのか？」

「いえ、あれは……」

東雲が目を泳がせて、さらに深く腰掛ける。

「明日、事務所でお渡しします」

「食べながら見よう。早く仕事を終わらせて、友梨との時間を作りたい」

「いえ、須崎さんとの時間を優先してください！」

急に東雲が大きな声を上げた。

感情を露《あらわ》にする東雲に、友梨は驚いた。久世も同じ気持ちなのか、訝《いぶか》しげに眉間に皺《しわ》を寄せ、東雲を見つめる。

「猛？」

「大声を出してしまい、申し訳ありません」

「……渡せ」

久世はコーヒーを啜《すす》って促《うなが》すが、東雲は動こうとしない。

「猛」

再度強く言い放つと、東雲が唇を引き結んだ。

やがて久世の無言の圧力に耐え切れなくなったのか、東雲はとうとう片手を背後に回して郵便物を手にした。

「……社長、どうか落ち着いてご覧ください」

「落ち着いて？　いったい何を心配している？」

久世は鼻で笑い、東雲が恭《うやうや》しく差し出した封筒を受け取る。イベリコハムとアボカドのオープンサンドを口に頬張ったあと、封を開けて中身を取り出した。

「じゃ、わたしは向こうに行ってるから」

顔を真っ青にさせる東雲の様子に困惑しつつも、友梨は黙ってドアの方へ歩き出す。ところが、ドアノブに触れたところで、背後で鋭く息を呑む気配がした。

「友梨」

これまでに聞いたことのない低い声で呼ばれて、友梨は驚いて振り返る。

「ど、どうしたの？」

久世は何枚もの写真と用紙をきつく握り締めて、友梨を凝視していた。東雲はひたすらテーブルに視線を落としている。

な、何？　いったい何が起きているの!?

「友梨、説明をするんだ」

「説明？　いったいなんの？」

言い知れぬ不安に襲われながらも、声を振り絞る。すると、久世がテーブルに写真を放った。

写真を見ろっていう意味？

友梨は戻り、ローテーブルの写真を取り上げようとする。でも写し出されたものがなんなのかわかった途端、動きがぴたりと止まった。心臓が激しく跳ね上がり、手が震える。

ど、どうして⁉

そこに写っていたのは、友梨が辻坂とホテルで密会している様子だった。廊下で辻坂と睨《にら》み合い、言い争っていた場面を切り取られている。

しかし、どの写真を見ても、お互いしか見えていない、まるでこっそり不倫をするような男女の姿だった。それだけではない。キスをしているとしか思えない角度のものまである。

何故、こんな写真が……！

友梨は手を握り締めて、声を上げてしまいそうになるのを堪《こら》えた。

「俺との約束を破ったな」

久世がテーブルに散らばった写真に手を置き、重なったものをさらに広げる。

友梨は見たくもないものを遮断するように、目を逸《そ》らした。

この件は、辻坂と接点を作りたくない、久世に知られたくないという一心で取った行動。

しかし久世に知られた今、もう隠せない。会った理由を一つ残らず彼に話すべきだ。

ようやく結ばれたこの愛を、絶対に失いたくない！

「友梨。俺を見ろ」

逆らうのは許さないとばかりに凄《すご》む口調に、友梨の背筋に怖気《おぞけ》が走った。でもそれを必死に堪《こら》えて、言われたとおり、久世と目を合わせる。

「破ったな?」

「破らざるを得なかったの……」

恐怖で喉が狭まるのを感じながら、友梨は言葉を絞り出し、その場に膝を突いた。

「蓮司と約束したとおり、辻坂さんと関わるつもりはなかった。でもわたしのバッグに、彼の名刺とルームキーが——」

バッグの中にそれらが入っていたことを話した。どうしてバッグに入っていたのか、友梨の推理も伝える。

「今思えば、最初に会って話した時に、辻坂さんの勘が働いたんだと思う。わたしがいい駒《こま》になるって。〝男女の間で起こる火花は、誰にも予測はできない〟と言い返したら、即反応したもの。あの時の嫌な感覚を忘れたわけではなかったのに、早く彼との縁を切りたいという思いばかりが頭にあって……」

そう、辻坂との縁を切って、久世との生活を守りたかった。

でも辻坂は用意周到に一手、二手先まで読んでいたに違いない。この盗み撮りした写真が証拠だ。これを久世のもとに送り、友梨たちの仲を引き裂こうと目論《もくろ》んだのだろう。

友梨が欲しいのではない。愛人が久世を裏切っていると思い知らせて、楽しもうとしているのだ。

辻坂の手のひらの上でいいように操《あやつ》られた自分が情けなくて、久世を裏切った事実を隠そうとした自分が卑《いや》しくて、後悔の涙があふれてくるのを止められない。

涙は頬を伝い落ち、辻坂に壁際に抑え込まれて顔を寄せる写真を濡らしていく。

「辻坂と会ったのはいつだ」

「昨日……」

「昨日!?」

その答えは想定していなかったのか、久世が顔をしかめる。

友梨は頷き、昨日の自分の行動を話した。

エステサロンに行き、そこで着替えて辻坂と連絡を取った経緯を……

写真が撮られた場所はホテルの廊下で、カードキーを渡したあとはすぐにサロンに戻ったことも話す。

すると、久世が鼻で笑った。

「すぐ？　そうは見えないが。奴と楽しそうに――」

「楽しそう？　これのどこが喜んでいるっていうの!?」

「受け入れてるじゃないか」

「写真なんだから、そういう風に見せるのは可能でしょう！」

久世の決めつけに居たたまれず、友梨は声を張り上げた。

「わたしは受け入れてない……。嫌がらせでキスされそうになったけど、彼を避けた。彼も、それ以上はしてこなかった」

久世の目にもそう見える事実に、友梨の胸が張り裂けそうになる。痛みを抑えたくて、そこをぎゅっと掴《つか》んだ。

その時、これまでとは打って変わって、久世の顔から苛立《いらだ》ちが消えていく。しかも何かを考えるように、写真を丹念に見つめ始めた。

「どういうことだ？　何もしていなければ、これを俺に送る意味はない。それなら何故――」

久世が小さな声で呟《つぶや》く。彼の眉間に皺《しわ》が寄り、だんだん表情が険《けわ》しくなっていった。

「あの、蓮司……？」

突然の変化に戸惑いつつも友梨がそっと名を呼ぶと、久世が顔を上げた。

「それで全部か？」

「全部って？」

「昨日の出来事だ。俺に話し忘れていることはないか？」

「話し忘れてる？」

友梨はそう繰り返したのち、間髪《かんはつ》を容れずに頭を振った。

「わたし、もう蓮司には嘘を吐きたくない。だから、何があったのか正直に話した。まだ話していないことと言ったら……どうしてエステサロンを選んだかぐらいよ」

「誕生日が理由だったはずだ。違うのか？」

「わたしが辻坂さんと会うには、赤荻さんを撒《ま》く必要があった。そうしたら、男性が入れないエステサロンへ行ったらいいって、瀧上さんが教えてくれて。彼女の紹介がなければ、わたしは――」

「待て！」

言葉を遮《さえぎ》られて、友梨は口を閉じた。久世が目を眇《すが》め、難しい表情で友梨を射貫く。友梨は助けを求めるように、先ほどから黙り続ける東雲を窺《うかが》うが、彼もまた友梨に厳しい顔を向ける。

二人のただならぬ様子に、友梨は困惑しながら彼らを交互に見つめた。

「な、何!?」

「瀧上？　もしや、美波のことか？」

それの何がいけないのかと不安を抱きつつ、友梨は正直に頷いた。

「うん……。相賀組へ行った時、偶然カードキーを見られて、事情を話したら、瀧上さんがアイデアをくれたの。でもそれだけよ。確かにサロンを紹介してもらったけど、あとは全部自分で考えて行動を起こして、彼女には――」

「ようやくわかった。怒りに駆られて、判断を誤るところだった……。これが、心の弱さか。若頭には、何も言えないな」

いったいなにを言っているのだろうか。それに……若頭？

久世の言葉を上手く呑み込めずにいると、不意に彼が立ち上がる。彼は友梨の横を通って、ドアの方へ歩き出した。写真を封筒に戻していた東雲も、急いであとに続く。

しかし、久世が唐突に振り返った。

「友梨、今度こそ勝手に動くな。……いいな？」

久世の鋭い目つきに、友梨は力強く頷いて約束を守ると誓う。彼はしばらく友梨を見つめたのち、東雲と一緒に部屋を出ていった。

それから数時間が経ち、書斎の窓から望める空に闇が迫ってくる。徐々に室内も暗くなった。

「今日中に戻ってくるのかな……」

友梨は、部屋の灯《あか》りを点《つ》けようとする。

ところが、ずっと同じ姿勢で座っていたため、両脚が痺《しび》れて思い切りよろめいてしまった。

真っすぐ立っていられず、ふらつくまま書棚に躯《からだ》をぶつけてしまう。

「……っ！」

その衝撃で、友梨は本を何冊か落としてしまった。足元には経済や株の本が散らばっている。

「もう、何やってるのよ」

自分の失態に苛立《いらだ》たしく口走り、痺《しび》れが残る足を引きずって部屋を明るくする。その後、本を拾い上げて棚に戻そうとしたが、途中でやめて彼のデスクに置いた。

もしかしたら、並べる順番が決まっているかもしれない。友梨がめちゃくちゃに置くより、久世や東雲に訊いてから片付けた方が断然いい。

「あとは……」

他に見落としがないかと床に膝を突き、見回しては目を凝らす。

その時、デスクの下で何かがキラッと光った。傍《そば》には綺麗な押し花が貼られた封筒もある。

「蓮司の大切なもの？」

友梨は封筒と輝くアクセサリーを拾い、壊れていないか、汚していないかとよく見る。

問題がないとわかり胸を撫で下ろすが、どこかで見た記憶がある印象的なアクセサリーに、手が止まった。

ダイヤ形のワイヤーの中に、グリーンの天然石がちりばめられたピアス？

綺麗なグラデーションを作る印象的な天然石がなんなのかわかるや否や、友梨は目を見開いた。

友梨の唇が戦慄《わなな》き、手からピアスが滑り落ちる。

「瀧上さんが元カレと別れる時に渡したっていうピアスが、どうして……蓮司の書斎に？」

今も当時の彼氏を忘れていないと告げた瀧上の話が、友梨の頭の中でぐるぐる回り始める。

「瀧上さんの忘れられない元カレって、まさか……蓮司!?」

そう口にした途端、友梨の下肢の力が一気に抜け、その場に崩れ落ちた。

初対面にもかかわらず、瀧上はすぐに友梨と打ち解け、とても優しくしてくれた。辻坂との件で悩んでいたら、自《みずか》ら手を差し伸べてくれた。

親切心からだと思っていたが、これまでの出来事を省《かえり》みると、もう違うとしか思えない。今も忘れられない元カレが久世でないのなら、彼の愛人である友梨を引っ掛ける必要はないからだ。

なのに、元カレをまだ想っていると胸の内を吐露《とろ》した。

友梨を牽制するために……

「それで、アクセサリーを見せたのよ。もう一方は、蓮司が持ってるのを知ってるから」

瀧上の親切な行動の裏に隠されていた真実に、友梨の躯《からだ》が自然と震えた。

恐る恐る顔を上げた時、ガラステーブルの下に拾い忘れた写真があるのが目に入る。

それは、辻坂が顔を傾けて、友梨に覆いかぶさっていたものだった。

見たくもない写真から顔を背《そむ》けるが、不意に新たな疑問が生まれて、友梨の心臓に痛みが走る。

「ま、待って……」

友梨は膝を突いたまま手を伸ばし、写真を拾い上げた。

当然、友梨は辻坂と会うつもりでいた。でも瀧上の助言がなければ赤荻を撒《ま》けなかった。

彼女がエステサロンを紹介してくれたお陰で、この写真が示すとおり辻坂と会えたのだ。

どうして瀧上は、友梨にエステサロンを紹介してくれたのか。

久世に内緒にしたいという事情を知って、友梨を助けたいと思った？

その問いに、友梨は頭を振って自《みずか》ら否定する。

「違う。わたしが蓮司に内緒にしたいと知ったから、それを公《おおやけ》にしたかったのよ。でも、わたしがいつ辻坂さんに会うのかわからない。でも懇意《こんい》にしているサロンを仲介すれば、彼女はわたしの行動が手に取るようにわかる……」

そうする理由は、ただ一つ。

嫉妬――忘れられない男性が自分以外の女性と一緒にいるのが許せなかったからだ。

友梨はたまらず手で口元を覆い、引き攣《つ》った声を堪《こら》えようとする。

友梨の推理が外れていると信じたい。しかし、考えれば考えるほど、友梨は瀧上の行動の裏に隠された本意を頭の中から消し去れなくなる。

「だからといって、わたしに何ができる？」

久世に〝今度こそ勝手に動くな〟と言われたとおり、友梨は他の件で心を煩《わずら》わせるべきではない。今は、彼だけを思い続けるべきだ。

それがわかっているのに、友梨の頭の中では瀧上とのやり取りを消せなかった。

確信はないものの、この件を久世に相談するべき？　それとも、自分の胸の内に留《とど》めておくべきだろうか。

「どうしよう、わからない……」

友梨はソファに肘を置き、そこに頭を乗せて目を瞑《つぶ》った。

そうして再び久世の帰りを何時間も待っていた時、ふとバタバタと歩き回る音が響いてきた。二階の廊下を走る音に続き、荒々しく階段を駆け下りる音も聞こえる。

「出ていないんだろうな」

「出ておりません！　命令どおり、玄関で待機しておりました。絶対に部屋におられます！」

「だったら、何故いない⁉」

強い口調の久世の声に続いて、必死に訴える赤荻の声が聞こえた。

もしかして、わたしを探してる？　――そう思った友梨は慌てて立ち、ドアへ走り寄った。

「蓮司？」

声を上げると、凄《すご》い勢いで廊下の先に久世が現れた。彼の後ろには東雲と赤荻の姿もある。

友梨を確認したあと、久世が大きく息を吐いて髪を掻き上げた。

「猛、剛。控えてろ……」

「失礼いたします」

二人がダイニングルームの方へ引き返すのを目の端で確認して、久世に目線を戻すと、彼が友梨を書斎へ押し戻した。

「どうして書斎に？」

「蓮司が〝今度こそ勝手に動くな〟って」

「書斎を出るなという意味じゃない」

久世が苛立《いらだ》たしげに声を上げる。

「わかってる。ただ、もう二度と勝手に動かない、何かあれば必ず蓮司に相談するってことを、行動で示したくて……」

そっと久世に身を寄せると、彼が友梨の背中に愛しげに両腕を回した。

「友梨……」

ため息に似たかすれ声で友梨の名を呼んだあと、久世はソファへ友梨を誘《いざな》う。

「もう夜も遅い。本来ならベッドへ連れていきたいが、話すことがいろいろある」

ソファに並んで座るなり、久世が友梨の肩を抱いて自分の方へ引き寄せた。

その際、テーブルに置いた写真と押し花の封筒が目に入ったのか、久世が上体を起こして何気なく封筒を手に取る。

「これは？」

「実は書棚にぶつかって本を数冊落としてしまったの。一緒に、これも落としたみたいで」

「ぶつかった？　大丈夫なのか？　……怪我は？」

久世は友梨の顔を覗《のぞ》き込み、怪我がないかと肩や腕に触れてきた。

「大丈夫、怪我はしてない。落とした本はデスクの上にまとめてあるの。あとで、どう片付ければいいか教えて。ところで、その時に封筒の中身を見てしまって……」

「これ？」

封筒を示す久世に、友梨は「うん」と頷いた。

久世は押し花の封筒をじっと見つめる。しかし見覚えがないのか、表情に変化はない。

小首を傾げて、中身を手のひらに出した。

それでも久世は無表情だったが、徐々に顔色が変わり、手が震え始める。直後、ピアスをぎゅっと握り締め、勢いよく壁に放り投げた。

「蓮司！」

「……悪い。事務所で怒りを鎮めて帰ってきたつもりだったが、どうやら無理だった」

久世は疲れを隠そうとはせず、ソファに深く凭《もた》れる。にもかかわらず、友梨の温もりが欲しいとばかりに手を伸ばした。

友梨は久世に肩を抱かれながら、そっと彼を仰いだ。

「あの、わたし……ちょっと疑問に思ったことがあって。訊いていい？」

「なんだ？」

「写真を送ってきたのは辻坂さんだと思ったの。でも彼ではなくて、あのピアスの持ち主が……関わってるってことは考えられない？」

瞬間、久世が友梨をまじまじと見つめる。

「……美波？」

「うん。もしこの部屋でピアスを見つけなければ、そんな考えは思いつきもしなかった。でも、相賀組で会った時、それと同じものを彼女が見せてくれたの。最愛の男性から贈られたものだって。そのことを思い出した瞬間、絡まった糸がほどけるように、一本の道ができて――」

友梨は視線を彷徨《さまよ》わせながら話していたが、しばらくして久世に焦点を合わせる。友梨の話に、彼がどういう反応を示すのか気になったせいだ。彼は、顔色を一切変えずに友梨を見つめている。

「わたしの行動を知るのは辻坂さんだけじゃない。もう一人いるってわかったの。そして、どうしてサロンをわたしに紹介してくれたのか、その理由も……」

途端、久世が楽しそうに大声で笑い始めた。一変した彼の様子に、友梨は目をぱちくりさせる。

「本当に友梨は……毎回俺の予想の上をいくんだな。俺が話さないのに、自分の力で真実を見つけるとは。だから君から目が離せない。だが——」

もったいぶった言い方をした直後、久世がさらに躯《からだ》を寄せてきた。

「……れ、蓮司？」

友梨の問いかけに答えず、久世は唇の端を上げてどんどん迫ってくる。後ろに体重をかけて逃げるが、躯《からだ》を支え切れなくなって肘をソファに突いた時、背中にクッションが当たった。

弾みで顎《あご》を上げると、既に間近に久世の顔があった。

「少々、腹立たしくもある」

「腹立たしい？　……どうして？」

「俺と美波の関係を知っても、嫉妬しない」

「……嫉妬？」

そこで友梨はぷっと噴き出した。

「嫉妬するわけないでしょう。大人の男性なら、誰だって元カノの一人や二人はいる。特に、蓮司のような男性に女性がいない方がおかしいもの。もし、わたしと付き合っているのに、他の女性に心を奪われていたら、怒るし、嫉妬もするけど……」

「いない。君だけだ」

真面目な表情で否定し、友梨への愛を口にする久世。

友梨は嬉しさのあまり口元をほころばせて、静かに頷いた。

「蓮司は誠実な一面を持ってる。愛人契約を結んだ時、わたし以外の女性とは付き合わないと誓い、それをわたしにも求めた。そういう人なのに、昔、瀧上さんと関係があったからといって、今も蓮司がお兄さんのフィアンセに手を出すはずがない」

「俺をよく理解してるじゃないか」

久世が体重をかけ、友梨の鼻筋を軽く指で撫でる。

「美波との関係は、もう十数年も前に終わってる――」

そう言って、久世は瀧上との関係を話してくれた。

瀧上との出会いは、久世が母を亡くし、実父がいる相賀組に身を寄せた時期だという。

彼女の奔放な性格に魅了されたが、付き合い始めると性格が合わないとわかり愛情は潮が引くように失われたらしい。

その頃、組長と瀧上の父親が密かに結んだ血判状《けっぱんじょう》の存在が明らかになった。若頭と瀧上を結婚させるという約定を見た久世は、彼女と別れた。

二人の関係は、実質三ヶ月ほどで終わったという話だった。

「美波と別れて以降、俺は遊びでしか女性と付き合ってこなかった。それに関して、彼女たちは我が儘《わがまま》は言わなかったが、誰もが途中で態度を豹変させ、特別な関係を求めた」

久世は友梨の頭に触れながら、不意にこめかみに唇を押し付けた。

「……美波が裏で絡んでいたんだ。彼女は毎回俺が付き合う女性に嫌がらせをした」

瀧上は若頭という婚約者がいるのに、久世が親しい女性を作るのを許さなかったらしい。自分自身では手を下さないものの、彼女たちを去らせるために画策し続けたということだった。

「彼女たちは最初こそ怯《ひる》んだが、美波の策略だとわかると、逆に俺と特別な関係を持ちたいと思うようになった。〝あなたには絶対に手に入らない男は、あたしの男よ〟と対抗したかったんだ。しかし、俺がそういう女が嫌いだったため、結局は皆と別れたが……」

「それで愛人？」

友梨の問いに、久世が頷く。

「美波に負けない……契約で縛れる愛人を必要としていた。恋人や婚約者では、詳細に辻褄《つじつま》を合わせなければならない。そういう関係は、はっきり言って難しいからな」

「その愛人が、わたし？」

「美波との件があって以降、正直どの女性も信じていなかった。……友梨とは、契約の上で楽しく過ごせればいいと思ったんだ。だが、君の反骨精神、誠実な振る舞い、そして勇気に惹き付けられた。友梨が傍《そば》にいれば安心し、いなければ……心を乱されてしまった」

久世の告白に身を震わせる友梨の頬を、彼は手で覆う。

「何故か、もうわかるだろう？　愛する君を失いたくないその一心だ」

友梨の目を覗《のぞ》き込みながら、久世が愛しげに指を動かし、唇を愛撫する。

背筋に甘い疼《うず》きが走り、友梨の誘うような息が漏れる。久世の指が湿《しめ》り気《け》を帯び始めると、再び唇を重ねた。

「……んっ」

友梨は久世の腕に触れ、相手を慈《いつく》しむキスを受け入れた。

久世の舌先が唇をなぞり、口腔《こうこう》へ忍ばせて弄《もてあそ》び始める。友梨はもう耐えられなくなり唇を自《みずか》ら開いて迎え入れようとするが、直前で彼が口づけを止めた。

「友梨、美波は君に手を出してきた。これで終わるわけがない。これまでは若頭の顔を立てて事を荒立てなかったが、今回ばかりは――」

友梨は咄嗟《とっさ》に久世の口元に手をやり、言葉を遮《さえぎ》った。彼の顔つきが一瞬で変わり、目の奥に冷たい光が宿ったためだ。

「お、落ち着いて。瀧上さんはわたしを傷つけたわけじゃない。わたしの心の弱みを見抜いて罠を仕掛けただけ。わたしが彼女の口車に乗らなければ、何も起こらなかった」

「つまり？」

「大事《おおごと》にするのはやめない？　直接的な関係はないけど、辻坂さんも絡んでるし。もし瀧上さんを追及したら、若頭にまで迷惑をかけるかもしれない。ねえ、これからは何かあれば、必ず蓮司に相談する。もう二度と勝手に動き回らないって約束するから……」

久世は身動きせず、しばらく友梨を見つめる。

その時間がとてつもなく長く感じられた時、久世がため息を吐くと共に肩の力を抜いた。

「わかった。異変を感じたら、必ず俺に相談しろ。いいな？」

「うん」

素直な返事に安堵したのか、久世は友梨の首筋に顔を埋《うず》めてきた。

友梨は久世の背に片腕を回し、慈《いつく》しむように上下に擦《さす》る。

「まだ、友梨に話すことがある。三和が辻坂と繋《つな》がっているのがわかった」

三和？　……三和って、友梨が最初に借金を負わされたあのヤクザ!?

驚く友梨を、久世は唐突にソファに組み敷く。

「蓮司？」

「友梨が借金を背負った件は、三和の独断だ。組も辻坂も関係ない。そこは安心していい。だが、それとは別件で……二人に接点があった」

「別件で接点？」

「ああ。三和が慶済会への上納金を不正流用していたのを、辻坂が知ったんだ。彼の弱みを握った辻坂は三和を脅《おど》し、自分の黒い仕事を手伝わせている」

そこまで話すのは、辻坂が三和を使って友梨に近づくと考えているからなのかもしれない。

特に辻坂は何を考えているのか、想像すらつかないのだから……

「辻坂さんが三和さんを使ってわたしに近寄ってくる可能性があるのね」

「そうならないよう、既にあらゆる手を打っている。……とにかく油断はするな。美波だけに限らず、三和、滝田、辻坂にも注意しろ。俺がいない時は、剛から離れるな」

久世がここまで心配するのは、既に不穏な動きを察知しているからかもしれない。

「うん、わかった」

素直な返事に安堵したのか、久世がホッとした息を吐く。しかしすぐに悩ましげな声を漏らした。

「君を抱きたいが、猛と剛がいる」

「……これまでは、彼らが傍《そば》にいてもお構いなしだったのに？」

友梨は笑って、久世の背を軽く叩く。

「俺はきちんと線引きしてる。彼らに見られていいのは、友梨にキスしているところだけ。それ以上は、誰であろうとも決して共有などしない」

久世の強い想いに、友梨は感極まりながら笑顔で頷いた。

「お願い。何もしなくていいから、このままでいて……」

友梨が久世に回した腕に力を込めると、彼は真綿で包み込むように優しく友梨を抱いた。

久世から伝わる、いつも以上に高い体温は、何を示しているのだろうか。

欲望が溜まってる？　それとも憤《いきどお》りで気持ちが鎮まらない？　もしくは、忙しさのあまり躯《からだ》が悲鳴を上げている？

きっとどれも正解に違いない。

責任ある立場の久世は、日々奮闘し続けている。そこに友梨が加わったことで、心労を重ねる結果になってしまった。

友梨ができるのは、久世の心に寄り添うだけ……

久世がほんの少しでも安らげたらと願い、友梨はその背中を優しく撫でた。

第七章

久世との愛人契約を破棄し、晴れて本物の恋人同士となってから数週間後。

寒気が日本列島を包み込み、一気に気温が低くなる。街路樹にはイルミネーションが煌《きら》めき、あちらこちらからクリスマスソングが流れ始める。街中がクリスマス一色に染まっていた。

今日は金曜日の夜というのもあり、どこもかしこも人であふれかえっている。

自然と足取りが軽くなるのを感じながら、友梨は同僚の岸田と一緒に東京駅にほど近い商業施設に入った。

今夜ここへ来た目的は、お世話になっている人たちにクリスマスプレゼントを買うためだ。

この革の手袋は、東雲さんや赤荻さんに合いそう――と思った時、友梨は岸田に小突かれた。

「まさかクリスマスプレゼントを贈る彼氏ができていたとはね」

友梨はマフラーで口元を隠してふふっと笑う。すると、岸田が友梨をからかうように、にやりと口角を上げた。

「あたしの知らないところで恋が実《みの》っていたなんて、本当に羨《うらや》ましい！」

「わたしもびっくりしてる。酷い出会いだったのに、彼に心を盗まれてね」

「それは友梨だけじゃない、恋人も心を盗まれてる。だって、本当に独占欲が強いんだもの」

そう言って、岸田が後ろに目をやる。友梨は彼女の視線の先を追い、柱の陰に立ってこちらを窺《うかが》う赤荻を見た。

これまでの赤荻は身を隠していたが、以前岸田にストーカーだと勘違いされてしまったのを切っ掛けに、彼女の前でのみ堂々と姿を現すようになった。友梨が正直に恋人の部下だと告げたためだ。

最初こそ、岸田は〝恋人の部下が見張るの⁉〟と驚いたが、今では彼がいてもなんとも思わなくなっていた。それどころか、赤荻を見つけるとこっそり近づき、ちょっかいを出す始末。

久世の素性や、赤荻が友梨の護衛をする理由を詳細に説明していないのに、岸田は受け入れてくれたのだ。

それがどんなに有り難いか……

「独占欲かはわからない。でも、わたしを想っての行動なの。……そうだ、赤荻さんもこっちに呼ぶ？　一緒に回ってくれると思うけど」

「ううん。女性の買い物に付き合わせたら、嫌な顔をしそう。今は好きなようにさせておいて、夕食を取る時に誘おうよ」

「わかった。じゃ、買ってくるね」

そう言って岸田の背中を軽く叩いた友梨は、店内に入った。

手にした商品をクリスマスプレゼント用に包んでもらう。

皆、喜んでくれたらいいな……

友梨は皆が笑顔で受け取ってくれるのを願って精算を終える。

次に久世の伯母と彼女の大切な男性にカシミヤセーターを購入し、最後に時計専門店に入った。

「すみません、商品を受け取りに来ました」

「ご来店ありがとうございます。少々お待ちくださいませ」

引換票を手渡すと、スタッフが箱をテーブルに載せた。蓋《ふた》を開けて、そこに入った懐中時計を取り出す。

「こちらでよろしいでしょうか」

機械式時計らしさを実感できる、手巻き式スケルトンの懐中時計。文字盤にアラビア数字が刻まれたモデルだ。

その裏には、純粋の愛を誓う〝Pure Love〟と二人のイニシャル〝Y to R〟を入れてもらった。

「はい、大丈夫です」

「では、お包みいたします」

スタッフがプレゼント用に梱包していると、岸田が友梨の耳元に顔を近づけた。

「とっても素敵ね！」

「でしょう？ 高価なものではないけど、付き合って初めてのクリスマスだから、何か記念に残るものがいいかなって」

二人して笑い合い、友梨たちは商業施設を出た。

これから、同僚たちの間で話題になっているタイ料理店に行く予定だ。

「先輩はトムヤムガイ……鶏のスパイシースープが美味《おい》しいって言ってたよね？」

「うん、鶏とカシューナッツ炒めもお薦めって」

友梨は岸田と楽しく話しながら、東京駅のコンコースを通り抜けようとそちらへ向かう。

その時、友梨たちの正面に、異様な一団が現れた。黒いスーツを着た二十代から三十代ぐらいの屈強な男性数人が、彼らの中心を歩く人物を守っている。

「物々しい警護ね。要人なのかな？」

「わからないけど、なんか普通と違って変な雰囲気じゃない？　笙子、さっさと行こう」

友梨は男性たちの鋭い目つきに嫌な予感がし、岸田の肘を掴《つか》んだ。

刹那《せつな》、先ほどのスーツ姿の一団が立ち止まる。ハッとしてそちらに顔を向けると、なんと男性たちに守られた瀧上がいた。

「友梨さん⁉」

瀧上が友梨を見つけて声をかけるが、友梨は咄嗟《とっさ》に答えられない。ただ目を見開く。しかし、友梨は必死に冷静になるよう自分に言い聞かせて、彼女に会釈《えしゃく》した。

「……瀧上さん、こんばんは」

「友梨、知り合いなの⁉」

「う、うん」

驚愕《きょうがく》する岸田に、友梨は肯定する。

「まさか、こんなところで会えるなんて！　あたし、心配してたのよ。……サロンに行ったとは聞いていたけど、あたしにはまったく連絡がなかったから」

「その節は、どうもありがとうございました。本来なら直接お礼を言わなくてはいけなかったんですが――」

「本当、あんなに手を尽くしてあげたのに……。ねえ、ここだと人目があって話ができないわ。一杯どう？」

男性の心なら一発で蕩《とろ》けさせるような、瀧上の艶然《えんぜん》とした笑み。

もし何も知らなければ、素直にその話に乗っていただろう。でも、瀧上の笑顔の裏にある本音を知った今、もう無邪気に応じられない。

「嬉しいんですけれど、今は友人と一緒――」

「友人？……あたしより彼女が大事だと？」

低くなった声音にドキッとし、友梨は咄嗟《とっさ》に「いいえ！」と答えた。

友梨の返事に瀧上がにっこりするが、その双眸《そうぼう》は笑っていない。それどころか、冷たい光が宿っている。

「良かった。あたし、自分より他の誰かを優先されるのって大嫌いなの」

忠告？　瀧上を最優先にしなければ、友梨の親友に手を出すと？

友梨は身がすくむのを必死に堪《こら》えて、背後を振り返る。赤荻が〝駄目です！〟と訴えてくるが、目で謝り、岸田に顔を向けた。

「ごめんね、せっかくの金曜日の夜なのに。今夜の夕食はまた次の機会に持ち越してもいい？」

「いいけど……大丈夫なの？」

岸田が意味ありげに瀧上と強面《こわもて》の男性たちに目をやって、心配そうに友梨の手を取る。

友梨がおもむろに目線を落とした際、赤荻がスマートフォンを持っているのが見えた。しかも通話中の表示がされている。

友梨は慌てて赤荻と目を合わせる。彼が軽く頷くのを確認して、岸田に向き直った。

「大丈夫。言ったでしょう？　彼女とは知り合いなの」

「でも、あの人たち――」

「信じて。わたし、絶対に無謀な真似はしない」

赤荻が通話を繋《つな》げている相手――久世のみならず、岸田と赤荻にも宣言した。

「友梨さん、個室を取ったわ。行きましょう」

瀧上に促《うなが》され、岸田の手を離した。

「来週、会社でね……」

「わかった」

友梨と赤荻を交互に見たあと、岸田はその場を去っていった。彼女の姿が人混みにまぎれる前に、瀧上に腕を引っ張られる。

「行きましょう。……あっ、あなたは来なくていいから」

瀧上の言葉に、赤荻が唇を真一文字に結んだ。

「そうはいきません。必ず須崎さんの傍《そば》にいるようにと社長が――」

「必ず？　……一度見失ったことがあるくせに？」

「……っ！」

瀧上の指摘に、赤荻が反論しようとするものの、それを呑み込む。

「一杯飲んだらすぐに帰すわ。心配しないで」

「ですが！」

今度こそ抗議をしようとする赤荻を見て、友梨は首を横に振って制する。

ここで言い争っても、瀧上が折れるわけがない。また、赤荻も久世の命令に背《そむ》けない。

だったらここでは騒がず、こっそり赤荻にあとをつけてもらえばいいのだ。

「……須崎さん？」

「赤荻さんは自分の仕事をすればいい。……わかったわね？　じゃ、またあとで」

自分の仕事――友梨の護衛をすることだ。赤荻がそれを全《まっと》うしてくれるのを望み、目で合図を送る。

そうして、友梨は瀧上に向かい合った。

「お待たせしてごめんなさい」

「近くに会員制バーがあるの。行きましょう」

お付きの男性を二人だけ残してあとは帰らせると、瀧上が友梨を誘うように歩き出す。

友梨は後ろから付いてくる護衛を気にしながら、彼女と一緒にコンコースを出て大通りを進んだ。

肌を刺す冷たい風に身震いしては、何度も瀧上を窺《うかが》う。でも彼女は一言も話さず、前だけを見つめている。

裏通りへ続く角を曲がった瞬間、友梨は背後に顔を向けた。瀧上の護衛が傍《そば》にいるが、彼らを尾行するように、赤荻が数メートル離れたところを歩いている。

それを見て、友梨はようやく安堵の息を吐いた。

友梨の行動について、久世も知っているし、赤荻も見守ってくれている。ひとまず焦る必要はない。

しばらく瀧上の歩幅に合わせて歩いていると、彼女が石造りの建造物が立ち並ぶ一角のドアを指す。

「ここよ」

パネルの蓋《ふた》を開けてカードキーを差し込み、暗証番号を打ち込む。直後、鍵の開く音が響いた。

ドアを開けて店内に入ると、星のように瞬《またた》く無数の青い光が飛び込んできた。それは天井で輝き、各テーブルには蝋燭《ろうそく》が灯っている。フロアは既にお酒を楽しんでいる人で埋め尽くされていた。

会員制というだけあって、皆落ち着いた雰囲気の客ばかりで、お酒と会話を楽しんでいる。

「個室を予約したんだけど……」

「ご案内いたします」

二十代前半の若い黒服が奥にあるドアを開け、友梨たちを招き入れた。

そこは店内と同じ装飾をしているが、違うのはベッド風の大きなソファがあることだろう。まるで想い合う男女が密会に使うような、とてもあやしい雰囲気が漂《ただよ》っている。

「座って」

瀧上の指示でソファに腰を下ろすと、すぐに黒服がフルーツの盛り合わせとシャンパンを持ってきた。彼はボトルの栓を抜き、細長いグラスにシャンパンを注ぎ入れる。

「失礼いたします」

黒服は静かに部屋を出ていくが、瀧上の護衛はしっかりドアの傍《そば》に立つ。

友梨が生唾をごくりと呑み込むと、瀧上がグラスを掴《つか》み、一脚を友梨に差し出した。

「ありがとうございます」

お礼を言うものの口を付ける気になれず、そっと膝の上にグラスを下ろす。

「まさか駅で友梨さんに会うとは思わなかった。今日は用事で地方に行ってたの。それでついさっき駅に着いて……。仰々《ぎょうぎょう》しい出迎えでしょう？　父の命令で仕方がなくてね」

「命令とかではなく、若頭の大事な女性だからでは？」

「若頭の大事な女性？　ふふっ、違うわ。あたしが若頭のフィアンセだからよ！」

瀧上は最初こそ機嫌よく笑顔で話していたが、いきなり声を荒らげた。

友梨は彼女の言動に驚き、シャンパングラスを持つ手を震わせてしまう。

中身が跳ねて手元に水滴が飛ぶが、それを拭く余裕すらない。友梨はこちらを睨《にら》む瀧上を見ながら、座る位置を少しずつ後ろへ移動した。そんな友梨を嘲笑《あざわら》うように、彼女の唇の端が上がる。

瀧上が人当たりのいい仮面を剥《は》ぎ、本性を現した瞬間だった。友梨を見る目には憎しみが宿り、頬が痙攣《けいれん》している。

「蓮司を助ける後ろ盾もない、美人でもなんでもない……そんな人が蓮司の女？　普通のOLのあなたが!?　……許さない、蓮司の恋人にはさせない！」

「今も蓮司……さんを、想ってるんですね」

「想ってる？　そんな優しいものじゃない。身を焦《こ》がすほどよ！」

友梨は平静を装《よそお》うものの、内心は感情が暴れていた。

それでも何も言わず瀧上の様子を窺《うかが》っていると、彼女が鼻で笑ってグラスを傾ける。シャンパンが口角から滴《したた》ると飲むのをやめ、手の甲で乱暴に拭《ぬぐ》った。

「蓮司はね、ヤクザとしての気質も、下の者を従える能力も備わってる。彼こそ跡目を継ぐべきだったのに、愚かにも若頭に譲った！」

まるでこれまで抑え込んでいた感情をぶつけるように、瀧上が癇癪《かんしゃく》を起こした。

その衝動に、どう接すればいいのか見当もつかない。何を言えばいいのかも、だ。

ただ、どうして瀧上がこんな風に声を荒らげて本性をバラしたのか不思議でならなかった。

もしかして、もう隠す必要がなくなった？　久世に何かを言われたとか!?

友梨は息を殺して瀧上を窺《うかが》っていると、彼女が苦々しい表情を浮かべた。

「絶対に許さない。あたしが若頭……蓮司の妻になって、姐御《あねご》と呼ばれるはずだったのに！」

その言葉に、友梨は小首を傾げる。

瀧上の言っている意味がわからない。彼女は久世の妻になりたかったのか、それとも久世という若頭の妻になりたかったのか、いったいどっちなのだろうか。

「わたし、わかりません。蓮司さんが好きなら、彼が進む道に付いていけば良かったんです。でも瀧上さんは行動に移さなかった。つまりそれって彼ではなく相賀組を選んだ――」

そこまで言った瞬間、瀧上が手を上げて、思い切り振り下ろした。

「きゃあっ！」

友梨は瀧上に頬を打たれて、視界が真っ白になる。すぐに視力は戻るが、頬がじんじんして熱を持ち始めた。

友梨は震える手で頬を冷やし、静かに目を閉じる。

自分で感じたままを口走ったが、まさか瀧上がこれほど憤怒を漲《みなぎ》らせるとは……。

でも、そうしてみてようやくわかった。友梨が放った言葉は、瀧上の逆鱗《げきりん》に触れたのだ。

「黙りなさい！　何も知らないくせに！　あたしがどんな思いで若頭に身を任せているのか……！」

身を任せる？　それこそ瀧上自身で決めたことでは？

友梨も久世と愛人契約を結んだ際、初めての時は本能から抗《あらが》ってしまった。頭では納得していても心が反発した。でも彼を愛していると気付いたあとは、自《みずか》ら身を捧げた。

瀧上が今も若頭の傍《そば》にいるということは、友梨と同じように気持ちが変わったとは考えられないだろうか。

「でも、若頭の傍《そば》にいると決断されたのは、瀧上さんですよね？　多分それは、若頭も――」

「知った風に言わないで！」

「すみません。だけど、どうしてそんな風に自棄《やけ》になるのかわからなくて……。若頭に愛されているのに」

すると、瀧上は友梨をバカにするかのように顔を歪《ゆが》め、大きく息を吐いた。

「愛？　あたしが何をしているのか知ってるくせに、口を噤《つぐ》んで見ているのが愛だっていうの？　そんなの、違うわ。あたしが求めるのは、そういう男じゃない！」

「それって、若頭にもっと強くなってほしいから願うんでしょう？　だから――」

次の瞬間、瀧上が友梨の顔にシャンパンをぶちまけた。

「……っ！」

咄嗟《とっさ》に目を瞑《つぶ》るが間に合わず、目にシャンパンが入る。痛くて目が開けられない。

「もう我慢がならない！　蓮司と付き合ってるだけでも腹が立つのに、あたしにそんな口の利き方をするなんて！　いつまでその強気な姿勢を保っていられるのか見物だわ。……呼んできて！」

呼んできて？　いったい誰を？

友梨が瞬《まばた》きをしながら無理やり目を開けようとしたその時、ドアの開閉音が部屋に響いた。

足音で誰かが近づいてくるのがわかった。

友梨はその人物に目を向けるものの、なかなか焦点が合わない。

「彼に彼女を好きにしていいって伝えて……。但《ただ》し、あたしはあなたたちと会ってもいなければ、彼とも連絡を取っていない。この件を一言でも漏らせば、うちもそっちもただでは済まないと」

「もちろんだとも」

一瞬にして相手を凍らせる声に、友梨の躯《からだ》の芯に震えが走った。

どこかで聞き覚えがある。でも誰なのか思い出せない。

……いったい誰⁉

「あと、表の出入り口を使わないで。彼女の護衛がいるから。顔を見られたら何もかも終わりよ」

「わかった」

友梨は身の危険を察し、その場から逃げようと腰を浮かす。でも、立つ前に腕を掴《つか》まれてしまった。

「やめて！」

手を振り回しつつ、しょぼしょぼする目を凝らす。徐々に、友梨を覗《のぞ》き込む男性の輪《りん》郭《かく》が鮮明になっていった。

その人物が誰なのかわかると、友梨は鋭く息を呑んだ。

「み、三和さん⁉　……滝田さんも？　どうして二人が――」

既に縁の切れた人物の登場に唖然としていると、唐突に滝田が白いハンカチを友梨の口と鼻に押し当てた。

「……っ‼」

強烈な臭いが鼻を突く。手足をばたつかせて暴れるが、腕を背後に回されて動きを封じられてしまった。それでも必死に動くが、次第に躯《からだ》の力が抜け、意識が朦朧《もうろう》としていく。

友梨がたまらず目を瞑《つぶ》ると、急に躯《からだ》が宙に浮いた。

なんとかして逃げなければと思うのに力が入らない。それどころか目さえ開けられなくなる。

「もう行って。……あとは辻坂に任せるわ」

辻坂？　辻坂って、まさか……！

瀧上の言葉を最後に、友梨の手から意識の手綱《たづな》がするすると抜けていったのだった。

＊＊＊

東雲が運転する後部座席で、久世はスマートフォンを耳に押し当てていた。

雑踏の音、車のクラクションやブレーキ音、遠くで響くサイレンしか聞こえないが、そこから何か情報を得られないかと、久世は耳を澄ましていた。

「社長、そろそろ駅に到着します。目的の場所までは、あと数分です」

運転中の東雲がバックミラーで後方を見る。久世が彼に頷いた時、赤荻が『社長！』と呼びかける声が聞こえた。

「状況を伝えろ」

『先ほどお伝えしたとおり、会員制のバーにいます。ですが……』

「なんだ？」

『三和と滝田が……バーへ入っていきました。しかも、彼らを出迎えたのは美波さんの護衛です』

久世は鋭く息を吸うと、瞼《まぶた》を閉じて握り拳《こぶし》を作った。

美波と一緒なら、まだ安心できる。彼女が自《みずか》ら手を下すことはこれまで一度もなかったからだ。だが、三和が出てきたとなれば話は変わってくる。

辻坂が関わっている可能性を考えなければ……

「猛、例の件はどこまで進んでる？」

それは、久世が東雲に調べさせていた、辻坂の動きを止める手だった。

暴力団のみならず、フロント企業も常に警察の目が向けられている。

そこを逆手《さかて》に取る！

「いつでも動けます」

「では書類を用意し、相手に一報を入れろ。……剛」

『はい！』

「……三和、もしくは美波が外に出てきたか？」

『いいえ』

「美波は、剛が外で見張っているのを知っている。わかっていて三和を呼んだ。美波がどう出るか……わかるな？」

『もしや、俺に見つからないよう、裏口から須崎さんを出そうと？』

その時、車が会員制バーへ続く通りで停車する。久世は外に出ると走り出した。

「急げ！」

『すぐに……あっ、美波さんが出てきました。でも、須崎さんも三和もいません。一人です』

「そっちは任せろ。裏へ回れ」

『わかりました！』

赤荻は、今回も電話を切らない。自身の役割を全《まっと》うする姿勢に自然と頬が緩《ゆる》むが、歩道に出てきた瀧上の姿を見るなり表情を引き締めた。

「美波……」

久世がそう声をかけると、瀧上がビクッとして顔を上げた。恐怖に目を見開いていることから、彼女自身が下手な行動を取ったと自覚しているのが伝わってくる。

久世は金縛りに遭ったように身動きできない瀧上に、静かに近づいた。彼女の傍《そば》にいた護衛は、彼女を守るどころか久世に敬意を示す。つまり、彼らは相賀組の者なのだ。

「自分が何をしたのかわかってるのか？」

「あたしは何をしても許される！」

「なんて傲慢《ごうまん》なんだ……」

久世は頬を強張《こわば》らせて、瀧上を憎々しげに見つめた。

「若頭と結婚するんだろう？　未来の妻が、若頭の首を絞めるのか⁉　君は何がしたいんだ。瀧上の叔父貴にまで迷惑をかけるつもりか？　それだけじゃない、組長も――」

「あたしだけを責めないでよ。全て蓮司が悪いんでしょ！」

ヒステリックに叫ぶ瀧上。初めて見る彼女の姿だった。

どのようなことが起こっても取り澄まし、若衆が憧れる組の女性像を崩さなかったというのに……

「俺の何が悪い？」

「あたしを捨てた。若頭の地位を捨てた。組から……出ていった！」

「俺の人生は俺のものだ。一切美波には関係ない。それに組を出ていったと言うが、そもそも入っていない。知ってるはずだ」

久世がそう言うと、瀧上は久世の上着をきつく掴《つか》み、目に涙を溜めて仰いだ。

「酷い人……。あたしの心をずたずたに踏みにじるなんて！」

まるで久世が瀧上を弄《もてあそ》んだような言い草に、反吐《へど》が出そうになる。

そもそも久世が瀧上と別れたのは、血判状《けっぱんじょう》が理由ではない。その件が明るみになる前から気持ちが冷めており、彼女もそれを知っていた。

血判状《けっぱんじょう》は単なる別れを切り出す切っ掛けに過ぎない。

というのも、瀧上が叔父貴に〝若頭になるのは昌司？　どうして蓮司じゃないの？　彼だって組長の実の息子でしょう⁉　……嫌よ、絶対に彼を手離さない。あたしが既成事実を作る。だって未来の組長の名は書かれてないもの。つまり、あたしが……未来の組長の女が選ぶ人こそ、若頭になるってことよ！〟と宣言したのを、久世が偶然聞いてしまったからだ。

異母兄を蔑《ないがし》ろにする言葉を聞いて、どうして許せようか。

だが、その件で瀧上を問い詰めはしなかった。明らかにしてしまえば、彼女を愛する若頭を傷つけることになると考えたため、今でも胸の内に留《とど》めている。

しかし、それが仇《あだ》となり、瀧上を付け上がらせてしまった。

もうこれ以上、瀧上を甘やかせない！

久世は上体を捻《ひね》り、縋《すが》り付く瀧上の腕を退《ど》けようとするが、彼女が力ずくで阻《はば》んだ。

「美波、離せ。……美波っ！」

「あたしがどんな罠を仕掛けても、ずっと見て見ぬ振りをし続けた蓮司が悪いのよ。あたしを意固地にさせたのは、全部、全部――」

「俺のせいだと？　これまで叔父貴に何を教わってきた？　自分の行動に責任を持てと言われなかったか⁉　……若頭を支える立場でありながら、逆に迷惑をかけてどうする

のだ。

そう叫んだ瀧上が背伸びをし、久世に顔を寄せる。顔を傾けてキスしようとしている

「蓮司を諦められないの！」

んだ！」

久世は強く拒むのではなく、さりげなく横を向いて瀧上を避けると、彼女が息を吸い込んだ。

「それほどあたしが嫌い？」

「嫌い？　そういう特別な感情など一切ない。君は、若頭が愛する女性というだけだ」

久世は、部下に淡々と指示するかの如《ごと》く冷静に告げる。

瀧上の唇がわなわなと震え、久世の上着を掴《つか》む手の力が抜けていった。

「あくまで、あたしは若頭の婚約者でしかないと？」

瀧上が大粒の涙を流すが、久世は心を動かされない。大切な部分は、既に友梨に捧げているからだ。

久世は躯《からだ》の脇で手を握り締めながら、項垂《うなだ》れる瀧上を見下ろした。

「若頭の婚約者として、まだ挽回《ばんかい》できる。俺が……片を付けよう。裏に辻坂がいるな？」

瀧上がさっと顔を上げた。その目には恐怖が宿っている。

「彼だけじゃない、慶済会もだ。三和は……友梨をどこへ連れて行った？」

「し、知らない」

「知らないはずない。美波が友梨を引き渡したんだろう⁉」

「本当に知らないったら！　三和に友梨さんを預けたところで、彼と別れたの！」

瀧上がヒステリックに喚《わめ》く。

久世が無表情で威圧していると、徐々に瀧上の顔から血の気が引き、力尽きるようにその場にへたり込んだ。

久世は瀧上の躯《からだ》を揺さぶって責めたい気持ちになるが、ただ冷たく彼女を見下ろす。

『社長、聞こえますか？　……社長⁉』

赤荻が叫んでいるのが聞こえ、反射的にスマートフォンを取り出す。

「剛、どうした？」

『須崎さんの意識がないようです。三和に担《かつ》がれて、車に……。俺は追います！』

赤荻の言葉を受けた途端、脳がぐらりと揺れ、目の前が真っ暗になる。

意識がない？　もしや、薬か⁉

スマートフォンを持っているのかどうかさえわからないほど、久世の指先の感覚がなくなっていく。

「蓮司⁉」

「社長！」

気付けば、久世は遅れてやって来た東雲に支えられていた。瀧上も久世に手を伸ばそうとしていたが、久世は咄嗟《とっさ》に足を後ろに引いてそれを避ける。

「何も知らないのなら、話すことはない。ただこれだけは忠告しておく。若頭を裏切るのはこれきりだ。もう目こぼしはしない。相賀組の一員としてどうするべきなのか、自分で考えろ」

「蓮司！　あたしたち、本当にダメなの？　あたしが若頭と別れるって言ったら――」

「もう既に決めてるだろう？　美波は若頭の傍《そば》に居続けた。それが答えだ。……それに、俺には友梨がいる。彼女以外の女はいらない」

瀧上が顔を青ざめさせ、唇を震わせる。久世はそんな彼女を冷たく見つめたのち、身を翻《ひるがえ》した。

「猛、剛を追うぞ」

久世は、東雲が停めた車に急いで乗り込む。

「剛が位置情報を送ってきました。距離を見る限り、だいたい五分ほどでしょうか。遅れを取り戻せるように追います」

「急げ」

そう言ったあと、久世はスマートフォンから赤荻が送ってくる音に耳を傾けていた。彼の情報を基《もと》に高速道路に入り、そこから西へ向かう。

約一時間経った頃に『社長！』と呼びかけられた。

「どうした⁉」

『あの、その……』

「どこへ向かっているのかはわかってる。あと数分で着く。用件があるなら、はっきり言え」

『社長、三和は須崎さんを……ラブホに』

赤荻の言葉に、久世はスマートフォンを壊したい衝動に駆られながら、大きく息を吐き出した。

流れゆく街灯の灯《あか》りやネオンに目をやり、行き場のない感情を胸の奥に押し込める。

「今も……意識はないのか？　自《みずか》ら歩いて？」

『三和に担《かつ》がれていたので、まだかと……。一応、部屋番号だけ確認しました。部屋を取らずに入ったので、既に室内に人がいるかと思われます。その人物は……わかりません』

赤荻が言葉を濁《にご》す。久世はそれを聞きながら、苦々しく顔を歪《ゆが》めた。断定はしなくとも、そこにいる相手は辻坂だと誰もがわかっていたからだ。

「社長、あそこにいるのは剛です」

東雲がライトを上げて、建物の前に立つ男性を照らす。眩《まぶ》しい光に赤荻が顔を上げると、久世は電話を切ろうとした。

だが赤荻が『社長、そのまま通り過ぎてください。サツです！』と急いで告げる。

異様な雰囲気に久世がさっと周囲を探ると、ラブホテルの正面の電柱に身を隠す男性を発見した。

一人だけではなく、何人もいる。

三和を張っている？　それとも、辻坂を捕まえるつもりで追ってきた？

久世は、ほくそ笑んだ。

どちらも正しいからだ。先ほど指示した件で、早々に駒《こま》が動いたのだろう。

だがこれは、あくまで辻坂を牽制する策。とばっちりを受けるのは御免こうむりたい。

「猛、速度を落とすな。通り過ぎろ。一つ目の路地を曲がった先で停めるんだ」

「御意」

「剛は、部屋で女が待っている体《てい》で入れ。俺は裏口から入る。そこで落ち合おう」

『御意』

赤荻の横を車が通り過ぎた際、二人は一瞬だけ視線を交わす。そして目的のために、それぞれが動き始めた。

友梨を救出することだけを目指して……

＊＊＊

頭がガンガンする。

まるで鈍器で後頭部を殴られたかの如《ごと》く痛み、吐き気を催《もよお》すほど気分が悪い。四肢は重く、力も入らなかった。

ただシーツの肌触り、躯《からだ》を包み込む柔らかさから、ベッドに横たわっているのは知れた。

わたしの部屋？　でも匂いが違う。いったいどこ？　——そんなことを考えながら、友梨は神経を研ぎ澄ます。すると、部屋を歩き回る音がした。

一人、二人、いや三人だろうか。

瞬間、聞き覚えのある男性の笑い声に、友梨の躯《からだ》に緊張が走り、手足が冷たくなっていった。

「よくやった。再び俺の手元に戻ってきた……」

つ、辻坂!?　どうして彼が……！

友梨は状況を把握したくて、重たい瞼《まぶた》を上げようと震わせた時、誰かが傍《そば》に座った。

友梨の耳に届く息遣い、頬をなぶる吐息、顎《あご》から首筋へと指を滑らせる感触に、友梨は必死に瞼《まぶた》を押し開いた。

「ようやく目が覚めたか？」

傍《そば》にいたのは、やはり辻坂だった。すぐに顔を背《そむ》け、なかなか焦点の定まらない目で部屋を見回す。

普通のビジネスホテルではあり得ないほどとても広く、ガラスドアの向こうには大きなプールまであった。そこには独特な形をしたビーチマットが敷かれており、傍《そば》には口に出すのも憚《はばか》られるような大人のおもちゃもある。

ラブホテルみたい——そう思った時、部屋の隅に立つ三和と滝田と目が合う。三和は好奇な眼差しを、滝田は無表情な顔を向けていた。

辻坂に、三和と滝田。この人たちが一緒にいる理由って？　いや、それより瀧上との三人が繋《つな》がっていたことの方が大問題では!?

慶済会と真洞会は水と油の関係。決して相容れないはずなのに……

「二人とも下がっていい。俺はこれから友梨とお楽しみだ」

友梨はこの三人の微妙な関係がわからなかったが、まずは自分の身の安全を考えるべきだと思い、手の先に力を入れる。痺《しび》れに似た感覚があるものの、どうにか拳《こぶし》を握れた。

「では、また後日に伺うとしましょう。失礼します」

「ああ、例のものを用意しておこう」

三和の言葉に辻坂が答えるが、その目は友梨を見据えていた。瞳の奥に好色な色を秘めて、友梨の唇に指を這《は》わせる。

「こんなに早く会うとは思わなかった？　じっくり落として、久世に一泡吹かせるつもりだったが、こちらにとっても好都合な申し出があったんでね」

「たき、がみ……さん？」

声がかすれて言葉も途切れ途切れになるが、友梨は瀧上の名を口にした。

「そう、相賀組若頭の婚約者だ。彼女はいったい何を考えているのかな……。まさか嫉妬に狂って、相賀組を危機に陥《おとしい》れるとは」

「……っ！」

辻坂に顎《あご》を掴《つか》まれ、仰がされる。だが、躯《からだ》が普通の状態ではないため抗《あらが》えない。

早く、早く力が戻って！　——そう心の中で叫ぶ友梨に、辻坂が体重をかけ、距離を縮めてきた。

ホテルの廊下では逃がしたが、もうそうはさせないとばかりに力が込められる。

友梨は辻坂を突っぱねようとしたが、いとも簡単に手首を掴《つか》まれた。顔の横に押さえ付けられ、身動きできなくなる。

しかも、先ほどまで目の端で捉《とら》えていた三和と滝田が消え、友梨は焦りを覚えた。

「離して……。わたしをあなたの事情に巻き込まないで」

「巻き込む？　いや違う、友梨が俺の胸に飛び込んできた。俺の興味をそそるものを持って」

「そそるもの？　それって、わたしに嫌がらせをすれば、間接的に蓮司……、久世さんを傷つけられるって意味？」

「何故、そう思う？」

「わたしに興味のある素振りをして近寄ってきたけど、ただ面白がってるだけだったもの。そうでしょう？」

友梨が辻坂を睨《にら》みながら言うと、彼がかすかに唇の端を上げた。

「やっぱり、友梨は面白い。俺が目を付けた価値があるな。……ああ、そうだ。全て、久世への嫌がらせだ。あいつとは長い付き合いだから、反目《はんもく》することがあって――」

そこで辻坂は口を閉じ、肩を揺らして笑い出した。

「いいことを教えてやろう。久世は全力で相賀組を助けるだろう。昔の女もだ。……だが友梨は？　愛人に、余計な力を使うと思うか？　いいや、君のことなど簡単に切り捨てる」

辻坂の言葉は嘘だ。久世は友梨を切り捨てはしない。

それがわかっているのに、自然と涙が込み上げてくる。久世が全力で相賀組を、若頭のフィアンセを守るということを知っているからだ。

友梨は辻坂を睨《にら》むが、彼は意に介さない。それどころか、本当に楽しそうににじり寄ってくる。そして、友梨の唇に視線を落とした。

「やめ……っ！」

唐突に、辻坂が友梨に口づけた。下唇を挟み、焦らすように弄《もてあそ》ぶ。気持ち悪さに顔を背《そむ》けるが、力で阻《はば》まれてしまった。

「ン……っう、い……やぁ！」

友梨は出ない力を振り絞り、掴《つか》まれた腕を動かす。すると、辻坂が口元でクスッと笑った。

「拒まれ慣れていないせいか、君とのやり取りが面白過ぎる。安心しろ。久世が友梨を切り捨てても、俺が――」

「切り捨てる？　誰が？　……誰を？」

途端、部屋に響いた低い声音に、先ほどとは違う安堵の涙があふれ、目尻を伝って零《こぼ》れた。

「使えない奴だ……」

辻坂は苛立《いらだ》たしげに言い、目だけを動かす。友梨もつられてそちらに意識を向けると、東雲と赤荻が、三和と滝田を羽交い締めにしている光景が飛び込んできた。

そこには久世もおり、悠然たる面持《おもも》ちでこちらを見ている。

辻坂にベッドで組み敷かれている友梨を……

「使えない？　ヤクザとつるむのがどれほど愚かな行為かわかっているのに、あいつらを利用するお前が言うのか？」

「利用？　それを言うならお前もそうだろ？　いや、俺よりもっと質《たち》が悪い。切っても切れない……血縁があるじゃないか」

凄《すご》みを利かせる辻坂が、静かに上体を起こす。そこでようやく圧迫感が消え、友梨は安堵の息を吐いた。

「それはお前に気にしてもらうことじゃないな」

「さあ、それはどうかな？　ここに乗り込んできたのは、裏切り者の正体を知ったからだろう？」

裏切り者――それは、友梨を辻坂に引き渡した瀧上のことだ。それを知った久世の気持ちを考えると友梨の胸が痛む。

友梨は久世を思ってそっと窺《うかが》うが、彼は余裕のある笑みで辻坂を射貫いていた。

「そろそろ友梨を返してもらう。俺は、彼女を切り捨てるつもりはないんでね」

「そう言われて、簡単にこの玩具《おもちゃ》を引き渡すとでも？　……それは無理な話だな。ああ、面白い情報をくれてやろう。この女の裏切り行為を知っても、そうやって心穏やかでいられるのかな？」

「組織犯罪処罰法――」

久世がそう口にすると、辻坂の挑発めいた口元が引き攣《つ》った。

しばらく、二人は無言で睨《にら》み合う。

ほんの数秒が数分にも感じられた頃、久世がベッドに向かって歩き出した。それに合わせるように、辻坂がゆっくりベッドを下りる。

友梨は肘を突いて気怠《けだる》い躯《からだ》を起こすものの、まだ視界に霞《かすみ》がかかっていた。たまらず軽く頭を振ってそれを振り払うが、なかなか薄れていかない。

「どや街の建物を、慶済会系連合会ナンバーツーの若頭に貸したな？　内縁の妻が経営し、上がりで賃料を支払ってる。……お前に。犯罪収益金で得た金をもらったらどうなるのか、わかっているはずだ」

「甘いな。その件は立件が難しく、これまでも犯罪として認め――」

「だったら、何故サツがマークしてる？　外にいたが？」

久世は手にした書類を放り投げた。白い紙が宙を舞い、彼の足元に散らばる。

「俺でさえ調べがつくというのに、サツが調べられないとでも？　……三和と滝田を使ったのが命取りだったな」

辻坂が紙を拾い上げ、目を通す。彼の顔から余裕の色が消え、頬が強張《こわば》っていった。

そんな久世たちのやり取りを、友梨はただ眺める。

当然ながら、友梨は二人が話す言葉も内容もよく理解できない。ただ、久世が辻坂をやり込めていることだけはわかった。

今はその事実だけで充分だ。

「二度と友梨に近づくな。それを守るなら、そこに書かれた件は忘れてやろう」

久世がドスを利かせた低い声で、言い放った。それに対し、辻坂が鼻を鳴らす。

「俺を脅《おど》してるつもりか？　……甘いな。お前のアキレス腱を握ってることを忘れたのか？」

「そこに手を出せば、お前も安泰ではいられない」

辻坂が苦々しく笑い、ソファの背に置いた上着を取って肩に引っ掛けた。

「裏切りを公《おおやけ》にすれば、な。まさか、久世がわざわざそれを口にしにここまで乗り込んでくるとは思わなかった。そこまで――」

何かを言おうとして辻坂は口籠《くちご》もり、友梨に視線を投げる。しかし、すぐに気のない素振りで目を逸《そ》らした。

「ひとまず手を引こう。だが、いつまで続くかな。味見は想像していたものより甘かったからな」

味見？　甘い？　いったい何を指して？

「挑発しても無駄だ。俺の足を掬《すく》うつもりなら、別の方法を取れ」

冷たく言い放つ久世に対し、辻坂は狡猾《こうかつ》な笑みを浮かべた。

「ここは好きに使ってくれ。……三和、来い！」

辻坂が一段と低い声音で叫ぶなり、東雲と赤荻が三和と滝田を解放する。自由になると、辻坂が二人を引き連れて部屋を出ていった。

四人だけになると、久世がベッドに早足で近づいた。友梨の肩を両手で掴《つか》み、顔を覗《のぞ》き込む。

「大丈夫か！」

「うん。あの、約束を破ってごめんなさい。勝手に動かないって約束したのに」

久世は頷くが、怪我がないか友梨の躯《からだ》を見回す。

「事情はわかってる。……立てるか？」

友梨は迷惑をかけたくなくて、ベッドから足を下ろした。自力で立とうとするが、上手く力が入らない。幾分《いくぶん》頭はすっきりしているものの、まだふわふわしている。

重たい頭を手で支えた時、久世が友梨を腕の中に掬《すく》い上げ、おもむろに立ち上がった。

「あ……」

友梨は久世と視線を交わす。彼は友梨を安心させるように表情を和《やわ》らげているが、その目の奥にある光が揺らぎ、何かを心配している節が見られた。

「蓮司？」

「すぐにここを出る。サツの目が必要以上に俺たちに向けられる危険を冒《おか》したくない。……行くぞ」

久世は、友梨がいた痕跡を消している東雲たちに声をかけた。彼らは友梨の荷物を持つと、ドアへ駆け寄り、非常出口の方へ歩き出す。

どうして表ではなく裏へ？

友梨は不思議に思ったが、一言も訊ねなかった。いつもと違い、久世が焦りを顔に出していたためだ。

「社長、最初の予定どおりに進めても？」

「ああ」

久世の返事に、東雲と赤荻が行動に移す。

裏口を出るなり先陣を切って小道を進んだ東雲に、久世が続いた。その後ろを赤荻が付いてくるが、彼はどこかに電話をかけている。

皆がそれぞれ動いて大変だというのはわかっているものの、友梨はおもむろに久世に躯《からだ》を預けた。まだ思うように力が入らないのもあるが、それ以上にもう大丈夫なんだと実感したかったのだ。

友梨が久世の香りと温もりを求めると、彼は何も言わず、友梨を慈《いつく》しむようにぎゅっと抱きしめてくれた。

この状況でも、友梨を第一に想ってくれる久世の気持ちに感極まる。

友梨は重い頭を久世の肩に乗せ、彼らが進む方向を見つめた。

一行は、暗闇の小道を抜けて細い路地へ出る。そこに一台の見慣れた車が停まっていた。東雲がドアを開けると、久世が友梨を後部座席に下ろす。

反対のドアから久世が滑り込むと二人も乗り込み、赤荻がハンドルを握ってアクセルを踏んだ。

「何をされた？　美波に……無理やり薬を飲まされたんだな？」

友梨を抱き寄せ、肩を、首筋を、髪を撫でてくる。久世の繊細な手つきに心が満たされていくのを感じながら、友梨は頭を振った。

「瀧上さんとは話をしただけ。そこに三和さんが現れて、彼に何かを嗅《か》がされたの。そうしたら意識がなくなって……。でも目が覚めたのに、躯《からだ》に力が入らなかった。頭も痛くて……。今はだいぶマシになったけど、まだふらふらしてる」

「そうか……。だいたいわかった。友梨、今は何も心配しなくていい。疲れただろう？　車が止まるまで眠ればいい」

友梨は小さく息を吐き、久世に体重をかけて凭《もた》れかかった。

眠気はないが、躯《からだ》が怠《だる》くてたまらない。

目が覚めて以降、徐々に良くなっているのだから、もう少し休めばきっと……

肩を抱く久世の腕に力が込められると、友梨は瞼《まぶた》を閉じた。

車が発進したり、停まったり、道を曲がったりした時の揺れが心地よい。

そうしているうちに、うつらうつらし始めた友梨は、その波に抗《あらが》おうとはせず、久世に身を委《ゆだ》ねたのだった。

終章

眠りが浅いのもあってか、躯《からだ》が水中に漂《ただよ》っているかのような錯覚に陥《おちい》った。地下駐車場にでもいるのか、大きな音が反響するのも聞こえる。

次に感じたのは急激に上昇して、躯《からだ》がふわっと浮き上がる感覚だった。もう久世のマンションに到着したのだろうか。

「う……ん」

友梨が手を上げて目を擦《こす》ろうとすると、誰かにその手首を掴《つか》まれた。

ハッとして、重い瞼《まぶた》を押し開く。寝起きのせいで焦点がなかなか定まらないが、ようやく友梨を見下ろす久世と目が合った。

「蓮司……？」

久世は友梨の首の下に腕を回して横たわり、友梨の頬を優しく撫でた。

「気分は？」

まだ頭が重いものの、躯《からだ》には力が入る。気怠《けだる》さも残っているが、ほろ酔い気分の時に似ていて、辻坂と対峙《たいじ》した際のような気持ち悪さはない。どうやら嗅《か》がされた薬は抜けてきたみたいだ。

「……大丈夫」

友梨はホッと息を吐き、久世の腕に手を添えた。

「それより、ここはどこ？　わたしの部屋でも蓮司の部屋でもないような……？」

「ホテルだ」

「もしかして、ラブホテル？」

辻坂のいたホテルが頭を過《よぎ》り、自然とそう口にしていた。すると久世が友梨を抱いて起き上がる。

「蓮司？」

「忘れろ。何もかもだ……」

「えっ？」

久世の冷たい口振りに、友梨の心に不安が生まれる。これまで紡ぎ上げてきた二人の思い出を、一切合切《いっさいがっさい》消し去ると告げんばかりの凄《すご》みがあったからだ。

本気なの？　本気で何もかも忘れろと⁉

友梨は愕然となる。背筋に戦慄《せんりつ》が走り、手の先がどんどん冷たくなっていった。

「美波との会話、三和と滝田とのやり取り、そして辻坂との間に起こった出来事……全てだ」

「……そ、それだけ？」

想像した内容ではなかったため、友梨はきょとんとして訊ねる。

すると、久世は眉間に皺《しわ》を寄せ、友梨の頬を包み込んだ。

「他に気になることでもあるのか？」

「蓮司との出会いから今までのことを忘れろって言われたのかと……」

「悪いが、何があろうとも……それだけはさせられない。君だけは手離せない」

久世は真剣な眼差しで友梨を射貫き、静かに口元へ視線を落とす。その思わせ振りな行為に心臓が高鳴り、弾む拍動にしか意識が向かなくなる。

でも、久世が二人の距離を縮めてきた時、ほんの一時間ほど前に辻坂にされたキスが甦り、友梨は咄嗟《とっさ》に顔を背《そむ》けた。

古典的だが、まず先に辻坂に触れられたところを綺麗に流してしまいたかった。

「友梨……？」

「今日はいろいろあったから、まずはお風呂に入って、汗を流して頭もすっきりしたいなって」

「だったら、一緒に入ろう」

「……えっ？」

素《す》っ頓狂《とんきょう》な声を出すと、久世は楽しげに笑った。

友梨が茫然としている間に、久世にセーターを脱がされ、ツイードスカートも剥《は》ぎ取られる。

「蓮司……っん」

突然首筋に唇を落とされ、友梨は思わず喘《あえ》ぎ声を零《こぼ》してしまう。そんな友梨を、久世が愛しげに見つめる。

「友梨も俺のを……」

上着を脱ぎ捨てた久世に促《うなが》されて、友梨は彼のネクタイの結び目をほどき、シャツのボタンを外していった。

友梨に脱がされながら、久世は友梨の素肌にキスの雨を降らす。キャミソールの下に手を忍ばせて捲《まく》り上げると、ブラジャーから零《こぼ》れそうな胸元を露《あらわ》にさせた。

友梨は身を震わせて、久世のシャツをベッドに落とす。

「友梨……」

久世は声をかすれさせ、唇を求めてくる。

それが欲しい！　――そう願うものの、友梨は寸前でさりげなく拒んだ。

久世が動きを止める。しかし、友梨に詰め寄って理由を訊ねようとはせず、ただじっと様子を窺《うかが》っている。

そんな無言の圧力に耐え切れなくなり、友梨がおもむろに視線を彷徨《さまよ》わせると、突然久世に抱き上げられた。

「蓮司⁉」

友梨の問いかけに応じず、久世はそのままベッドを下りて歩き出す。その時になって、友梨は初めて周囲に目をやった。

久世のマスターベッドルームに似て、なんと豪華なのだろうか。窓際を背に置かれたアンティーク風のデスクはとても重厚で、クイーンサイズのベッドも彫刻が施《ほどこ》されている。しかも、大きな窓からは小さくなった建物が望めた。

ここは、ホテルのスカイビュースイートなのだ。

久世が奥にあるガラスドアへ進む間も室内を眺めていたが、ドアの先へ入った瞬間、友梨は目を見開いた。

夜景を楽しみながら入れる、バスルームになっているなんて……

バスタブには既に湯が張られ、赤いバラの花びらが浮いている。さらにライトが水中で瞬《またた》き、神秘的に水面を照らしていた。

「えっ？　入ろうって、ちょっと待って。わたしたちまだ脱ぎ切って……きゃっ！」

友梨は下着姿、久世はズボンを穿いたままなのに、共にバスタブに入る。

湯が跳ね上がり、いい香りがバスルームに充満していく。

「もう！　こんな真似をしなくてもいいでしょう！」

漂《ただよ》う匂いに心が和《なご》みそうになるが、友梨は文句を言った。

だが久世は動じることなく、友梨を両腿に跨《また》がらせて向かい合わせにさせる。友梨の濡れた髪、顔、素肌を伝う雫《しずく》を目で追うと、腰に回した腕に力を込めて、友梨を引き寄せた。

久世の肩に手を置いて上体を反らし、反論を示すものの、ぐっと力を込められて、身動きできなくなる。ブラジャーで持ち上げられた乳房が彼の胸元に触れた。

生地越しだというのに、まるで久世の指や舌で愛撫を受けたみたいに乳首がひりつき、喉の奥が引き攣《つ》った。

「早く綺麗にしたかったんだろう？　頭の先から爪の先まで……。あいつに触れられたところを全部」

「知って……!?」

そう言った途端、友梨は自分の失言に気付き、たまらず口を手で覆う。すると久世が友梨の手首を掴《つか》んで彼の方へ引き寄せ、指の先に唇を落とした。

あまりの優しい口づけに息を呑むと、久世が面《おもて》を上げ、友梨を覗《のぞ》き込む。

「これで不愉快な感触は湯で流れた。もうあいつの……クソッ！」

唐突に感情を吐き出した久世を見て、友梨は慌てて彼に抱きついた。

辻坂とは二度と会わないと約束したのは友梨自身なのに、それを自《みずか》ら破ってしまった。

瀧上と会ったのは予想外だったが、あの場を収めるには、友梨が彼女に付いていくしかなかったのだ。

「ごめ――」

「責めてるんじゃない」

謝る前に遮《さえぎ》られる。久世は不機嫌そうにしているが、そこに憤怒は見られない。

つまり、怒ってはいない？

「辻坂が何かを仕掛けてくるのは、もうわかっていた。なのに俺は、友梨を危険に晒《さら》してしまった。責は全て俺にある。本当に悪かった。だが――」

久世が友梨の頬を覆い、目を覗《のぞ》き込んできた。

「これで俺の傍《そば》にいるのが嫌になっても、君を手離す気はない」

「こんなことで、わたしが好きな人から逃げるはずない。……わかってるくせに」

友梨は自分の頬を包む彼の手に触れる。そうして顔を横に動かし、彼の手のひらにキスをした。

久世への愛が胸に広がるにつれて口元がほころんだ時、ふと瀧上の顔が頭を過《よぎ》った。

今回の件で、久世は瀧上が辻坂や三和たちと関わりを持ったということを知ったのだろうか。

友梨は訊ねるべきか、それとも触れないでいるべきかと迷ったものの、やっぱり気になる。

とうとう我慢がならなくなり、久世の腕を引っ張った。

「ねえ、瀧上さんはどうなったの？　辻坂さんは？　わたしにはよくわからない話ばかりだったけど、彼が去ったということは、もう大丈夫だと思っていいの？」

久世は返事をせず、友梨の肩を撫で、ブラジャーの紐を腕へと滑らせた。乳房に冷たい風が触れるのがわかり、慌てて押し止《とど》める。

「蓮司ってば！」

すると、久世が友梨を安心させるように頬を緩《ゆる》めた。

「美波は自分の立場を省《かえり》みると思う。彼女だけの問題ではないと悟ったはずだ」

「瀧上さんは、組を……若頭を選んだの？」

「そもそも美波は、当初から若頭の婚約者。つまり、既に何年も前に答えが出ているというわけだ」

久世も友梨と同じ考えを持っていたとは……

そんな風に思いながら久世を見つめていると、彼が友梨の腕を優しく擦《さす》る。

「俺に執着したのは、自尊心を傷つけられたせいだろう。この先、愚かな行動には走らない……とは言わなかったが、膿《うみ》を出した今、美波は必ず考えを改める。そう願いたい」

久世の言葉に、友梨は何度も頷いた。

しかし、瀧上には未だ久世への想いが残っているのではという不安があった。でも友梨は何も言えない。その心は彼女だけのものだとわかっているからだ。

友梨にできるのは、ひたすら自分の想いを久世に伝えていくことだけ……

「辻坂や三和たちについては詳しく説明しない。ただ、法を犯したと言っておこう。彼は友梨にかまけていられないほど忙しくなる。どうなるかは、顧問弁護士の腕次第だな」

法を犯した？　弁護士次第？　まさか、そうなるように久世が法を犯させた!?

「蓮司、まさか辻坂さんを――」

「ハメた？　俺が仕向けたと？　いや、していない。俺がしたのは、彼の裏取引を秘密裏に調べ上げ、その情報を流したのみだ」

「良かった……」

法を犯したのは辻坂であって、久世ではない。その事実に安堵していると、不意に久世が友梨の腕を掴《つか》んだ。

「友梨、この世界で生きる者は誰しも狡猾《こうかつ》だ。決して自分の非を認めない。辻坂がはっきり友梨を諦めると言わなかったのも、それが流儀だからだ。言っている意味、わかるか？」

「本音では語らないってこと？」

友梨の問いに返事するかのように、久世が友梨の腰に回した腕に力を入れた。

「敵愾心《てきがいしん》を燃やす相手には、本心を隠して挑む。今は引いても、いつ手のひらを返すかわからない。だからこそ、俺はこの先も辻坂の動静を探っていく。これが俺の生きる世界だ。……逃げたくなったか？」

久世はブラジャーのホックを外し、友梨を軽く持ち上げて鎖骨に口づけた。

直前には、決して離さないと言ったのに……

久世の揺れ動く心こそ、彼の本音だ。この世界に留《とど》まらせたくない気持ちもあるが、友梨を本気で想うからこそ去らせないとも思っている。

友梨は、久世への想いを込めて彼の頭を抱いた。指で髪を梳いては、襟足を優しく揉む。

「逃げたら追ってくれるんでしょう？」

「追う？　……そんな生易《なまやさ》しいものじゃない。どんな手を使ってでも友梨を捕まえ、部屋に監禁する」

久世は友梨の心を搦《から》め捕《と》るように囁《ささや》き、乳房に顔を埋《うず》める。そして柔らかな膨《ふく》らみに唇を押し当て、舐め、硬くなったそこを口に含んだ。

「ンっ……ぁ」

久世は友梨の素肌に手を滑らせてパンティに指を引っ掛けると、友梨を持ち上げてそれを脱がせた。

「だったら、二度とわたしを自由にするなんて言わないで。愛人契約を破棄する前から、わたしの気持ちは変わらない。知ってるくせに……」

身を焦《こ》がす心地よい快感に、声がかすれてしまう。それでも必死に想いを告げた。

久世は嬉しそうに目元を緩《ゆる》めて、友梨の双丘を撫でながら秘められた部分に指を滑らせた。

「っんぅ、は……ぁ」

躯《からだ》の芯を蕩《とろ》けさせるエロティックな行為に、身震いが止まらない。

友梨は胸を反らし、甘い疼《うず》きに浸《ひた》った。

「友梨、キスを」

そう懇願され、友梨は久世を愛しく見下ろしながら深く口づけた。舌を絡ませては、激しく求め合う。その間に、彼は淫襞を押し広げて媚孔を分け入り、蜜液が滴《したた》る孔を弄《いじ》った。

「っんぅ、は……っ、ん……ぁ」

頭の芯がじんと痺《しび》れていく。快《こころよ》いうねりに身を攫《さら》われ、もう久世の愛戯にしか意識が向かない。

指で膣内を掻き回されるたびに腰砕けになり、友梨の呼吸のリズムが崩れていった。

友梨は自《みずか》ら顔を離し、胸を反らして天を仰いだ。

「しっとりした肌がライトに照らされて、とても淫《みだ》らだ。自分がどれほど魅力的な姿態を晒《さら》しているのか、わかってるか?」

久世が友梨の腰をさらに持ち上げる。友梨が彼を両脚で挟んで膝立ちすると、彼は目の前にある乳房に吸い付いた。

「ま、待って、今……っんぁ!」

強い刺激を受けたらどうなるかを伝える間もなく、久世が硬く尖る乳首を口に含んだ。

友梨は久世の両肩に手を置いて躯《からだ》を支えるが、次第に双脚の付け根がひりひりして痛くなる。体内で燻《くすぶ》る火に耐え切れない。

ああ、どうしよう!

その時、久世が蜜壷に挿入させた指で、ある部分を擦《す》り上げた。

「あ、あ……っ、……ンぅ」

小さな火花が瞼《まぶた》の裏で散り、快楽が躯中《からだじゅう》に広がっていく。力が入らなくなると、友梨は久世の肩に額《ひたい》を押し付け、そこに荒い息を零《こぼ》した。

「すぐにイクほど気持ちよかった?」

久世が、友梨の耳元でからかうように囁《ささや》く。しかも、敏感になった肌を吐息でくすぐってきた。

「もう……！」

友梨は笑いながら彼の肩を軽く叩き、その濡れた髪を指で梳いた。そして軽く腰を動かし、ズボンの下で漲《みなぎ》る久世自身に力を加える。

それは既に硬くなり、早く解放されたいと訴えていた。

大胆な行動に羞恥《しゅうち》が湧くが、どうしてもやられっ放しでいるのが嫌だったのだ。

「蓮司はこのままでいいの？」

頬を染めながらも強気な友梨に、久世が口角を上げた。

「いいわけない。このまま君から刺激を与えてもらいたいぐらいだ。やってみるか？」

「なっ！　……そ、そんなの無理に決まってるでしょう⁉」

友梨が目を見開くと、久世が笑いながら友梨を脇にやって立ち上がった。

湯を吸ったズボンが久世の下半身に貼り付き、怒張の形を際立たせている。それを目《ま》の当たりにして、友梨の心臓が早鐘を打ち始めた。

久世は友梨に見られているのも構わず、ズボンに手をかけて脱ごうとする。

瞬間、友梨は慌てて背を向けた。

久世とは何度も愛し合った。恥ずかしい体位も受け入れ、彼の巧みな愛技に導《みちび》かれるまま嬌声《きょうせい》を上げた。にもかかわらず、久世の興奮の証《あか》しを間近で見るのは、まだ慣れない。

肩まで湯に浸《つ》かって火照《ほて》った顔を隠したいが、水面の高さは乳房の下までしかない。

結局のところ、友梨はじっとするしかなかった。

時折湯が上下に揺れ、水分を含んだタオルをタイルに落とすような音がバスルームに響く。続いて足音が耳に届き、バスルームの灯《あか》りがさらに絞られた。

虹色に瞬《またた》く光が、より一層水中で煌《きら》めく。

ロマンティックな光景にドキドキしながら、友梨は胸に手を置いた。聴覚と視覚を刺激されて、息が弾むのを止められない。

友梨が小さく息を吐き出すと、不意に背後から抱きしめられた。久世の体温が、背中だけでなく、肩と腹部に回された腕からも伝わる。首筋に落ちる彼の吐息さえも、友梨を熱くさせた。

「蓮司……」

友梨が甘く囁《ささや》くと、久世に顎《あご》を触られて横を向かされる。直後、彼に唇を塞《ふさ》がれた。

「っんぅ、ん……ふぁ」

久世は友梨と舌を絡めて、吸っては激しく貪《むさぼ》る。さらに手のひらで乳房を包み込み、優しく揉みしだいた。

あまりの心地よさに、下腹部の深奥が痺《しび》れてじんじんし始める。

口づけと愛撫だけなのに、頭の中が真っ白になるほど靄《もや》がかかっていく。聞こえるのは、久世の息遣いと友梨の喘《あえ》ぎ、動くたびに揺れる水音のみになった。

引いては押し寄せる潮流に身を反らした時、久世が友梨の膝の裏を持ち上げる。

秘められた襞が割れて花蕾が露《あらわ》になると、その姿勢のまま久世が昂《たかぶ》りを挿入させた。

「ン……ぁ、は……っ！」

蜜戯で広げられた蜜孔を引き伸ばされ、彼の象徴に穿《うが》たれる。そこを圧迫する猛々《たけだけ》しさに、友梨の心臓が高鳴った。

友梨が快感で身震いしたのを感じたのだろう。

久世が満足げに声を零《こぼ》し、友梨の耳殻《じかく》、首筋にキスを落とす。それらを繰り返しながら、ゆっくり友梨を持ち上げて、深奥を突き上げた。

「あ……んっ、はぁ……っん」

波打つ湯に素肌を弄《もてあそ》ばれ、これまでと違ううねりに包み込まれていく。久世のリズムで貫《つらぬ》かれるうちに、燻《くすぶ》っていた火が勢いよく燃え上がった。

「凄《すご》く締め上げてくる。それほど俺が欲しかったか？」

「わかってるくせに。わたしは愛する人としか結ばれたく……っんぅ！」

久世が友梨をきつく抱きしめ、耳孔に舌を入れた。ちゅくっと音を立てるのに合わせて、友梨を小刻みに揺らし、乳房を揉む。

「あっ、あっ……れん、じ……っんぁ！」

繋《つな》がったまま、友梨は前に押し倒された。慌ててバスタブの縁《ふち》に手を突いて躯《からだ》を支えると、久世がその手を覆うように背後から身を寄せる。

「待って……ぁっ！」

一度浅く腰を引いたと思ったら、久世は一段と深く象徴を打ち込んだ。強弱をつけては角度を変え、どんどん乱していく。

久世は縁《ふち》をしっかり掴《つか》む友梨の指に自分の指を絡め、律動の速度を上げていった。奥深い部分を擦《こす》られて、友梨は上体を弓なりに反らす。徐々に忍び寄る快《こころよ》い圧迫と甘い疼《うず》きに身を任せた。

「んぁ……、は……っ、んぅ」

久世の腰つきで、水面が大きく揺れる。湯が波打つたびに、友梨の乳房を刺激した。その感触に身悶《みもだ》え、友梨は艶《なま》めかしく躯《からだ》をくねらせる。

それが久世を焚《た》き付けたのか、彼がさらに抑揚を付けた律動を繰り返した。合わせて友梨の膨《ふく》らみを包み込み、硬く隆起した先端を彼の手のひらでまさぐる。

「あぁ……ダメっ！」

久世と愛し合う日々を送って以降、友梨は彼の手で淫《みだ》らに感じるように作り変えられた。そのため、いとも簡単に燃え上がってしまう。

「あ……ん、は……っ、んくっ……、や……ぁ！」

友梨は恍惚感《こうこつかん》に包まれながら、歓喜の声を上げた。

久世は友梨の肩や襟足を湿《しめ》り気《け》を帯びた吐息でなぶり、軽く歯を立てて甘噛みした。

「ン……ぁ！」

狂熱が背筋から脳天へと駆け抜ける友梨に、久世がさらに追い打ちをかける。花蜜で潤《うるお》う壷を硬杭でぐるりと掻き回したのだ。

目が眩《くら》むほどの快感に圧倒され、体内で燻《くすぶ》る愉悦が勢いを増していく。

「もう、イきそうか？」

訊ねられるまま、友梨は小刻みに頷いた。

「あと少し耐えろ」

そう言ったあと、久世が激しく抽送し始めた。雄々しい楔《くさび》をぬめりのある孔に奥深く埋《うず》めたり、浅いところで引いたりして、友梨の総身を揺する。

「あ……っ、もう……っんぅ……、あ……んっ！」

久世の腰使いは絶妙で、友梨は縦横無尽《じゅうおうむじん》に突き上げられる。友梨は送られる悦《よろこ》びに、絶え間なく嬌声《きょうせい》を上げた。

そうして快楽に心を乱されていても、頭の片隅には、最後は正面を向いて抱き合って達したいという思いがあった。

久世の切羽詰《せっぱつ》まった表情、荒い息遣い、踊る心音を五感全てで受け止めたい。

「蓮司……っ！　んぁ……お願い……っ。向き合って愛し合い……ぁんぅ」

友梨は肩越しに顔を向けるが、すぐに久世が唇を求めてきた。

執拗《しつよう》な愛戯で生まれる、蠢《うごめ》く情火。それが大きな潮流となり、友梨は全てを攫《さら》われそうになる。

友梨の頬は紅潮し、唇から漏れる声は熱をはらんでいた。

その時、久世が友梨の耳殻《じかく》を唇で挟み、荒々しい吐息を零《こぼ》した。

「友梨、君を愛してる……」

今、愛してるって!?

初めてもらえた愛の言葉に、友梨は息を呑む。すると、久世のものが強く滾《たぎ》った。膣壁を広げる圧迫感だけでも息が詰まりそうなのに、敏感な壁を切っ先で擦《こす》られて、とめどなく身が戦慄《わなな》く。

次の瞬間、久世が黒い茂みを指で探り、熟《う》れた花芽に強い刺激を送った。

「んぁあっ、……いっ、んんぁっ！」

刹那《せつな》、友梨の体内で渦巻いていた熱だまりが一気に弾《はじ》け飛んだ。これまでの快感を追い抜く勢いで広がり、全身の血管を駆け巡っていく。

友梨は身を焦《こ》がすうねりに翻弄《ほんろう》されて、甘美な世界に高く舞い上がった。瞼《まぶた》の裏には眩《まばゆ》い閃光が放たれ、色鮮やかな光に包み込まれる。

心地よい奔流《ほんりゅう》に身を漂《ただよ》わせる中、久世が友梨を追いかけて深奥で精を迸《ほとばし》らせた。

その衝撃を受け止めながら、友梨の頭の中では久世の愛の言葉が巡っていた。

最初こそ抱き合って愛し合いたかったと文句を言うつもりだったが、それも今はどこかへ消え去る。

未だ芯を失わない硬茎を悠々とした動きで引き抜いたあと、久世は友梨の腰に腕を回し、自身の膝の上に座らせた。

久世と真正面で向き合うや否や、友梨は彼の首に両腕を回し、肌がぴったり重なるほど抱きしめる。

「わたしを愛してるって言った」

「ああ……」

途端、友梨の心に温かな陽が射し込み、花の蕾《つぼみ》が一斉に咲き誇っていくような歓喜に包み込まれた。同時に、鼻の奥がツンとして瞼《まぶた》の裏がじわりと熱くなる。

「わたしを手離せないほど好きってこと？」

堰《せき》を切ったように涙があふれて頬を伝うと、久世が友梨の両肩に手を置いて上体を離した。涙する友梨を見て、鼻の頭に指を走らせる。

「もう俺の気持ちはわかってるだろう？」

「うん……。でも初めてだから。まさか言葉にしてもらえるなんて……」

「そんなに嬉しかった？」

友梨が素直に頷くと、久世の瞳に再び欲望の光が浮かんだ。友梨を欲する情熱に、自然と心臓が弾む。次の瞬間、久世が顔を傾けてそこを塞《ふさ》いだ。

「っんぅ……」

友梨は久世の口づけを深く受け入れる。さらに自《みず》ら彼を引き寄せ、舌を絡め合っては柔らかな下唇を甘噛みし、想いを示した。

それに応《こた》えていた久世は、友梨を抱く腕に力を込めて軽々と持ち上げる。硬く尖った乳房の先端が逞《たくま》しい胸板に擦《こす》れて、痛いほど疼《うず》いてしまった。

「は……ぁ、んっ……ふぁ」

喘《あえ》ぎを抑えられなくなる。それを受け、久世が友梨の顎《あご》から首筋のラインに唇を這《は》わし、鎖骨のところで強く吸った。弾む乳房にかぶりつき、彼の愛撫で充血した乳首を挟んで弄《もてあそ》ぶ。

「ンっ！」

甘美な刺激に下腹部の深奥がざわざわし、急激に熱を持ち始めた。

「君の全ては俺のものだ。ここも、ここも……」

双丘を撫で下ろし、久世は明らかに湯とは違うぬめりを帯びた秘所に指を走らせる。

止めた。

「そうよ。わたしは……っぁ、蓮司だけのもの」

友梨の答えに久世は満足げに口元を緩《ゆる》ませると首を伸ばし、友梨の唇に触れる直前で止めた。

「だったら、友梨からも積極的に動いてくれ」

「……どうしてほしいの？」

久世の両頬を覆い、友梨は軽く唇にキスする。かすかに指を動かし、彼の耳朶《じだ》を、その裏を、感じやすい首筋を優しく撫でた。

「ねえ、言って。蓮司が喜ぶなら、わたし……どんなことでもする」

「どんなことでも？」

その問いかけに友梨は照れつつも微笑み、久世を誘惑するかのように唇を挟んだ。

「うん……あっ！」

直後、久世がさらに友梨を抱え上げ、秘められた茂みを水面から覗《のぞ》かせた。

露《あらわ》にされているだけで羞恥《しゅうち》で顔が熱くなるのに、水面が揺れるたびに、秘所を愛撫されている感覚に襲われ、自然と喘《あえ》いでしまう。

「蓮司、やだ……恥ずかしい」

「なんでもしてくれるんだろう？」

久世が意味ありげに片眉を上げる。でもその口元は楽しそうに緩《ゆる》んでいた。

友梨は照れから目を泳がせてしまうものの、小さく頷く。

二人で紡ぎ出せる蜜戯に不安はない。愛する人と身も心も一つに溶け合う行為なのだから……

友梨はそっと手を動かし、久世の滑《なめ》らかな肌に指を這《は》わせた。逞《たくま》しい肉体に伝い落ちていく水滴の軌跡を追って、小豆《あずき》のように小さく尖る乳首をかすめる。

「蓮司が喜んでくれるなら……」

「俺は、友梨のすること全てを受け入れる。……一生」

友梨は久世の深い愛情に胸を震わせて、上体を傾けていく。肩に手を置き、彼の額《ひたい》に自分の額《ひたい》をこつんと触れ合わせた。

自分を強く持った素晴らしい男性に激しく愛されることで、これほど胸が高鳴り、幸せな気持ちになるとは思ってもいなかった。

久世への愛を込めて、友梨はそっと彼に口づける。しかし、それでは足りないとばかりに、彼が友梨の下唇を甘噛みした。

甘美な刺激に耐え切れずに友梨が淫声を零《こぼ》すと、久世は舌を挿入させて濃厚なキスへと変化させた。

「ンっ……ぅ、ふ……ぁ、……ぅンっ！」

口腔《こうこう》に唾液が溜まり、息苦しくなっていく。

久世の肩に触れる手が小刻みに震えてきた時、彼が脇腹を軽く撫で下ろした。

「んぁ……っ」

躯《からだ》の芯に残る、燻《くすぶ》った火を煽《あお》られる。あまりの心地よさに甘い電流が走り抜け、友梨は久世の上にへたり込んでしまいそうになった。でも双脚の付け根に硬いものが触れて、思わず息を呑む。

「そのまま腰を下ろすんだ」

「あ……っ」

久世の囁《ささや》きに下肢の力が一気に抜けると、硬い先端が蜜孔を押し広げて入ってきた。愛し合った直後というのもあり、彼のものがすっぽりと収まる。

「はぁ……んぅ、あっ……んくっ」

濡壷に包まれた久世自身は、既に漲《みなぎ》っていた。

友梨は湯の中で足の指を丸め、じわじわと忍び寄る快感に躯《からだ》をしならせた。

「向かい合ってセックスしたかったんだろう?」

「うん。でも、こんなにすぐと言っては……っぁ」

久世がこれ見よがしに下から突き上げたせいで、友梨の躯《からだ》が歓喜でビクンと跳ね上がった。

「もっと俺の腕の中で蕩《とろ》けるか？」

久世の目線が、ついと友梨の乳白色の膨《ふく》らみに落ちる。それだけで息が上がった。

「どうすれば……いい？」

「俺に跨《またが》って動いたあの日のように、快感に翻弄《ほんろう》される姿を見せてほしい。そうして、俺を悦《よろこ》ばせてくれ」

感情的にかすれた声から、久世が本当にそれを望んでいるのが伝わってきた。

「蓮司……」

愛しい人の名を囁《ささや》いた友梨は、自《みずか》ら躯《からだ》を上下に揺すり始めた。ほんの僅《わず》かな刺激なのに、脳の奥が痺《しび》れていく。

「は……ぁ、んっ……く！」

「もっと速く動けるだろう？　もしかして、俺を焦《じ》らしてるのか？」

久世が挑発するように口角を上げると、甘い空気が否応《いやおう》なく濃厚なものに変わった。

「そんなことは……ひゃぁ！　……あっ、ダメっ」

「こうだろう？」

久世が友梨のリズムを崩すように突き上げる。

「待って！　わたし、ゆっくりしないとすぐにイッちゃ……ンっ、あ……っ、はぁ……ん」

もう喘《あえ》ぎを抑えられない。絶妙な動きで蜜壷の深奥を擦《こす》られ、久世から与えられる快感にだけしか意識が向かなくなってしまう。

次第に四肢に力が入らなくなり、甘い痺《しび》れが身を覆っていった。

「友梨、俺を見るんだ」

じりじりと焦《こ》げる疼《うず》きを感じながら、友梨は久世の双眸《そうぼう》を覗《のぞ》き込んだ。そこは欲望で艶《つや》めいている。

「そう、俺を見つめてイってくれ」

「っん、っん……あ……っ、んくぅ」

久世が狙いを定めて腰を動かした。感じやすい蜜壁を切っ先で擦《こす》られるたびに、友梨の腰が甘怠《あまだる》くなる。

「あっ……、んぁ、や……ぁ、んんっ、くぅ！」

身を包み込む情熱に、友梨は顔をくしゃくしゃにする。燃え上がった熱は、どんどん膨張していき、強い刺激を加えれば直《ただ》ちに達してしまうのがわかるぐらい押し上げられる。

「友梨、友梨……」

荒い息遣いで友梨の名を愛しげに囁《ささや》く。そんな久世に、友梨はゆっくり体重をかけていった。

すると久世が友梨を引き上げ、硬くはち切れそうな自身で深奥を擦《こす》り上げる。さらに湯の中で揺らめく茂みを掻き分け、痛いほど充血してぷっくり膨《ふく》らむ花芽に、強い刺激を送った。

「あっ、イ、イクっ……！」

刹那《せつな》、膨《ふく》れ上がったうねりが弾《はじ》け、友梨は勢いよく絶頂に達した。胸を反らし、めくるめく愉悦に浸《ひた》りながら熱い吐息を零《こぼ》す。

友梨は満ち足りた笑みを浮かべ、久世の肩に頭を預けて寄り添った。彼は友梨を引き寄せ、湯を掬《すく》っては友梨の素肌にかける。

恋人同士の戯《たわむ》れに心が満たされていく中、不意に久世がその手を止めた。

「そういえば、友梨が持っていた荷物、あれはなんだ？」

「えっ？　荷物？」

「ラブホの床に散らばっていた袋だ」

指摘されて、友梨はクリスマスプレゼントの存在を思い出した。

今、どこにあるのだろうか。

気怠《けだる》い腰を上げてガラス越しに部屋を見回そうとするが、久世に動きを制される。

「ここにはない。友梨のバッグと一緒に車に置いてある。ただ買い物にしては……男物が多かった」

久世が嫌そうに顔を歪《ゆが》める。その拗《す》ねたような仕草に、友梨は思わずぷっと噴き出した。

「あれはクリスマスプレゼントよ。蓮司へのものもあるし、赤荻さんや東雲さんのも。……そして蓮司の伯母さまや笠井さんのもね」

「伯母たちのも⁉」

友梨は驚愕《きょうがく》する久世に頷いた。

「わたしが蓮司と知り合ってから、いろいろな人と出会った。皆とのご縁を大切にしたいの」

久世と友梨の縁も……

本当だったら、二人が出会える確率はほとんどゼロに近かった。でも出会い、恋をし、お互いに離れたくないと願うほどの縁を得られたのだ。

この先も、久世と一緒に紡いでいきたい。

「大きなパーティでなくていい。皆と一緒に食事でもして、楽しく過ごしたいんだけどいいかな？　伯母さまたちも一緒に……」

切実に訴えると、久世が喜びに満ちあふれた面持《おもも》ちで、友梨の頬を優しく撫でた。

「俺の何もかもをひっくるめて受け入れてくれた女は、友梨が初めてだ」

だからこそ、どんな危険が待ち受けていても、俺は友梨を守り続ける——そう伝えるように熱い想いを込めて友梨を見つめる。

そんな久世に、友梨は再び寄り添った。

「わたしも、蓮司が初めてよ。好きな人のために、こんなに変わりたいと思ったのは……」

「変わりたい？　いや、変わらないでくれ。そのままの友梨でいてほしい」

どうやら、久世と出会った時のままの友梨を望んでいるみたいだ。とはいえ、それは友梨が勝手に動き回って彼を心配させなければの話だろう。

大丈夫、それだけは守るから……

友梨はふっと笑い、そっと背伸びをして久世の唇に軽く口づけた。

「これからも、わたしを愛してね」

「お望みのままに……」

軽口を叩くが、久世の目には真摯《しんし》な想いが宿っている。友梨の肩に回された彼の腕も、この先も離さないと伝えてきた。

二人は愛を目にたたえながら見つめ合い、惹かれ合うまま濃厚なキスを交わす。

生花を飾ったフラワーベッドの如《ごと》く、水面にも二人の幸せを願うかのようにバラの花びらが漂《ただよ》っていた。

書き下ろし番外編

ウエディング

~純真な愛縛に笑みが零れて

眩《まばゆ》い太陽の陽射しを浴びながら、友梨は両手を上げて大きく伸びをした。

「うーん、気持ちいい！」

朝の清々《すがすが》しい空気を胸いっぱい吸い込んだのち、目をゆっくり開ける。ベランダの柵に手を置き、少しだけ体重を載せて周囲を見回した。

「今日も素敵な景色……」

白い波が立つ太平洋、青々とした空、そして目線を横にずらした先にあるダイヤモンドヘッドに、自然と口元がほころんでいく。

こんな贅沢《ぜいたく》をさせてもらってもいいのだろうか。

友梨は、年末年始の休暇を久世と過ごすためにハワイに来ていた。彼が予約してくれたジュニアスイートの部屋はとても素晴らしく、室内でもゆったりとした時間を過ごせる。

ただ、せっかくのオーシャンビューなのに、ほとんど部屋にいないが……

友梨はふふっと笑みを零《こぼ》した。

ハワイにいる理由――それは久世が伯母の美奈子にサプライズをするためだった。

美奈子は、久世の出自を理由に愛する人と入籍しないと決めている。彼は彼女の気持ちを尊重してはいるが、笠井と式ぐらいは挙げさせたいと思っていた。

それで笠井に〝伯母と結婚式を挙げてくれませんか？〟とお願いした。彼は〝入籍はせずとも、美奈子のために式を挙げたかった〟と言い、久世の申し出を受け入れてくれた。

その後二人は策を練り、笠井が美奈子に〝年末年始の休暇中、蓮司くんたちと一緒に過ごさないか〟と説いた。

そうしてハワイ行きが決定したのだ。

目的は美奈子へのサプライズだが、初ハワイの友梨にしてみれば何もかもが新鮮で、毎日ワクワクしっぱなしだった。

「美奈子さんとの買い物も楽しいし、お食事も最高！　クルージングも素敵だったな」

もちろん心に残ったのはそれだけではない。久世との熱い夜も外せないだろう。

久世の精力は底なし沼で、毎晩友梨を激しく抱いた。ベッドのみならず、バスルームやリビングルームでも執拗《しつよう》に愛された。

昨夜も、ニューイヤーを祝う花火をバルコニーで楽しみながら求められた。しかも、沸き起こる歓声と喘《あえ》ぎ声が協奏する中、立ちバッグで激しく突かれてしまった。

あまりにも鋭い快感に腰が砕けそうになるものの、崩れ落ちずに済んだのは、久世が支えてくれたお陰だ。

しかしそれは、友梨が先にイかないようにしたかったと考えられる。

何故なら久世はそこでフィニッシュに至らず、バルコニーに置かれたチェアに座って友梨を膝の上に載せたためだ。

久世にM字に開脚させられた友梨は、その体位で上下に揺すられた。

自分のいやらしい喘《あえ》ぎ声、淫靡《いんび》な粘液音、そしてチェアが軋《きし》む音に誘導され、瞬《また》く間に絶頂に達してしまった。

誰かに気付かれないかという不安が、より一層友梨を敏感にさせたのかもしれない。

昨夜の記憶が甦り、キャミソールワンピースの下の乳首が痛くなってきた。

「や、ヤダ……。また火照《ほて》ってきちゃう」

友梨の頬が上気してきた時、不意に背後から抱きしめられた。

「火照《ほて》ってくるって、どこが？」

耳元で囁《ささや》かれた深い声音に、友梨の背筋に甘い電流が駆け抜ける。

「んっ……」

これでは、友梨の躯《からだ》が熱くなっているると伝えるようなもの。それを隠したくて、友梨は腹部に回された久世の手を叩いた。

「蓮司ったら急に抱きつかないで。びっくりしちゃった……ぁっ」

久世が腹部に置いた手を広げて、ワンピースの上から乳房を包み込む。そこを揉みしだき、ツンと尖る乳首を指の腹で擦った。

「っんぅ！」

「ここ？　いや、違うな――」

もう片方の手を下へ滑らせ、少しずつ裾をたぐり寄せていく。そして内腿に指を這《は》わせながら、秘められた場所を攻めてきた。

「あっ、あっ……ダメ、蓮司……んっ！」

しっとりと湿り気を帯びたそこをパンティの生地越しに弄《いじ》られて、下肢の力が抜けそうになる。

「……見つけた」

久世の愛戯はいつも絶妙で、友梨をいとも簡単に感じさせてくる。腹部の深奥がじんわりと熱を持ち始めて、とろりとした愛液が滴《したた》り落ちてきた。

「っんぅ……れ、蓮司……っ！　やん、んんっ、あ……っ」

潮流の如《ごと》く襲いかかる疼《うず》きに身を震わせて、友梨は力なく久世の胸に凭《もた》れる。それを合図に、彼は友梨の腰を抱いたまま横にあるチェアに腰を下ろした。

「あっ……」

昨夜とまったく同じだと思った瞬間、両脚を大きく開けさせられた。久世は再び秘所に手を忍ばせ、愛液が浸潤したパンティの上から指を動かし始める。

「ダメ、ダメ……すぐに、っあ、い、っちゃう……」

「昨夜、ここでめちゃくちゃに抱かれたことを思い出したんだろ？　うん？」

久世が耳元で誘惑に満ちた声で囁《ささや》き、友梨の耳朶を唇で挟んだ。

「んんっ！」

びくんと上体が跳ねた時、浜辺ではしゃぐ子どもたちの声が聞こえてきた。

友梨はたまらず口元を手で覆って声を抑えるが、久世が愛撫を止めないせいで自然と喘《あえ》いでしまう。それで必死に小さく頭を振って〝ダメ！〟と意思表示するものの彼は意に介さず、指を動かし続けた。

昨夜と同じ体位で刺激を送られるだけで、より一層感じてしまう。

久世は、友梨をどのように愛すれば快楽の波に乗るのかを知り尽くしている。つまりこの行為を止める気は一切ないのだ。

イクまで逃れられない！

久世が友梨の首筋に熱い口づけをし、乳房を揉みしだいては乳首を捏ねる。さらに小刻みに花芽を擦り上げた。

足元を浚《さら》おうとする潮流にどんどん搦め捕られ、脳の奥が痺れていった。

「あ……っん、や……ぁ、っんぅ……ぁん」

パンティに浸潤した愛液で、ぐちゅぐちゅっと淫靡《いんび》な粘液音が響いてきた。

もうダメ。今以上の快感を得たら、すぐにイっちゃいそう！

友梨は顔をくしゃくしゃにしながら躯《からだ》を震わせると、急に久世が円を描くような指使いに変えてきた。

強弱をつけた触れ方に焦《じ》らされて、また違った快感に襲われた。その勢いは衰えず、頂点に向かって走らされる。

「あっ、や……ん、もう……！」

「イク？」

友梨は激しく首を縦に振った。

「うん、イっちゃ……あっ、ぁん、ぁ……っ、ダメ……そこっ！」

そう言った瞬間、久世が首筋に軽く歯を立てた。

「うんんっ！」

体内で小さな火花が弾《はじ》けて、友梨の躯《からだ》が一瞬で硬直する。頭の中は真っ白になり、心地よい潮流に包み込まれていった。

でもそれは瞬《また》く間に薄れて、現実に戻る。

荒い息を吐きながらぐったりと久世に凭《もた》れかかると、彼がクスッと笑みを零《こぼ》した。そして、先ほど噛んだ部分を舐めた。

「気持ち良かったみたいだな」

「は……ぁ、……もう！」

友梨は久世の腕を叩いて退《ど》けたかったが、まだ躯《からだ》に力が入らない。とはいえ、いつまでもこうしてまったりと余韻に浸る時間はなかった。

「ねえ、今日の予定を覚えてる？　美奈子さんに悟られないように、予約してあるチャペルに行くのよ？」

「うん。わかってる。だが、太陽の陽射しを浴びる友梨を見ていたら触れずにいられなくなった」

再び耳朶《じだ》を甘噛みされて、尾てい骨から脳天にかけて甘い疼《うず》きが走った。

このまま流されれば約束の時間に遅れてしまう！

「ダメ！」

友梨は久世の膝から下りた。軽くふらつきはするものの、脚の力が抜けるほどではない。

「シャワーを浴びて、出掛ける用意をしないと」

「ああ、行っておいで」

久世がにやりと唇を緩め、さらに物言いたげに片眉を動かした。

暗に〝シャワーを浴びなければならないほど濡れたんだ？〟とほのめかされているみ

たいで、自然と友梨の頬が熱くなる。

ぷいっと横を向いて歩き出すと、笑いを噛み殺せない声が聞こえてきた。

今夜は、わたしが久世を笑えなくさせてやるんだから！　――と心の中で誓ったのち、友梨は簡単にシャワーを浴び直したのだった。


――一時間後。

準備を終えてロビーに下りると、そこには既に美奈子と笠井がソファに座っていた。

二人は友梨たちの姿を目に留めるなり、すぐに立ち上がる。

「蓮司！　友梨さん！　明けましておめでとう！」

「明けましておめでとうございます。今年もよろしくお願いします」

元気な様子で出迎えてくれた美奈子たちに、友梨も久世も笑顔で挨拶《あいさつ》を返す。

「昨夜のニューイヤー花火、素敵だったわね。二人はバルコニーから見たの？」

「えっ？　あっ……はい」

友梨は一瞬言い淀んでしまうが、咄嗟《とっさ》に頬を緩めて取り繕《つくろ》う。〝バルコニーで花火を観賞しながらセックスしました〟なんて絶対に言えないし、決して悟られるわけにもいかない。

そんな友梨を笑うように久世がクスッと声を漏らすが、それを無視して咳払いした。

「美奈子さんたちはホテルのバーから楽しまれたんですよね？　どうでした？」

「とても良かったわ！　そこにいた同年代ぐらいの日本人夫婦とも仲良くさせてもらってね。そのお二人は今年銀婚式で、しかもハワイで挙式されたんですって。素敵よね」

美奈子がうっとりと話すのを聞いて、久世と目を合わせる。彼が小さく頷いた。

「伯母さん、実は……こっちで暮らす友人のパーティに呼ばれてるんだ。伯母さんも一緒に来てくれるかな」

「もちろん！　蓮司のお友達ならご挨拶《あいさつ》したいわ。ただパーティなら……こんなカジュアルな服装だと相手に失礼では？」

美奈子は自分の恰好――ブラックジーンズ、タンクトップの上に羽織ったシャツ、そしてシューズを凝視する。

「大丈夫。アフタヌーンドレスに着替えられるホテルを手配しててさ」

久世が伯母を安心させるように言うと、彼女はホッとした様子で胸に手を置いた。

「それなら良かったわ。全て蓮司に任せておけば大丈夫ね」

久世に全幅の信頼を寄せるからこそ出た言葉だ。でも美奈子を欺《だま》していると思うと心中穏やかではいられないのか、彼の頬が少し強張《こわば》った。

すると、笠井が久世の肩に優しく触れる。

「蓮司くんがすることに間違いはない。彼は……全て美奈子を想って行動してくれてるんだし」

「ええ。本当によくできた甥《おい》だわ」

「じゃ、行こうか」

久世が嬉しそうに口元をほころばせて、ロータリーで待つリムジンを指す。

ハワイに到着して以降、移動の際はタクシーを利用していたのもあって、美奈子が目を見開いた。

しかし、久世の仕事を考えるとそれほど不思議に思わなかったのだろう。何も訊ねずにリムジンに乗り込んでくれたので、友梨たちもあとに続いた。

リムジンはワイキキエリアを出て西へ進む。

その間、備え付けのシャンパンを飲んでは談笑したり、大自然の景色を眺めたりして楽しく過ごした。

そうして四十五分ほど経った頃、タイムシェア物件がメインの海岸エリアに入った。青い空と太平洋の海を背景に建つのが、低層のリゾートホテルだ。リムジンはそちらに向かい、ロータリーに入って停車した。

「ここでドレスに着替えるの？」

車を降りるなり、美奈子が久世に訊ねる。

「ああ。確か専門のスタッフが迎えに――」

久世がホテルの入り口を見ながら答えると、五十代ぐらいの女性スタッフと三十代ぐらいの男性スタッフが歩いてきた。二人ともハワイで働く日本人だ。

「久世さまですね。本日アテンドさせていただく河合《かわい》と申します」

「今日はよろしくお願いします」

軽く会釈する久世に、河合がにっこりする。

「私どもにお任せください。早速ですが準備を始めますね。男性のお二人は伊藤《いとう》がアテンドいたします」

河合の隣に立つ男性スタッフが「どうぞ」と久世たちを誘《いざな》う。

「じゃ、あとで」

久世は友梨に軽く頷いて合図を送ると、男性陣はホテルに入った。

「では、お二人は私とこちらへ」

最初こそ友梨は河合のあとに続くが、ロビーに入るなり美奈子に「ちょっと化粧室に行ってきますね」と断りを入れて別行動に移った。

事前に予約した別室に入ると、用意していた薄いブルーのキャミソールドレスに着替え、同色のレースで仕立てられたボレロを羽織った。そして美容師に、髪の毛をセットアップしてもらう。

終わったのは挙式開始ぎりぎりの時刻だったので、慌ててチャペルへ移動した。

大きくて重厚なドアを開けた瞬間、ピュアホワイトの世界が広がるオーシャンビューのチャペルが目に飛び込んできた。

「うわぁ、なんて素敵なの！」

正面にある大きな窓の向こうには、海風に揺れるヤシの木と白砂のビーチが望める。

大自然の中で愛を誓い合える素晴らしいロケーションにうっとりとしていると、奥のドアから五十代ぐらいの恰幅《かっぷく》のいい牧師が入ってきた。それに合わせて、前列席にいた人物が立ち上がる。

ホワイトフロックコートに合わせて、深みのあるワインレッドのタイを締めた笠井だ。胸元には薄いピンク色をした薔薇《ばら》のブートニアを付けている。

友梨は小走りでそちらへ向かった。

「笠井さん。とても素敵ですよ」

頬を染めて照れくさそうにする笠井だったが、すぐに笑みを浮かべた。

「友梨さんも綺麗だよ。蓮司くんは美奈子が到着するのをドアのところで――」

その時、パイプオルガンで奏でる結婚行進曲が流れ始めた。

友梨は反対側の席に移動し、重厚なドアに躯《からだ》を向ける。同時にそこが大きく開いた。

視界に入ったのは、胸元から袖までをレースで覆った、スレンダーライン型の白いドレスを着た美奈子と、彼女をエスコートする久世だ。

二人は曲に合わせて入ってきたが、美奈子は薄いピンク色の薔薇《ばら》で作ったブーケで顔を隠していた。

照れてるのかな？　――そんな風に思っていると、久世が美奈子に何かを告げる。

直後、美奈子が手をゆっくり下ろした。恥ずかしかったのではなく、感動して泣いていたのだ。

しかし笠井を目にすると、美奈子の顔は瞬時に輝いた。

その様子に胸を熱くさせながら、バージンロードを歩く二人の姿を目で追う。美奈子たちが笠井のところで立ち止まると、久世が彼女の手を彼に預けた。

「伯母を笑顔にできるのは笠井さんだけです。どうか伯母をよろしくお願いします」

「ああ。幸せにすると約束するよ」

久世と笠井のやり取りに、またも美奈子が顔をくしゃくしゃにして泣き出す。笠井は彼女を支えて、一緒に牧師に向き直った。

久世が友梨の隣に立つと、賛美歌斉唱《せいしょう》が始まる。それから聖書朗読、誓約へと移った。

「――生涯の伴侶《はんりょ》とし、愛し敬《うやま》うことを誓いますか」

「誓います」

二人が将来を誓い合い、感動的な挙式は幕を下ろした。

牧師に挨拶《あいさつ》する美奈子たちを微笑みながら眺めていると、不意に久世が友梨の手を取った。

久世は美奈子たちに焦点を合わせたまま口を開く。

「伯母はさ、俺らが挙式を画策したと聞いて困惑してた。でも笠井さんが待ってると話すと泣き崩れて……」

「うん」

「そこで伯母は俺に胸の内を打ち明けてくれたんだ。〝生涯未婚でいると決めたことに後悔はないの。でも、チャペルで愛する人に愛を誓えたら……とはずっと思ってて。まさかその場を蓮司が作ってくれたなんて〟と。感極まる伯母を見たら、俺も胸の奥が熱くなった」

友梨は久世の話に頷き、牧師との会話に夢中の美奈子たちに目を向けた。

列席者はたった二人という簡素な挙式だが、美奈子はとても幸せそうにしている。その光景をにこやかに見守る友梨の手を、久世が再びぎゅっと握りしめた。

「今度は俺たちの番だな」

久世が呟《つぶや》いた。しかしそれは、牧師の高らかな笑い声に掻き消されてしまう。

「えっ？　何――」

咄嗟《とっさ》に訊ねるが、ちょうど美奈子が「友梨さん！　蓮司！」と大声を上げる。そちらに意識を移すと、彼女が手招きした。

「写真を撮りましょう！　牧師さんも一緒に入ってくださるって」

ブライダルアテンドの伊藤が、既にカメラを手にスタンバイ中だった。

「行こう」

久世は友梨の手を引いて歩き始める。

友梨は〝さっきはなんて？〟と訊ねたかったが、輝くばかりの笑みを浮かべる美奈子を見たら、それはどうでもよくなっていった。

大きな窓の向こうに広がるハワイの自然を背景に、友梨は皆と一緒に写真に収まったのだった。

漫画 小立野みかん
Mikan Kotatsuno

原作 綾瀬麻結
Mayu Ayase

鳴海優花《なるみゆか》には、学生時代ずっと好きだった男性がいた。その彼、小鳥遊《たかなし》に大学の卒業式で告白しようと決めていたが、実は彼には他に好きな人が……。失恋しても彼が心から消えないまま時は過ぎ二十九歳になった優花の前に、突然小鳥遊が！　再会した彼に迫られ、優花は小鳥遊と大人の関係を結ぶことを決め――

B6判　定価：704円（10％税込）　ISBN 978-4-434-27513-5

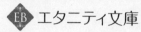

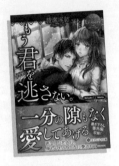